CW01664326

HET PERFECT

ANNA VAN DEN BREEMER

HET PERFECTE ZUSJE

2023 Prometheus Amsterdam

Eerste druk januari 2023
Tweede druk februari 2023

Omslagontwerp Studio Jan de Boer
Omslagbeeld Sarah Eick en Julia Droop/plainpicture
Foto auteur Mark Uyl
www.uitgeverijprometheus.nl
ISBN 978 90 446 5221 5

WOENSDAG

1

Eindelijk ben ik de persoon aan het worden die ik altijd wilde zijn.

Dat is de gedachte die door Gaby's hoofd flitst als ze de voordeur van het witte pand aan de Brink zachtjes dichttrekt. Een verdieping hoger liggen haar twee kinderen in hun bed en ze wil hen niet wekken. Alleen al het beeld van hun slaperige lijfjes in de zachte pyjamastof doet haar glimlachen. Haar dochter Mette heeft sinds drie dagen een dekbed van *PAW Patrol.* Die vervelende cartoonhondjes veroveren langzamerhand het hele huis.

Fijne regendruppels raken haar in het gezicht als ze koers zet richting de IJssel, langs de restaurants en cafés van het horecaplein dat het hart van Deventer vormt. In de verte ruikt ze de geur van mest. Voorbij de Heks, een van de oudste kroegen in Nederland, steekt de wind op.

De zolen van haar sportschoenen maken een zuigend geluid op de stoep wanneer ze de slijterij aan de Zandpoort passeert. Om de week op woensdag wordt het oud papier opgehaald in dit deel van de stad en rondom de boom staat een stilleven van afgedankte dozen, treurig ingezakt door de regenbui.

Ze ademt de frisse herfstlucht in en sluit kort haar ogen. Ze heeft haar leven op orde, zo brengt ze zichzelf in herinnering. Haar zes werknemers betaalt ze elke maand netjes uit, ze heeft altijd drie goed werkende balpennen in het voorvakje van haar tas, nooit verzaakt ze het hardlopen, haar boek is een bestseller. En toch blijft een gevoel van tevredenheid uit. Hoe meer ze bereikt, des te groter de angst om alles kwijt te raken.

David draaide zich om toen ze daarstraks de slaapkamer uit wilde sluipen. 'Waarom blijf je niet een keer liggen?' Hij trok het dekbed bij de punt omhoog, als uitnodiging om haar sportschema los te laten en in het warme holletje te kruipen, zoals vroeger, toen de dag pas begon als zij daar zin in hadden. 'Je was vannacht zo laat thuis, ik moet nog horen hoe het televisieoptreden ging.'

Ze keek in het zwarte gat, naar zijn borstkas die oplichtte door de rode gloed van de ouderwetse wekkerradio. De cijfertjes gaven aan dat het 06.31 uur was.

'Straks,' fluisterde ze. 'Ik ga even snel.' Ze bukte en greep naar het hoopje lichtblauwe stof. In de gang stopte ze zijn boxershort in de wasmand.

Anders dan verwacht na die korte nacht veren haar benen als vanzelf omhoog. Ze voelt de drang om alles te geven, maar ze weet dat ze het vaste tempo moet volgen, net zoals haar route ook nooit afwijkt. Via de Bokkingshang langs de Welle, met uitzicht op het water, naar de spoorbrug en terug langs de Worp. Deze routine is haar dierbaar. Terwijl de meeste mensen nog in diepe rust zijn, jogt zij langs de rivier. Ze begint de dag met een voorsprong.

'Ren jíj elke dag?' Het valt niet te missen dat anderen vaak verbaasd zijn als ze over Gaby's sportgewoonte horen. Hun blik dwaalt naar beneden, glijdt over haar buik, ronde heupen en dijen. Alsof er een onzichtbaar lijntje wordt getrokken tussen de lichaamsdelen. *Jij? Hoe kan dat?* Natuurlijk zeggen ze het niet hardop, in plaats daarvan volgt er een neerbuigende opmerking, alsof ze een kleuter is die een tekening laat zien en wacht op een compliment. 'Wat goed van jou, zeg.' Ze kunnen er niet bij dat het Gaby niet te doen is om de kilo's. Ze rent om niet gek te worden.

Heel even voelde ze de verleiding om tegen David aan te kruipen. Het zou het startschot zijn van een rommelige vrijpartij, met een half oog op de babyfoons die op de nachtkastjes staan, aan weerszijden van hun boxspring. Ze zou boven op hem gaan zitten en een slaapje uit zijn ooghoek peuteren. Het kwam er tegenwoordig weinig van. De laatste keer was anderhalve maand geleden. Dat weet Gaby omdat ze alles bijhoudt in de notitieapp op haar telefoon. Vergaderingen, sport, afspraken van de kinderen, boodschappen, haar menstruatie, seks. In die volgorde van urgentie.

Ach, het hoort erbij. In haar gedachten maakt ze het verhaal rond – jonge kinderen, gebroken nachten, een carrière – zoals het altijd staat geschreven in de glossy tijdschriften voor jonge moeders. De waarheid is dat hun zoon Boris alweer bijna een halfjaar keurig doorslaapt en de rust in huis op dat gebied allang is teruggekeerd. Ze houdt van haar man, maar ze heeft nu eenmaal belangrijkere dingen te doen dan zich druk maken over haar huwelijk.

Gaby negeert het rode stoplicht bij het kruispunt van de Welle met de Bokkingshang. Hoog boven haar uit torent de Wilhelminabrug, de palen waarop de witte boog rust zijn verlicht. In het oranje schijnsel hangt een miezergordijn.

Ze steekt over en rent de helling af naar de kade. De rivier is niet meer dan een donkere vlek – het is niet duidelijk waar het water eindigt en de lucht begint. Gaby groeide op in een dorp omringd door bossen. Het open water stelt haar gerust.

'Waar kom jij ineens vandaan? Ik denk dat alle kijkers het met me eens zijn als ik zeg dat je opeens overal opduikt.' Gaby grinnikte kort toen Renate Westenveld, de anchor van de talkshow, die vraag gisteravond in de uitzending stelde als opening van hun gesprek. Hiermee verraadde de presentatrice dat ze ouder was dan haar gebotoxte voorhoofd wilde doen geloven. Onder jonge vrouwen is Gaby al jaren een begrip met haar populaire tutorials op YouTube over spectaculaire taarten en toetjes, die ze opneemt vanuit haar eigen patisserie in Deventer.

Vorige week is haar kookboek *Hemelse Taarten* op nummer 4 binnengekomen in de lijst met bestverkochte titels. De meeste boeken over bakken beperken zich tot recepten, aangevuld met stijlvolle foto's. In *Hemelse Taarten*, vernoemd naar haar patisserie, heeft Gaby ervoor gekozen om de handleidingen voor de heerlijkste zoetigheden af te wisselen met dagboekfragmenten over hoe zij als jonge, voluptueuze vrouw zich staande houdt in een wereld waarin perfectie gelijkstaat aan dun en afgetraind. Te midden van alle fitgirls met een hang naar glutenvrij bananenbrood is haar verhaal een gat in de markt gebleken.

'Jij bent op een missie,' constateerde Renate terwijl ze zich naar voren boog over de talkshowtafel. 'Wat wil je andere vrouwen meegeven?'

'Mijn boodschap is: toon onverschrokken ambitie,' luidde haar antwoord, precies zoals ze met haar assistent Yasmine had gerepeteerd. 'En eet elke dag minstens een gebakje gemaakt met echte room.'

Na de uitzending dronk ze met een groepje redacteuren in het café naast de studio een glas wijn.

'De reacties zijn bijna allemaal positief.' Met één bil op de barkruk scrolde Yasmine langs de berichten op Twitter om het sentiment over het optreden te peilen.

Gaby vatte het op als compliment dat Renate bij hen kwam staan, en niet doorliep naar de bekende zangeres die ook te gast was geweest en een eindje verderop stond. Verbaasd keek ze hoe de presentatrice, zoals altijd gestoken in een zwarte coltrui, een glas whisky achteroversloeg.

'Gaby, we moeten meer vrouwen zoals jij hebben, die succesvol zijn en zich niet kleiner voordoen. In de meest letterlijke zin.' De presentatrice, die bekendstond om haar grove humor afgewisseld met kritische vragen, stootte haar bulderende lach uit. 'En ik mag dat zeggen, want ik zit zelf ook nog steeds met die zwangerschapskilo's.' Ze klopte op haar buik. 'Wat maakt het ook uit. Ik vind je geweldig. Je moet echt doorgaan, beloof je dat?' Gaby wist dat dit de euforie was na een goede uitzending, maar ze voelde zich ook gevleid.

Dat was gisteravond.

Vandaag heeft ze veel te doen. De koude ochtendlucht brandt in haar keel. Ze drukt haar duimen in haar vuist en concentreert zich op haar ademhaling. Drie teugen in door de neus, drie uit door de mond. Op de weg boven haar razen de eerste auto's voorbij, de koplampen flikkeren achter de paaltjes van het ijzeren hek. Zal het gaan sneeuwen later deze maand? Een wit laagje over de stad is het perfecte decor voor haar vlogs, die de komende periode nog meer kijkers zullen trekken. De tuin achter de winkel kan ze ombouwen tot set.

Gaby versnelt haar pas. Tijdens het rennen ontstaan altijd nieuwe plannen. Haar vingers glijden over het ritsje van haar broek. Ze weet dat de bobbel er zit, en toch moet ze het controleren. De huissleutel en het zakmes. Nooit gaat ze op pad zonder.

2

De kinderen zitten in hun hoge stoelen aan het marmeren keukeneiland. Gaby geeft een kus op de krullenbol van Mette en snuift de Zwitsal-geur op. Op de plek waar ze 's nachts het kussen raakt, vormt zich een bos van klitten. Ze kan het niet laten er even aan te plukken. Een verloren zaak, het lijkt bijna vervilt.

'Hier.' Ze opent Boris' mollige vuistje en pakt de lepel. 'Nog een paar hapjes Brinta.'

'Je bent trending,' zegt David. Gekleed in een wit T-shirt met verfspetters en een marineblauwe joggingbroek staat hij naast het koffieapparaat, gebogen over zijn telefoon die op het aanrecht ligt.

'O ja? Nog steeds?'

Ze duwt de hendel van de kraan naar boven en laat het koude water over de binnenkant van haar polsen lopen, de aderen vormen een waaier onder haar bleke huid.

'Die columnist van *de Volkskrant* heeft een positief stukje geschreven over je optreden van gister.' Met zijn wijsvinger veegt David over het scherm. 'Een fris geluid in de bodypositivitybeweging,' verkondigt hij met een deftige stem, een octaaf lager dan normaal.

'Is dit jouw idee van hoe een *Volkskrant*-journalist klinkt?' zegt Gaby grinnikend. 'En is die columnist niet een vrouw?'

'Hm, je hebt gelijk.' David kucht en leest verder, deze keer met zijn eigen stem: 'Het blijkt dat Gaby Bouman veel meer in haar mars heeft dan alleen maar bakken.'

'Alleen maar bakken... Staat dat er? Nou zeg. Een compliment en een belediging ineen, toch knap hoe journalisten dat doen.' Haar assistent Yasmine had haar al gewaarschuwd voor dit soort gekkigheden.

'Ik vind het allemaal lovend klinken,' reageert David.

De geur van verse koffie stijgt op.

'Jij ook een espresso?' Zonder het antwoord af te wachten, reikt hij haar een kopje aan. Kort raken hun vingers elkaar.

'Dank je, schat.'

Ze neemt een slokje en gunt zichzelf een ogenblik rust. Aan de andere kant van het keukenraam begint het voorzichtig licht te worden, de weerspiegeling van het gezinstafereel vervaagt.

Hun keuken is er een uit een woontijdschrift. Nog voordat ze het koopcontract hadden ondertekend, bijna drie jaar geleden, liep Gaby naar de sigarenboer om een stapel bladen aan te schaffen, ze knipte de plaatjes uit die haar hart sneller deden kloppen. Het project Huis Inrichten nam haar zo in beslag dat David voorzichtig polste of ze misschien iemand anders had ontmoet.

De gietvloer glimt in het licht van de gigantische kroonluchter die aan het plafond hangt. In combinatie met de twee Amerikaanse koelkasten van chroom en het Boretti-fornuis met zeven pitten is het allemaal wat veel, dat merkte ze aan de opgetrokken wenkbrauwen toen ze Davids familie een rondleiding gaf.

'Toe maar,' zeiden ze.

In de wereld van Davids ouders is het gebruikelijk om voor de mix ook kneuterige elementen toe te voegen, zoals een versleten rieten stoel of een oude klok. Pas als je altijd geld hebt gehad, kun je je subtiliteit veroorloven. Gaby huivert nog elke ochtend van ongeloof als ze haar glanzende paradijs binnenstapt. Dit belachelijk grote huis met een verbod op tweedehandsspullen is een wraakoefening op alles wat ze vroeger niet had.

'Papa? Klaar!' kraait Boris terwijl hij de pap van zich afduwt. Zijn rechterknietje komt al boven het tafelblad van de kinderstoel uit.

De kinderen lijken niet meer op haar te rekenen. *Papa, papa, papa.* Het is de troostprijs voor zijn onvoorziene rol als huisvader. Ze blijft speuren naar een teken dat hij het zat is.

'Kun je Nijntje al zien?' vraagt David terwijl hij naar hun zoon loopt.

'Da! Nijn!' Boris wijst naar de afbeelding op de bodem van het bordje om aan te tonen dat hij genoeg heeft gegeten.

'Grote jongen.' David stapelt de plastic bordjes op en zet ze in de gootsteen. Hij tilt Boris soepel uit zijn stoel, zonder dat zijn voetjes blijven haken achter de beugel.

Ze pakt een handdoekje uit de keukenlade en dept haar voorhoofd. Een lichtbruine vlek blijft achter. David vindt het onbegrijpelijk dat ze make-up draagt tijdens het sporten.

'Je gaat toch zweten. En niemand ziet je,' riep hij.

Gaby verdedigde zich door te zeggen dat het niet veel was; een laagje dagcrème, een lik foundation, beetje concealer onder de ogen, mascara, rouge, lipgloss. Maar ze had ook andere troeven die ze kon uitspelen als hij zich niet gewonnen gaf.

'Jij bent een man. Jij snapt niet dat ik als vrouwelijke ondernemer altijd voorbereid moet zijn.' Mensen beoordelen haar op de meest gekke momenten, gewoon om hoe ze eruitziet. Het is één ding dat ze niet modebladenslank is, maar dat betekent niet dat ze ook op andere fronten de teugels kan laten vieren. Zonder make-up voelt ze zich kwetsbaar.

Opeens mist ze hun discussies. David en zij die elkaar met felle woorden en een enkele belediging uitdaagden, omdat ze wisten dat het goed zat. Wanneer zijn ze zo voorzichtig met elkaar geworden?

Ze verfrommelt het handdoekje tot een prop.

‘Mama, ik ben boos op jou.’ Mette staat naast haar met de handen in haar zij.

‘O jeetje, waarom?’ Sinds enkele weken gaat Mette naar de kleuterklas, en de overgang leidt tot de nodige driftbuien.

‘Jij hebt mij geen kusje gegeven. Je had het beloofd!’

‘Jawel hoor,’ zegt Gaby, ‘maar jij was al diep in slaap toen ik thuiskwam. Als een klein baby’tje met je handjes boven je hoofd. Kijk zo.’ Ze houdt haar armen met gebalde vuisten in de lucht. Ze weet dat Mette het leuk vindt om over zichzelf als baby te horen.

Er verschijnt een lach op het gezicht van haar dochter. ‘Deed ik echt zo?’

‘Je lag er heerlijk bij.’

‘En gaf je mij een kus?’

‘Eentje? Nee joh, ik gaf er drie!’

Tevreden wandelt Mette naar de woonkamer, waarschijnlijk om een bouwwerk van lego te maken. Boris hobbelt achter zijn zus aan.

Gaby loopt naar David toe en duwt haar neus in zijn hals, de geur van slaap vermengt zich met zijn kruidige eau de toilette. Zo lang ze hem kent staat er een fles van het merk Rochas in het badkamerkastje. David is een man van routine. ‘Zullen we binnenkort samen weggaan? Naar Parijs? Zonder de kinderen?’ Omdat ze het fluistert, krijgt het voorstel een ondeugende lading.

‘Jaja, dat zeg je al een paar maanden. Voorlopig heb je het druk genoeg.’

‘Na december wordt het rustiger,’ antwoordt ze, ‘dan boeken we een hotel en gaan we oesters eten in dat ene tentje, weet je nog?’

Het gebrom vanuit zijn borstkas klinkt hoopgevend en ze heeft spijt dat ze vanmorgen niet is gebleven. Ze draait haar gezicht naar hem toe, aait zijn donkere krullen opzij en geeft hem een zoen. 'Ga je dit laten groeien?' Ze kriebelt over de stoppeltjes op zijn wang. 'Met zo'n prikkelbaardje ziet iedereen dat we hebben gezoend.'

'Daar heb ik helemaal geen problemen mee. Trouwens...' Hij pauzeert even. 'Ik heb denk ik iemand gevonden.'

Als ze hem vragend aankijkt, vult hij aan: 'Een meisje dat geschikt is.'

Verschrikt kijkt Gaby achter zich.

'De kinderen begrijpen dit echt niet, hoor,' zegt David lachend. 'Ze werkt als serveerster in die nieuwe tent aan de IJssel, ik was daar laatst met Bas. Gewoon een spontane meid, en ik denk dat je haar mooi vindt. Ik meende dat ze wel voor zoiets in is.'

'Dat zag je direct toen ze jullie broodjes kwam brengen?'

Hij grijnst. 'Ze heeft blond haar, beetje aan de magere kant. Je weet dat ik van vol houd,' – zijn hand strijkt over haar dij – 'maar zij heeft ook wel iets. Om jullie samen te zien.'

'Ik ben benieuwd.' Gaby duwt hem iets naar achteren. 'Zullen we het hier later over hebben? Ik vind het raar, met de kinderen in de buurt.'

'Niet terugkrabbelen hè.' Plagend trekt hij haar tegen zich aan. 'Het was jouw idee.'

Ze slaat haar armen om zijn nek. Dit is wie ze nu is: een echtgenote en moeder, die met haar man iets heeft bedacht, een trio, om de spanning terug te brengen. Ze hangt tegen David aan, zijn vingers strelen haar billen. 'We gaan dit samen doen. Echt.'

Ze voelt hoe twee handjes om haar heupen worden geslagen.

'Mama...'

'Ja, lieverd?'

Gaby pakt de armen van haar zoon vast en wiegt heen en weer. *Het gaat goed, ik heb mijn leven op orde, de kinderen zijn gezond, David ziet waar ik mee bezig ben.*

'Ik ben trots op je,' zegt hij. 'En Parijs klinkt heerlijk. Dat komt wel.'

Ze schuifelt met de kluwen handen om haar lichaam opzij, zodat Mette erbij kan. Gewillig stapt het meisje tussen de benen van haar ouders.

'Groepshug!' zegt David.

'Gloephug,' echoot Boris. Net als zijn zus heeft hij moeite met het uitspreken van de letter r.

In het begin was het wennen hoe normaal David het leek te vinden om bij het minste geringste zijn armen om haar heen te slaan. De eerste keer dat hij haar meenam naar zijn ouderlijk huis, nu zo'n twaalf jaar geleden, drukte zijn moeder Gaby direct aan haar volle boezem. 'Daar ben je eindelijk,' zei Lidewij, alsof ze al een leven lang wachtte op zo'n schoondochter, en ze voelde niet de behoefte om zich direct los te maken.

En nu had ze haar eigen gezin, met een eigen knuffelritueel.

Hier hoort ze thuis. Ze probeert het weeïge gevoel onder in haar buik te negeren. Ze zou willen dat ze onwetend was, zoals David. Hij voelt zich nooit ongemakkelijk door zijn eigen geluk.

3

De Walstraat ligt er verlaten bij in het grijze ochtendlicht. Straks worden de bordjes op de winkeldeuren omgedraaid en komt de binnenstad tot leven.

'Dit is gewoon een sprookjesstraat!' constateerde Gaby de eerste keer verrukt. Ze keek naar de oude luiken van de Quiltshop, de sierlijke terrastafeltjes buiten bij Roemar Koffiebranderij en waande zich in een pittoresk dorpje in het buitenland. 'Ik zie helemaal voor me dat hier vroeger paard-en-wagen doorheen reed.'

David haalde nonchalant zijn schouders op, alsof hij het niet meer zag na al die jaren. Nu ze de stad goed kent, weet Gaby dat ze die dag een vreemde omzwerving maakten op de route van het station naar zijn toenmalige huis. Hij was overduidelijk bezig zijn stad aan haar te verkopen. Het heeft gewerkt.

Nog steeds voelt ze zich trots dat dit prachtige straatje de locatie is van haar patisserie, Hemelse Taarten.

De winkelbel rinkelt als ze binnenstapt en direct dringt de geruststellende geur van kaneel en gesmolten boter haar neus binnen. Tevreden stelt ze vast dat de etalage erbij ligt volgens haar instructies: in de hoek staat een kerstboom, versierd met gouden engeltjes, en op houten kratten prijken schalen met muffins, macarons, *american cookies* en kaneelbroodjes. Op de ruit is met witte stift een tafereel van sneeuwvlokken en mokken warme chocolademelk getekend, mét slagroom en minimarshmallows.

‘Goed nieuws,’ zegt haar assistent Yasmine. ‘Je laatste vlog over het perfecte peperkoekhuisje staat nu op tweehonderdvijftigduizend views. Dat is een record. En de spullen van de nieuwe collectie zijn binnen,’ ratelt ze door. ‘De koffiemokken, handgeborduurde tafelkleden, theepotten, wenskaarten, adventskalenders en de schorten.’

Gaby trekt de riem van haar trenchcoat los en pakt de koffiebeker aan die Yasmine haar aanreikt. ‘Dit kan ik goed gebruiken.’ Na haar hardloopronde voelt ze zich normaal gesproken als herboren, maar nu merkt ze dat de nacht kort was.

‘Niet goed geslapen door de adrenaline?’ vraagt Yasmine.

Ze draagt een strakke leren legging en een oversized T-shirt met de afbeelding van een tijger achter een bak met cornflakes. FROSTIES VAN KELLOGG’S staat er in grote oranje letters. Bij ieder ander staat zo’n outfit belachelijk, maar niet iedereen heeft oneindig lange benen, bambiogen en glanzend bruin haar.

Vijf jaar geleden wees Gaby haar af toen ze kwam solliciteren. Yasmine runde in die tijd vanuit haar ouderlijk huis in Schalkhaar een succesvol taartenbedrijf. Maar een patissier met een allergie voor zuivel, gluten en fruit, waardoor ze nooit van haar eigen werk kon proeven? Ze kon zich dat risico niet veroorloven. De dag erna wandelde Yasmine doodleuk de winkel binnen, hing haar jas op, zette een kartonnen doos met frambozen- en pistachecupcakes op de toonbank en ging aan de slag.

‘Je hoeft me niet te betalen,’ zei ze, ‘totdat je ziet dat ik van nut ben.’

Een week later vroeg Gaby zich af hoe ze het al die tijd had kunnen stellen zonder de nuchtere verschijning van Yasmine, die met haar dunne ‘knutselvingers’, zoals Gaby ze was gaan noemen, niet alleen taarten versierde, maar ook schilderijtjes ophing, de koffiemachine repareerde en met straffe hand regeerde over de boekhouding en Gaby’s agenda.

Samen lopen ze naar achteren.

'Over een halfuur heb je een interview met die journalist,' zegt Yasmine.

Om hen heen klinkt het geruststellende geluid van draaiende mixers en het gezoem van de oven die opwarmt. Gaby begroet het personeel dat achter een lage glazen wand bezig is met het verdelen van hoopjes deeg op een lange bakplaat. Het bakken gebeurt in het midden van de zaak. Iedereen moet kunnen meegenieten – dat was haar visie.

'Ze heet Annegreet Langeveld en ze werkt voor *NRC*.' Yasmine opent de deur naar de ruimte die vroeger dienst deed als kantoor, maar die nu vooral wordt gebruikt als pauzeplek voor het personeel. 'Ik stuur haar meteen door zodra ze er is. Het leek me leuker dat je haar hier in de winkel ontvangt, en niet op kantoor. Dan kan ze zien wat we maken. Ze heeft de reputatie nogal...'

Gaby hangt haar jas aan de kapstok in de hoek. 'Nogal wat?'

'Ze is pittig, heb ik gehoord. Je bent gewaarschuwd. Niet dat ik ook maar een seconde twijfel aan jouw kwaliteiten om haar volledig in te pakken.'

'En anders kan ik haar altijd nog iets voorschotelen uit de winkel, bedoel je? Haar afleiden met zo'n supersmeuïge unicorncupcake, waardoor ze haar zure inborst direct vergeet?'

'Precies.'

'*Great minds think alike.*' Gaby werpt een blik op haar telefoon en klapt haar laptop open. Nog vijfentwintig minuten tot het gesprek. Met een beetje geluk kan ze twintig e-mails wegwerken.

'Eng verhaal, hè, van dat meisje?' Yasmine is blijven hangen en wijst naar de opengeslagen krant die op de tafel ligt, haar wijsvinger op de pagina.

'Welk meisje?'

‘Het is overal groot nieuws. Ze openden er gister de tv-uitzending mee, weet je dat niet meer?’

Gaby kan zich niets herinneren, vermoedelijk door de spanning die ze backstage voelde voorafgaand aan haar optreden.

‘Gisterochtend vroeg is ze op haar fiets gestapt, ze moest door het bos, maar ze is nooit op haar werk aangekomen.’ Yasmine schudt haar hoofd. ‘Jezus, ik zou kapotgaan als ik haar moeder was, of haar vriendin.’

‘Weten ze al wat er met haar is gebeurd?’ vraagt Gaby. Haar vingers omklemmen de rand van haar MacBook.

‘Nee, alleen dat ze vermist is.’ Yasmine draait haar haren in een knot.

Bos. Meisje. Vermist. Gaby merkt hoe haar ademhaling versnelt. ‘Wie weet is ze naar haar vriendje gegaan,’ zegt ze. ‘Of wilde ze gewoon even verdwijnen.’

Een voor een knakt ze haar vingerkootjes om haar ergernis kwijt te raken. Hebben de afgelopen jaren helemaal niets opgeleverd? Een eigen zaak, kinderen, haar huwelijk. Ze dacht dat de successen een laagje vormden over die rotte plek diep vanbinnen, waardoor zo’n bericht haar niet meer zou raken. Maar het paadje in haar hersenen is te diep uitgehouwen. Ze is voor altijd voorbestemd tot paniek.

‘Ja, dat kan natuurlijk ook,’ antwoordt Yasmine. ‘Misschien had ze ruzie met iemand? Dat wordt in dit artikel niet duidelijk. Wel zegt haar moeder dat ze altijd trouw naar school en haar werk gaat en dat het dus vreemd is dat ze nooit op de manege is aangekomen.’

‘Manege?’

‘Ja, daar werkt ze. Manege De Hoefslag.’

Een rilling trek door haar lichaam. *Je moet realistisch blijven. Elke dag verdwijnen er meisjes. Dit gaat niet over jou en wat er vroeger is gebeurd.*

‘Gaat het?’ vraagt Yasmine. ‘Je ziet ineens bleek.’

‘Ik voel me een beetje draaierig.’

‘Heb je wel iets gegeten? Ik pak wat lekkers voor je. Zo kun je die journalist niet te woord staan.’

‘Waar was dat meisje voor het laatst gezien, zei je?’

Yasmine buigt zich weer over de krant. ‘Even lezen... in de bossen van Aus... Austerlitz. Ik weet niet precies waar dat ligt.’

‘Ik wel,’ fluistert Gaby. ‘Het ligt naast Zeist.’

Als vanzelf gaan haar gedachten terug naar het fietspad dat door het bos leidt. Naar de plek waar ze altijd afspraken, bij de witte paddenstoel met de pijlen. 4 kilometer naar Soesterberg, 2 kilometer naar Zeist, 3 kilometer naar Austerlitz. Gek hoe verdrongen beelden zo helder tevoorschijn floepen. Ze ziet haar vriendin Anniek op de roze fiets, een arm om de lantaarnpaal geslagen, paarse haarmascara in de voorste plukjes. Langs datzelfde kruispunt moeten ze nu ook zijn gekomen, de dader en zijn prooi.

Gaby is zich bewust van haar ademhaling, haar borst gaat snel op en neer.

‘Mag ik even lezen?’ Ze klapt haar laptop dicht en staat op.

‘Tuurlijk. Ik moet toch wat telefoontjes afhandelen.’ Yasmine doet een stap naar achteren. ‘Ik regel ook wat te eten. En vergeet je koffie niet, hè?’

‘Nee, mama.’ Gaby doet haar best om te glimlachen. Ze buigt zich over de krant, haar handen steunen aan weerszijden van de pagina op het tafelblad.

Bladzijde zes. Het meisje kijkt omhoog naar de camera en lacht breeduit, haar hoektanden zijn opvallend puntig. Het sluike rode haar benadrukt haar hartvormige gezicht. Ze is knap. Gaby prent het signalement in haar geheugen. Families kiezen altijd een vrolijke foto, zoals ze zich hun dochter en zusje willen herinneren. Waar is het meisje nu? Ligt ze opgesloten in het donker te wachten? Nu tellen de uren, minuten, seconden. Gaby knijpt haar ogen stijf dicht. Ze moet haar gedachten een halt toeroepen. Ze wil niet teruggaan naar vroeger. Toch leest ze verder.

Nina Geers (15) uit Zeist vermist

De 15-jarige Nina Geers uit Zeist vertrok op dinsdagochtend op de fiets vanuit haar ouderlijk huis naar haar bijbaan op een manege in Austerlitz. Haar ouders sloegen om één uur 's middags alarm toen Nina's baas aangaf dat ze nooit op haar werk was aangekomen. Op school bleek ze die ochtend ook alle lessen gemist te hebben.
De politie is een grote zoekactie gestart. Nina is één meter zeventig, heeft rood haar en blauwe ogen, en een klein litteken boven haar rechteroog. Dinsdag droeg ze een spijkerbroek, een witte trui en een donkerblauwe jas met bontkraag. Ze reed op een witte omafiets en had een zwarte lakleren handtas bij zich. Wie informatie heeft over Nina wordt verzocht contact op te nemen met de politie. Volgens een woordvoerster houden ze rekening met alle scenario's rondom de vermissing van de 15-jarige scholier. 'We nemen het uiterst serieus.'

Pas als ze klaar is met lezen, merkt Gaby dat ze haar kaken met kracht op elkaar klemt. *Rood haar. Jong. Zijn type.* Ze strijkt met haar tong langs haar pijnlijke tanden. *Het kan toeval zijn, er is bijna twintig jaar verstreken. Er dwalen zo veel zieke geesten rond. Of het is gewoon een ongeluk...*

'Hé.' Yasmine verschijnt in de deuropening. 'Ze is er al.' Ze geeft een knikje naar achteren. Op fluistertoon vervolgt ze: ‘Ze komt hélemaal uit Amsterdam. En je weet, die enorm lange reis naar het oosten van het land valt types uit de Randstad altijd zwaar.’ Ze knipoogt en loopt op een drafje naar binnen. ‘Hier.’ Op de tafel zet ze een bordje met twee kaneelbroodjes neer. ‘Ik stuur haar nu door, oké? Toitoitoi.’

4

Misschien is Yasmine verkeerd ingelicht over de reputatie van de journalist. Er is niets kritisch aan de manier waarop ze haar tanden in het kaneelbroodje zet.

'Dit is zó lekker,' zegt ze met volle mond. Er blijft een kruimel plakken op haar kin.

'Het was een van de eerste gebakjes die ik aanbood in de winkel en het is nog steeds een van de best verkochte.' Gaby glimlacht. 'Deze is bedekt met vanilleglazuur, maar we maken ze ook met warme karamelsaus.' Ze zakt achterover in haar stoel en schuift de krant opzij. Het interview dat eerst nog als huiswerk voelde, is plots een welkome afleiding. Ze wil zo min mogelijk aan het verdwenen meisje denken. 'Als je nog iets zoekt voor het kerstontbijt... Kaneelbroodjes zijn niet al te moeilijk, maar je maakt er altijd indruk mee op de visite.'

Annegreet likt aan haar wijsvinger om de laatste restjes naar binnen te werken. 'Ik kom zelf niet verder dan appeltaart uit een pak.'

Gaby kreunt. 'Appeltaarten zijn gek genoeg het moeilijkste. Ook voor professionals. Weet je waarom? Iedereen is opgegroeid met een appeltaart die weer nét anders is. Met noten of juist zonder. Flink wat kaneel, rozijnen of alleen kruimel. Daaraan valt voor ons bijna geen eer te behalen.'

'Grappig.' Annegreet schuift haar bordje van zich af. 'Ik zou denken dat een appeltaart juist makkelijk is.'

Gaby slaat haar benen over elkaar. 'Je komt uit Amsterdam, hè? Hoe was de reis?' Ze ergert zich altijd aan de hooghartigheid van mensen uit de hoofdstad, hun geklaag over files of de overstap op station Amersfoort, maar tegelijkertijd voelt ze de drang om deze vrouw – die vanwege haar functie bij een serieuze krant de macht heeft om haar op papier kapot te maken – te ontmaskeren als een voorspelbaar iemand uit de hoofdstad.

'Prima,' antwoordt Annegreet. 'Ik ben opgegroeid in Lochem, dus ik ken deze omgeving goed.'

Haar teleurstelling laat ze niet merken. 'Kom je hier nog vaak?'

'Ik heb het te druk met werk. Maar vroeger was Deventer de grote stad waar mijn vrienden en ik naartoe gingen om te stappen.' Ze veegt haar mond af met de mouw van haar donkerblauwe trui. Gaby ziet nu pas dat ze loenst met één oog. 'Ik werk sinds kort voor het weekendmagazine van de krant,' zegt ze. Haar stem klinkt nasaal. 'Mijn chef is fan van je boek en je missie. Ik had nog nooit van je gehoord. Maar goed, hier ben ik. Laten we maar beginnen...'

'Wat deed je eerst?' Gaby neemt graag de leiding wanneer ze op haar hoede is.

'Sorry?'

'Je zei: sinds kort werk ik voor het weekendmagazine. Waar werkte je hiervoor?'

'Ik ben politiek verslaggever.' Ze kucht. 'Of nu ja, dat was ik. Maar je kunt niet eeuwig op het Binnenhof rondlopen, vindt mijn hoofdredacteur.'

Gaby begrijpt onmiddellijk dat dit bezoek corvee is voor de journalist tegenover haar. Ze is niet beledigd, eerder tevreden dat ze vroegtijdig heeft weten te achterhalen hoe de verhoudingen liggen. Deze vrouw geniet van haar gebak, maar neemt haar verder niet serieus. Toevallig wordt Gaby graag onderschat.

'Ik neem het gesprek op, als dat oké is.' Annegreet schuift haar telefoon tussen hen in. 'Je bent een rolmodel voor jonge vrouwen, met name moeders. Ik begrijp dat je op social media laat zien hoe je je eigen zaak hebt opgebouwd en hoe je dat combineert met je gezin.' Ze kijkt op het notitieblok dat ze voor zich heeft liggen. 'Maar waar je écht de aandacht mee hebt getrokken is een foto die je onlangs op Instagram plaatste. Een waarop je alleen een beha en onderbroek draagt. Waarom was zo'n half-naakt plaatje volgens jou nodig?'

Gaby weet niet in welk oog ze moet kijken. Ze vouwt haar handen voor haar buik en ademt diep in. 'Die Instagram-post heb ik in een opwelling geplaatst. Ik had geen idee dat er zo veel reacties zouden komen.'

'Dat vind ik moeilijk te geloven.'

'Toch is het zo.'

Het bericht op Instagram was een toevalstreffer. Na drie werkafspraken stapte ze thuis onder de douche om zich op te frissen voordat ze naar het schoolplein zou wandelen om Mette op te halen. Met druipende haren liep ze langs de spiegel in de slaapkamer. In een wolk van vanille afkomstig van haar veel te dure douchegel inspecteerde ze haar lichaam. De heuveltjes die boven de band van haar slip opbolden, haar ronde dijen met putjes, de navel die niet langer zichtbaar was, de witte strepen op haar buik – daar waar het vel uitgerekt was tijdens de zwangerschappen. Ze had een foto gemaakt en die online geknald met het bijschrift: 'Ik geniet van alles wat het leven mij biedt. Mijn gezin, mijn werk én lekkere taartjes. Geen zin meer om me te verschuilen. Want ook ik word onzeker door al die slanke lichamen en strakgetrokken gezichten op social media. Dit is wie ik ben. Dit is mijn lijf na twee kinderen. Ik wil genieten. Fuck het perfecte plaatje. #laatjezelfzien.

'Pas aan het einde van de dag, toen ik bezig was met het maken van een pasta, vertelde mijn assistent dat het losging. Kennelijk zijn veel vrouwen blij met dit geluid. En toen belde *RTL Boulevard*.'

'Het heeft je geen windeieren gelegd,' reageert Annegreet. 'Het komt op mij over als een handige marketingzet om je boek te promoten.'

'Als het echt zo uitgekiend was, dan had ik de foto op een ander moment geplaatst. Twee uur 's middags is de slechtste tijd qua traffic... Maar dat weet jij niet, want je lijkt me niet iemand die actief is op social media.' Bewust laat ze haar blik langzaam glijden over de vormloze lap stof die een trui moet voorstellen, langs de pluisjes die op de mouw prijken.

Ze weet dat ze te verdedigend overkomt. Ze schenkt Annegreet haar meest onschuldige lach. 'Terwijl je niet heel oud bent. Begin dertig?'

'Drieëndertig.'

Gaby neemt een slok van haar koffie, die inmiddels koud is.

'Kijk, ik ben trots op mijn lichaam, op wat het allemaal kan. Ik wil andere vrouwen laten zien dat je niet maat 36 of 38 hoeft te hebben om je sexy te voelen, of mee te tellen.' Ze zucht. 'Waarschijnlijk vind jij dit clichéteksten, maar ik geloof echt dat die perfecte beelden jonge meiden beïnvloeden en dat het heilzaam kan zijn als er meer vetrollen op Instagram voorbijkomen.'

'Ik snap je punt. En toch. Echt realistisch kun je die foto natuurlijk niet noemen. Je draagt make-up. En je weet zelf ook wel dat je knap bent.'

'Je moet ergens beginnen.'

Yasmine had toch gelijk. Ze kan zich goed voorstellen dat Annegreet een lastpak was voor woordvoerders en politici. Maar nu zitten ze in een patisserie waar mensen binnenlopen voor iets lekkers. Ze strijkt haar rok glad en spreekt zichzelf toe dat dit erbij hoort. Nu de aandacht voor haar als persoon groeit, kan ze ook scherpe vragen verwachten.

'Laten we het over iets anders hebben.' Annegreet bladert naar de volgende pagina van haar aantekenblok. 'Hoe heb je leren bakken? Je hebt voor zover ik weet geen opleiding gevolgd.'

'Ik heb het mezelf aangeleerd.' Gaby denkt terug aan de keuken in haar ouderlijk huis. 'Met weinig ingrediënten moest ik creatief zijn. Van havermout, melk, boter en appels leerde ik de heerlijkste dingen maken.' Ze laat haar kin in haar handpalm rusten. 'Bakken is magisch. Je mengt een paar ingrediënten, volgt de instructies op en je hebt iets feestelijks. Het huis ruikt lekker en je maakt mensen blij. Ik ben begonnen met taarten voor verjaardagen tijdens mijn studie psychologie. BakMadame heette mijn eerste bedrijfje. Later ging ik huwelijken doen. Mijn formule van budgetbruidstaarten sloeg enorm aan. Kwamen de stelletjes in mijn studentenkamer proeven. Er is geen fijner gevoel dan een goed gelukte cake afsmeren met een dikke laag ganache van witte chocolade.'

'Dus je bakte als kind al? Weet je nog wat je allereerste baksel was?'

'Toen was ik zeven. Ik wilde cakejes uitdelen op school voor mijn verjaardag, met van dat roze glazuur, net als mijn vriendinnetjes.'

'Deed je dat samen met je moeder?'

'Nee.' Gaby grijnst bij het idee. 'Ik heb de ingrediënten gekocht van mijn zakgeld. Ook zo'n buisje met zilveren balletjes als versiering.'

'Waarom moest je dat zelf betalen?'

'Mijn moeder keurde die chemische zoetigheid af. Bij ons thuis aten we alleen biologisch-dynamisch. Onbespoten groenten. Mijn ouders waren supergezond, voordat het hip werd.'

'Werd je daarmee op school gepest?'

'Op de vrije school waren we niet de enigen. Al was het bij ons thuis strenger.'

'De vrije school?' Annegreet klikt met haar pen en maakt een aantekening. 'Ik herinner me een opiniestuk waarin dat soort onderwijs sterk werd bekritiseerd.'

Gaby heeft spijt van haar openhartigheid. 'Ik weet er te weinig van af. Het is de wereld van mijn ouders. Ik heb me ervan losgemaakt.'

'Wat deden je ouders voor werk?'

'Ze pasten op.'

'Pasten op? Wat bedoel je?'

'Ze hadden een crèche aan huis.'

'Dan zullen ze wel trots op je zijn.' Annegreet blijft haar strak aankijken. 'Ik kan me niet voorstellen dat gastouder zijn veel geld opbrengt. Jij daarentegen bent je eigen imperium aan het opbouwen hier aan de IJssel, en je schittert op televisie.'

'Dat zijn niet echt dingen waar zij iets om geven.' Gaby trekt aan de hals van haar klaproosrode blouse. 'Ga je er zo'n Assepoester-verhaal van maken? Over een meisje dat vanuit het niets is opgeklommen?'

'Zou dat van toepassing zijn op jouw leven?'

Opeens daagt het haar dat journalisten net therapeuten zijn. Ook zij graven in je leven, met als bijkomstigheid dat ze hun aantekeningen vervolgens delen met het hele land. Is er nog een weg terug? Ze wil niet over haar jeugd praten.

Alsof ze haar gedachten kan lezen, vraagt Annegreet: 'Heb je een goede band met je ouders?'

Gaby aarzelt. 'Ik zie niet direct in hoe dat relevant is? Het heeft niets te maken met mijn werk. Ik vertel je graag alles over mijn nieuwe boek dat momenteel...'

'Sorry, ik ga je even onderbreken.' Ze steekt haar hand in de lucht als een juf die een ongehoorzaam kind corrigeert. 'We maken een persoonlijk profiel, dus dan zal ik ook meer moeten weten over vroeger.' Ze grijpt naar haar telefoon. 'Kun je mij telefoonnummers geven van je moeder, je vader, je broers of zussen? We bellen altijd om de persoon heen.'

'Ik zal aan mijn assistent vragen of ze je e-mailt.' Gaby staat op. 'Ik ben bang dat we nu moeten afronden, anders mis ik mijn volgende afspraak.'

Annegreet duwt zich omhoog uit haar stoel. 'Dank voor je tijd. Ik ben nog niet veel wijzer geworden. Maar dat komt wel.'

Als de deur dicht is, verdwijnt de glimlach van Gaby's gezicht. Ze heeft de interesse gewekt van een ambitieuze journalist en dat is geen goed nieuws.

5

Onderweg van de parkeergarage naar haar afspraak in Amsterdam checkt Gaby haar telefoon. Er is een nieuw sms-bericht binnengekomen, van een onbekend nummer.

Jij hebt het nieuws ook gevolgt. Dan weet je dat we elkaar snel moeten zien. Zodat het niet gaat zoals de vorige keer.

Voor de draaideur van het restaurant blijft ze staan. Gevolgt met een t. Ze slaat het nummer op en vult bij de naam een vraagteken in. In WhatsApp verschijnt geen foto die helderheid kan verschaffen over de afzender. Gaby staart naar het standaardicoontje van een wit poppetje tegen een grijze achtergrond.

Natuurlijk heeft ze het nieuws meegekregen. Wie niet? Op de radio in de auto van Deventer naar Amsterdam ging het over Nina. Jong meisje. Mooi. In de bloei van haar leven.

Ze leest de tekst nog eens.

Zodat het niet gaat zoals de vorige keer.

De persoon die het bericht stuurde, ziet ook een verband met vroeger. Even is dit een fijne sensatie: *zie je wel, ze is niet gek*. Dan herpakt ze zich. Dit is niet haar verantwoordelijkheid. Resoluut stopt ze haar telefoon terug in haar leren tas. Wie de afzender van het bericht ook is, Gaby zal nooit toestaan dat iemand haar leven opnieuw overhoophaalt.

Haar uitgever heeft een wilde bos krullen die ze niet verft. De grijze haren geven haar iets chics, in combinatie met de kleurrijke gewaden en rinkelende zilveren oorbellen die ze draagt.

‘Je ziet pips,’ zegt ze. ‘Eet je wel goed, slaap je genoeg? Sport je? Je moet wel voor jezelf zorgen, hè? Juist in deze drukke periode.’

Gaby moest wennen aan hoe Clarissa van Griethuijsen zich ongevraagd opwierp tot moederkloek. Of bemoeial, het is maar net hoe je het bekijkt. Ze is succesvol vanwege haar gave om in recordtempo een intieme band te creëren met haar auteurs. Toen ze voor een kennismaking bij Gaby thuis langskwam – haar eerste en enige bezoek aan Deventer – trof Gaby haar aan naast het keukeneiland, waar ze de stelen van een bos bloemen boven de prullenbak stond te knakken. ‘Uitgebloeid,’ meldde ze.

Zo wist Clarissa schrijvers binnen te hengelen, ook van andere uitgeverijen, iets waar veel chagrijn over bestond in het vak.

Gaby is niet snel onder de indruk, en ze blijft op haar hoede. Haar boek verkoopt goed, alleen daarom wil deze vrouw met haar afspreken in dit dure restaurant.

‘Ik sport geloof ik vaker dan jij.’

Clarissa’s schorre lach verraadt dat ze ooit een fervent roker is geweest. ‘Waar moet ik de tijd vandaan halen?’

‘Tussen alle lunches en glazen champagne met auteurs door, bedoel je?’

Als reactie op de flamboyante vrouw gedraagt Gaby zich vanaf hun eerste kennismaking gevatter dan ze in werkelijkheid is. Ze vindt deze versie van zichzelf leuker, maar vermoeiend is het wel.

‘Sporten is niet nodig als je overal heen wandelt, zoals ik.’ Clarissa wenkt een ober, die direct komt aangesneld. ‘Wist je dat Plato waarschuwde voor sportverdwazing? Het is onnatuurlijk om je uren in het zweet te werken.’

Terwijl ze met een hand de spieren in haar nek masseert, buigt Gaby iets opzij zodat ze onder de tafel kan kijken. ‘En het bejaardenschoeisel neem je op de koop toe, begrijp ik.’

Clarissa grinnikt. 'Ik heb nooit kunnen lopen op die wiebeldingen die jij aan je voeten hebt.'

'Je moet iets als je één meter vijfenzestig bent.'

De uitgever knikt naar de man die aan hun tafel staat. 'De tartaar van zeebaars graag.'

'En voor mij de terrine van eendenlever.' Overal waar Gaby komt, kijkt ze eerst naar de desserts. Ze heeft haar keuze voor straks al gemaakt: de *Paris-Brest* met mokka en sinaasappel. Het dessert brengt haar onmiddellijk in een stroomversnelling van nieuwe smaken en ideeën die ze maar met moeite kan afremmen.

Ze neemt een slok van haar champagne. De alcohol verspreidt een aangename tinteling door haar lijf. Ze legt het servet op haar schoot, nog ver voordat het eten wordt geserveerd. Die dingen weet ze. Ze hoeft niet langer bang te zijn om door de mand te vallen.

Ze kijkt uit het raam. Boven de gracht is het middaglicht zachtgeel. Deze opgepoetste wereld van draaideuren, zilveren bestek en kristallen glazen verschaft haar de frisse blik die ze nodig heeft. Ze moet haar prioriteiten voor ogen houden.

'Ik heb nieuws.' Clarissa leunt achterover en laat een dramatische stilte vallen, die Gaby bewust niet invult. '*De grote bakwedstrijd*. Elke zondag 2 miljoen kijkers...'

'Ik ken het programma.'

'Ze belden of je beschikbaar bent om hun nieuwe jurylid te worden in het panel, omdat die goeie ouwe Hans in de lappenmand zit en voorlopig moet aansterken.'

'Ik? Meen je dat? Wanneer hebben ze gebeld?'

'Vanmorgen. Ze hebben je optreden van gisteren gezien.' Ze neemt een slok. 'Je zult het enig doen, dat weet ik zeker. Je bent uitermate kundig in je vak en zegt waar het op staat. Dat is precies wat ze willen.'

'Ik weet niet wat ik moet zeggen.'

'Dat je blij bent.'

Met Yasmine filosofeerde ze vaak over de volgende stap. Vaker op televisie. Een nieuw boek. Een eigen collectie keukenspullen in een groot warenhuis. Als deze deal doorgaat, is dit alles binnen handbereik. En sneller dan gedacht.

'Er moeten uiteraard nog wat gesprekken plaatsvinden en een screentest, maar dat komt allemaal goed. Ze kennen je vlogs, dus ze weten hoe je van het beeld afspat.' Clarissa steekt haar glas in de lucht. 'Op de bakprinses uit het oosten en al het moois dat je nog te wachten staat.'

Gaby beantwoordt het gebaar.

'Het wordt tijd dat je een agent in de arm neemt,' zegt haar uitgever.

'Hoezo? Ik heb Yasmine. Zij regelt alles.'

'Iemand in Amsterdam. Met de juiste connecties.'

'Jij zei eerder dat het mijn kracht is dat ik níet in de Randstad woon.'

'Je moet vooral uniek blijven.' Haar vingers strijken denkbeeldige kreukels uit het kleed, haar ogen staan ernstig. 'Maar zaken zijn zaken en nu wordt het serieus. Yasmine is een schat, maar je hebt iemand nodig die ervaring heeft met dit soort deals.'

Om verder te komen moet je afscheid nemen, Gaby weet het en is ertoe bereid. En toch doet het pijn. Het is maar een klein zijspoor, stelt ze zichzelf gerust. Yasmine zal genoeg te doen hebben met de winkel en de webshop.

'Denk er maar even over na. Ik kan je wat namen van managementbureaus geven en je introduceren.' Clarissa haalt een hand door haar haar en haar oorbellen klingelen. 'Hoe gaat het met David?'

Ze spreekt zijn naam op z'n Engels uit. Dévid. Verbeteren heeft geen zin.

'Goed.' Ze wil vragen hoezo, maar klemt haar lippen op elkaar. Ze weet niet wat erger is: dat ze geen enkel leuk detail kan bedenken over het leven van haar man, of dat ze zich aangevallen voelt door zo'n simpele vraag.

'Werkt hij nog steeds niet?'

'Hij heeft het druk thuis met de kinderen,' verdedigt ze hem.

'Pas maar op.'

'Wat bedoel je?'

'Ik weet dat jullie het allemaal anders willen doen, met die papadagen en de boel thuis gelijk verdelen. Ik zie op straat vaders lopen met zo'n ding op hun buik.'

'Een draagzak.'

'Het is een mooi streven, maar een man blijft een man.'

'Jij bent toch ook altijd fulltime blijven werken?' vraagt Gaby.

'Zeker. Maar ik heb mijn mannen nooit gedwongen om bij de kinderen te blijven.'

'Niemand dwingt David. Hij wil dit zelf.'

'Tot hij níet meer wil. En jij ziet dat te laat.' Ze leunt voorover. 'Mannen en vrouwen zijn niet gelijk. Knoop dat goed in je oren. Mannen willen risico's nemen, ze moeten eropuit. Jagen.'

Het is vreemd hoe feministische boegbeelden als Clarissa er zulke ouderwetse opvattingen op na houden. 'Tijden veranderen,' werpt ze tegen. Toch is ze er niet gerust op.

'Ik zeg alleen: houd je ogen open. Je zou niet de eerste zijn die te laat ontdekt dat het niet genoeg voor hem was.'

Gaby's telefoon trilt. Ze draait het scherm naar zich toe. Ze wordt gebeld door het vraagteken. 'Ik ben zo terug,' zegt ze.

Uit onzichtbare luidsprekers klinkt klassieke muziek. De toiletten bevinden zich in de kelder van het gebouw, en Gaby voelt hoe de tocht langs haar panty omhoogkruipt. Boven de wastafel van zwart graniet staart haar spiegelbeeld terug. Had ze die angstige blik daarnet aan tafel ook?

Ze klikt op het nieuw binnengekomen bericht.

Stuur ff wat terug. Ik weet dat het lang geleden is, maar we moeten elkaar zien. Anders loopt het verkeert. Er staan een leven op het spel. Ik ben in de buurt, dus kan er snel zijn.

Is die persoon in het restaurant? Ze kijkt over haar schouder naar de rij glimmende deuren. Er zijn geen schoenen te zien in het schemerlicht en er klinkt geen geritsel van toiletpapier, een broek die opgetrokken wordt of het geklater van een plas.

Met de binnenkant van haar koude, nog natte pols dept ze haar hals, zoals ze ook haar parfum opdoet. *Niemand kan mij dwingen om te antwoorden of om af te spreken*, spreekt ze zichzelf toe, maar ze voelt hoe de paniek zich langzaam in haar nestelt, alsof er iets in gang is gezet wat ze niet meer kan stoppen.

Tobias. Sinds het nieuws over het vermiste meisje is haar broer terug in haar gedachten. Of misschien is hij daar nooit weggeweest. Ze telt de jaren. Hij zou op vrije voeten kunnen zijn. Probeert hij contact met haar te krijgen?

Nee, dat is niet logisch. Haar broer die ooit haar beste vriend was, wil haar nooit meer zien. Nog vijf keer heeft ze de trein naar de gevangenis genomen, maar hij weigerde uit zijn cel te komen. Gaandeweg kregen de stemmen uit haar omgeving vat op haar. Ook zij is gaan geloven dat hij een monster is.

Ze wrijft over haar armen om het warm te krijgen. Hij zit hier niet achter. Wie wel? Gaby kan nog een andere persoon van vroeger bedenken.

Ze trekt haar mondhoeken omhoog in een glimlach, in de hoop dat haar stemming meebeweegt. Een van de best bekeken televisieprogramma's op de zondagavond wil haar als jurylid. Er is momenteel veel in haar leven dat gevierd mag worden.

Kijkend in de spiegel volgt ze met haar vinger de lijn van haar keurig bijgehouden wenkbrauwen. Straks moet ze terug naar Deventer om de vergadering met haar team voor te bereiden die

’s middags op de planning staat. Maar dat kan wachten. Eerst moet ze iets anders doen.

6

Ik ben om 5 uur op kantoor voor de vergadering. Ga thuis even op bed liggen. Heb flinke hoofdpijn, ik denk door de champagne met Clarissa...

Het is een ongewoon bericht voor haar doen, ze hoopt dat Yasmine geen vragen zal stellen.

Ze neemt afslag S112 naar de A2.

Nina is overal. In haar gedachten, op de radio. Ze laat haar vinger over het volumewieltje in haar stuur glijden.

'In de buurt waar ze voor het laatst werd gezien is een kliniek,' zegt de misdaadjournalist die te gast is in het radioprogramma. 'Het zou best kunnen zijn dat het een kwestie is van op het verkeerde moment op de verkeerde plek. Hoe pijnlijk ook.'

'Wat voor kliniek?' vraagt de presentator.

'Een forensisch-psychiatrische instelling waar patiënten worden behandeld die aan psychoses of schizofrenie lijden, maar ook mensen die veroordeeld zijn vanwege geweldsdelicten. Ze worden daar voorbereid op hun terugkeer in de samenleving. Soms krijgen ze enkele uren verlof op een dag.'

Gaby grijpt het stuur steviger vast en probeert te begrijpen over welke kliniek ze het hebben. Ze is al jaren niet meer in Zeist geweest. Vroeger kende ze de straatnamen, pleintjes en paadjes. Wat rest is een gevoel van onbehagen.

'We krijgen een steeds beter beeld van Nina. Een goede scholier, doet vwo. Was jeugdkampioen schaatsen. Ze heeft geen problemen?' vraagt de presentator.

'Niets wijst erop dat Nina zichzelf iets heeft aangedaan of dat ze is vertrokken omdat ze in de problemen zat. Daarom luidt haar familie de noodklok.'

Gaby duwt de klep van het vakje tussen de twee stoelen omhoog en pakt een groene appel. Ze neemt een hap, maar die smaakt haar niet. Het vermiste meisje heeft het land in haar greep. Het is pas dag twee, maar Nina Geers doet wat naamsbekendheid betreft momenteel niet onder voor koningin Máxima.

Zo ging het ook met Yvette, twintig jaar geleden. *Lief. Eigenzinnig. Trouwe vriendin. In de bloei van haar leven. Hardwerkende scholier.* Na haar vermissing kreeg ze in de media karaktereigenschappen toegedicht die niemand ooit had uitgesproken toen ze nog leefde. *Slet. Makkelijk met jongens.* Dat durfde niemand hardop te zeggen. Haar reputatie had Tobias niet tegengehouden.

Normaal gesproken geniet Gaby van het gevoel van vrijheid dat de snelweg haar geeft, maar vandaag ergert ze zich aan de slome automobilisten. Ze haalt een vrachtwagen in, iemand achter haar toetert.

Ze was jaloers op Yvette toen de politie de bossen rondom hun woonplaats uitkamde. Iedereen fluisterde haar naam en Gaby zag in de bibliotheek dat haar foto op de voorpagina van de *Zeister Nieuwsbode* stond. Iemand had haar meegenomen, ze moest wel bijzonder zijn.

Zelf kende ze Yvette alleen van gezicht en naam. Ze zat op een andere school en ging net als Gaby op vrijdag- en zaterdagavond naar de Dorpsstraat. Ze hoorde bij een populair clubje.

Haar kinderlijke jaloezie verdween toen het meisje dood werd gevonden, onder een bladerdek in het bos.

Verkracht, verminkt, vermoord.

Op het lichaam van Yvette waren bloeduitstortingen aangetroffen, stond er in de krant. Gaby's fantasie ging met haar aan de haal. Ze zag het meisje voor zich, doodsbang in een donkere ruimte. Alleen. Naakt, haar handen gekneveld, bloed sijpelend langs haar benen.

De politie vond haar op een paar honderd meter van de caravanstalling waar Tobias werkte, zes dagen nadat ze als vermist was opgegeven. Hoe kon hij haar zo toetakelen? Volgens de rechter was haar broer een man zonder geweten die zich door niets liet tegenhouden bij het uitoefenen van zijn perverse praktijken.

Gaby probeert zich te concentreren op het asfalt voor zich. Met de kerstdrukte voor de boeg is dit de slechtst mogelijke tijd om afgeleid te zijn. Haar bedrijf heeft haar nodig. De lijst met taken groeit met de dag.

Iets trekt haar naar die plek in het bos. Alsof het verleden zich met scherpe klauwen een weg naar binnen vecht.

Haar richtingaanwijzer tikt. Bij de afslag Den Dolder/Zeist verlaat ze de snelweg.

Ze wisselt van zender. 'Homeward Bound' van Simon & Garfunkel.

Home where my thought's escapin'
Home where my music's playin'
Home where my love lies waitin'
Silently for me.

Ze zet de radio uit. Een verkeersbord geeft aan dat de weg voor auto's doodloopt. Ze rijdt het hobbelige zandpad op, in haar stoel wordt ze van links naar rechts gegooid. Verderop, naast het fietspad, parkeert ze de auto.

Op haar telefoon klikt ze het icoontje van Facebook aan. Ze hoeft niet lang te zoeken naar Niels Geers. Zijn hartenkreet over zijn verdwenen zusje is al duizenden keren gedeeld. De reacties variëren van 'sterkte' tot 'we willen meehelpen met zoeken'.

Ze opent het portier en hijst zich uit haar stoel. Als ze de autodeur heeft gesloten, klimt ze naast de weg het bos in. Om niet verstrikt te raken in de bladeren en takken moet ze haar voeten hoog optillen. Ze baalt van haar zwarte laarsjes met hakken.

Als ze na een paar minuten blijft staan, overvalt de stilte haar. Boven haar hoofd ruisen de boomtoppen heen en weer in de wind. Ze hurkt en strijkt met haar hand door de bladeren, zodat de zwarte aarde zichtbaar wordt. Er kruipt een torretje langs haar vinger. Yvette had rood haar en een witte huid met lichte sproetjes. Gaby had haar ooit zien dansen en toen deinden haar borsten in haar tanktop op en neer, ze moest er wel naar staren.

Gaby begrijpt dat haar broer voor haar is gevallen die avond. Hoe zou ze hebben geroken, toen ze bij hem achter op de bagagedrager stapte? En later, toen ze werd opgegraven door de politie? De armen bedekt door korstjes, de blauwe plekken waar hij haar keel had dichtgeknepen. Aangekoekte resten van het geweld dat haar was aangedaan tussen haar dijen.

Na de arrestatie van Tobias haalde de politie Gaby op en nam haar mee naar het bureau voor verhoor.

Of ze haar broer die avond had gezien in het café. *Ja.*

Had hij gedronken? *Iedereen dronk.*

Of ze hem had zien vertrekken met Yvette. *Nee. Ik ben met hoofdpijn vroeg naar huis gegaan.*

Had ze hem die ochtend horen thuiskomen? *Nee.*

Was hij in de dagen erna vaak van huis geweest? *Niet meer dan normaal.*

Heeft ze hem verraden door over de caravanstalling te vertellen? Gaby opent haar ogen en komt overeind. Ze aarzelt. Hier ergens lag het lichaam van Yvette onder de aarde. Het lijkt alsof er iets van het onheil in de plek is getrokken.

Het erf, verscholen in het bos, deed 's winters dienst als stalling voor campers en caravans, en haar broer had een extra baantje bemachtigd als hulpje om de voertuigen winterklaar te maken. Eerst moest hij met een hogedrukspuit en zeep aan de slag en als het nodig was voerde hij kleine reparaties uit. Ze ziet hem voor zich in zijn vieze overall. De voertuigen dekte hij af met een groot blauw zeil tegen vuil en vorst. Eén caravan was al jarenlang niet meer opgehaald door de eigenaar en die had hij zichzelf toegeëigend.

Blowde je broer, vroeg de politie. *Soms.*

Hoe vaak ging hij naar die oude caravan? *Best vaak. Vooral na school en na het uitgaan.*

Met meisjes? *Dat weet ik niet.*

Gaby was er wel eens geweest met Anniek. Ze wist waar hij de sleutel bewaarde, onder het rubberen matje op de grond. De camperplaats werd afgeschermd door een wand van houten palen met daartussen bladeren en aarde. Ook in de verte is geen houtwal te zien. Ze begint te twijfelen aan haar richtingsgevoel. Opeens voelt de hele onderneming als tijdverspilling. Wat had ze gedacht hier aan te treffen? Een spoor dat naar Nina zou leiden?

Ze pakt haar telefoon en tikt het nummer in dat lang geleden onder 'thuis' stond opgeslagen.

'Hallo?'

'Hoi.'

'Wie is dit?'

'Ik ben het, Gabriëlla.' Ze slikt. 'Ik... ik bel over Tobias. Hebben jullie hem onlangs nog gezien of gesproken?'

Het blijft stil.

'Moeder? Ben je er nog?'

'Je weet dat ik het niet over hem wil hebben, na alles.'

'Het is voor mij belangrijk om te weten. Zit hij nog vast?'

Haar moeder staat in de huiskamer naast het houten kastje, zo stelt ze zich voor, de plek waar de telefoon in de houder ligt. Het enige huis in de wijk met een vaste lijn. Haar moeder vond het zonde om nieuwe spullen te kopen. Zo lang Gaby zich kan herinneren droeg ze dezelfde wollen rokken en een lichtblauw sjaaltje van zijde. Het vette haar in een knot.

'Het is het enige wat ik wil weten. Daarna laat ik jullie met rust.'

'Ingeborg zei dat ze hem in de supermarkt zag, bij de kassa.'

'Dus ze hebben hem vrijgelaten? En hij woont in Zeist?'

'Vollenhove, geloof ik.'

Gaby herinnert zich de onaantrekkelijke buurt met de grijze flats, vroeger fietste ze erlangs, onderweg naar het zwembad.

Ze laat het nieuws op zich inwerken. Haar broer zit niet meer in de gevangenis. Wat spookt hij uit? Ze kijkt over haar schouder. Geen mensen met honden, geen ruiter of verdwaalde wandelaar. Het is er verlaten.

Op het scherm ziet ze dat de seconden doorlopen. 00.49, 00.50, 00.51. Haar moeder heeft nog niet opgehangen.

'Hoe gaat het verder?'

'Wat kan ik zeggen? Ik probeer het allemaal te redden zonder je vader... Dat is niet makkelijk.'

Even is Gaby bang dat haar vader is gestorven zonder dat ze daarvan op de hoogte is gebracht. 'Wat is er gebeurd?'

'Hij ligt weer in het ziekenhuis. Ach, ik wil jou niet lastigvallen met onze zorgen. Je zult het wel druk hebben.'

Gaby kan het niet opbrengen om door te vragen. 'Ik moet inderdaad gaan. Sterkte.'

Ze stopt de telefoon in de zak van haar trenchcoat. Als ze in haar ogen wrijft, voelt ze de korrels mascara onder haar wijsvingers. Opeens heeft ze het gevoel dat ze wordt bekeken. Ze denkt aan Mette en Boris die nu waarschijnlijk op het kleed spelen met de plastic PAW *Patrol*-hondjes die ze online bestelde vanwege haar schuldgevoel. Aan Yasmine, die ze heeft wijsgemaakt dat ze met hoofdpijn in bed ligt. Niemand zal haar missen.

Ze draait zich om en begint te rennen. Ze kan zich niet herinneren of ze de auto heeft afgesloten. Een tak slaat in haar gezicht. Het is een grote fout dat ze hierheen is gereden. Er komt alleen maar ellende van. Ellende die ze achter zich dacht te hebben gelaten.

Ze wil niet dat het schuldgevoel terugkomt. Wat als ze in het café was gebleven? Had ze Tobias kunnen tegenhouden? Heeft ze te veel gezegd tijdens het verhoor? Het ging allemaal zo snel.

Tobias is haar broer en het enige familielid dat haar begreep. Zij tweeën waren anders dan de rest. Hoe heeft ze zich zo in hem kunnen vergissen? Daar kun jij niets aan doen, zei iedereen. Vergeet hem. Ga verder met je leven.

En dat heeft ze gedaan.

7

Het meisje over wie ik het had, is meegekomen voor een glas wijn.

Gaby verwachtte een berichtje over maïsbrood, of een pak melk dat nog gehaald moest worden bij de supermarkt, niet dit.

Die serveerster? Bij ons thuis? Nu?

Het bevalt haar niet dat er op dat moment een onbekende vrouw in haar huis is. Ze beeldt zich in hoe David op hun bank zit, zijn knie tegen die van het meisje, zodat de warmte overslaat. Ze doet haar best om een vleugje jaloezie bij zichzelf te bespeuren.

Niemand van haar personeel aan de lange witte tafel lijkt iets door te hebben. Yasmine loopt rond en neemt foto's die ze straks als Stories op het Instagram-account van de zaak zal plaatsen, vergezeld van teksten als #hardwork en #Christmasbrainstorm.

Wat Gaby voelt is irritatie. Irritatie omdat David met zijn plotselinge aankondiging haar plannen in de war schopt en zij hier nu iets mee moet. Praktische bezwaren schieten door haar hoofd. Ze moet deze vergadering leiden. Waar zijn de kinderen? Wanneer heeft ze haar benen geschoren? Welk setje ondergoed draagt ze?

Ze spreekt zichzelf toe: jij wilde verrast worden. Opwinding voelen. Alles loslaten. Geef je eens over. Nu het moment daar is, moet ze bekennen dat David gelijk had en dat ze er veel te makkelijk over heeft gedacht.

'Begrijp je wel dat ik die andere vrouw zal zoenen?' vroeg hij op een avond in bed, nadat Gaby over haar plan had verteld.

'Ja.'

'Dat ik haar zal aanraken? In haar zal gaan? En dat jij dat ziet?'

'Ik weet wat een trio inhoudt, schat.'

'Misschien vind je het toch lastiger op het moment zelf, als je mij bezig ziet met haar...'

'Laten we het niet kapotanalyseren nog voordat het heeft plaatsgevonden, goed?'

Het klonk nogal snibbig en de volgende ochtend voelde ze zich er schuldig over. David kon het niet hebben dat het haar koud liet als hij voor haar neus een andere vrouw penetreerde, hij wenste toch enige territoriumdrift van haar kant. Wist zij veel wat de regels waren?

Maar dat was het punt niet, ziet ze nu in. Hij geloofde gewoon niet dat ze zou doorzetten, dat ze zou kunnen genieten van dit avontuur. Het was niet de eerste keer dat hij haar beter kende dan zij zichzelf.

Gaby legt haar telefoon ondersteboven op het tafelblad. 'Goed. Onze belangrijkste vergadering van het jaar, lieve mensen. We hebben nog drie weken voordat er honderdtwintigduizend mensen naar Deventer komen voor het Dickens-festijn en er moet veel gebeuren.'

Yasmine richt de afstandsbediening op het scherm achter haar, met het rooster en de lijst bestellingen.

'We hebben een kraam voor de deur in de Walstraat met *fudge*, versierde koekmannetjes en warme chocolademelk met slagroom,' zegt Gaby. 'Tanja, jij pakt dit op? En de winkel moet er dat weekend tiptop uitzien, we gaan voor minstens tien keer de normale omzet. Dit moet ons beste weekend van het jaar worden.'

Naast de jaarlijkse boekenmarkt is het Dickens-festijn een van de belangrijkste evenementen van de stad. Het oude centrum met zijn smalle straatjes wordt bevolkt door personages uit de verhalen van Charles Dickens en koortjes die kerstliederen zingen. Toeschouwers van heinde en verre komen om het spektakel te bekijken, warme chocomelk te drinken en kerstdecoraties in te slaan.

Het witte licht van haar telefoonscherm weerkaatst tegen het glimmende oppervlak van de vergadertafel.

Ik kwam haar per toeval tegen in de stad en toen dacht ik: *why not?* appt David. De kinderen logeren bij opa en oma, dus... We hoeven niets, hè... maar dan kun jij haar ook ontmoeten.

Oké, antwoordt Gaby. Ik rond het hier bijna af.

Misschien is een trio typisch zoiets wat zijn glans verliest zodra je het in de praktijk brengt. Maar ze hebben dit nodig. David krijgt te vaak de restjes van haar tijd. Tijdens haar krankzinnig lange werkdagen slurpen klanten, collega's en e-mails haar energie op. 's Avonds ligt er een uitgeput hoopje joggingpak naast hem. Er komt geen zinnig woord meer uit haar, laat staan meer. Een beetje spanning zal hun relatie goed doen.

Gaby neemt een slok water uit het glas dat voor haar staat. 'Hoe zit het met de voorraad van de kerstcollectie? Vanmorgen zag ik dat de keramieken mokken uit de webshop bijna zijn uitverkocht.'

'Ik heb nieuwe besteld, die worden morgenochtend bezorgd,' antwoordt Tanja.

Yasmine heeft haar vorige maand aangenomen als stagiair en Gaby is op meerdere fronten aangenaam verrast door de jonge vrouw, niet alleen vanwege haar gretigheid om alle taken op te pakken, maar ook door haar achtergrond als voormalig geneeskundestudent.

Na een kwartier schuift Gaby de laptop in haar tas. 'Jongens, ik moet er iets eerder vandoor.'

Als ze hun hal binnenstapt, ziet ze de jas. Een legergroen jack met rafels aan de zakken. David maakte geen grapje. Met de koude herfstlucht nog in haar oorlellen friemelt Gaby aan de boord en herkent de naam van een goedkope kledingketen. Natuurlijk, ze werkt als serveerster.

Ze schudt haar trenchcoat uit en buigt zich voorover om de ritsjes van haar laarzen open te doen, maar dan bedenkt ze zich. Met schoenen aan voelt ze zich sterker. Langzaam loopt ze door de gang, langs de muren met de foto's van haar gezin, naar de deur die naar de huiskamer leidt. De vertrouwde geur van jasmijn en sandelhout, die overal hangt dankzij de flacon met stokjes, kan niet voorkomen dat ze zich een indringer voelt.

Ze luistert of ze kan peilen welke stemming daarbinnen heerst.

Tot haar grote ergernis merkt ze dat ze beeft. Is ze hier het type vrouw voor? Ze weet van zichzelf hoe prestatiegericht ze is en dus ligt het gevaar op de loer dat ze de rol van geile vrouw gaat spelen. Extra je best doen vanwege dat vreemde paar ogen is wellicht precies het doel. De realiteit is dat David en zij onhandiger zijn geworden, alsof ze elkaar minder goed aanvoelen. Zijn tong ruw wanneer zij zachtheid verlangt.

Haar blik wordt naar de trap getrokken. Onderaan staat een paar zwarte kistjes met zilverkleurige gespen, een rechtop, het andere opzijgekukeld, alsof ze onverschillig zijn uitgeschopt. Ze heeft het zich alvast gemakkelijk gemaakt.

Er klinken stemmen achter de deur. Ze drukt de klink omlaag.

'Lieverd, daar ben je!' David staat op van de bank en geeft haar een kus. Hij laat zijn handen met een klap op de zijkant van zijn bovenbenen vallen. 'Heb je een goede vergadering gehad? Het zal wel een gekkenhuis zijn geweest in aanloop naar de feestdagen.'

Zijn stramme bewegingen verraden dat hij niet helemaal op zijn gemak is, al probeert hij dat te maskeren met een joviale toon.

'We zijn flink opgeschoten...' Ze reikt naar zijn hand, maar hij doet net een stap naar achteren. 'Hoe is het hier?'

'Goed, we hebben alvast wat ingeschonken.'

Het eerste wat ze registreert van het meisje dat half verscholen achter David zit, zijn haar lange, dunne benen. Ze draagt een kort zwart rokje en een paarse panty.

Hij stapt opzij. 'Dit is dus Anniek.'

Haar mond is nog steeds te breed voor de rest van haar gezicht. Er zitten witte velletjes op haar lippen. Even denkt Gaby dat ze op het hoogpolige tapijt ineen zal zakken. 'Wat doe jij...' Ze corrigeert zichzelf. 'Hoi.'

'Wijn? Je kan geloof ik wel een glas gebruiken.' David manoeuvreert zich langs haar om naar de keuken te lopen. Zijn hand raakt haar onderrug. Ze wil aan zijn arm trekken en dit verdorven plan terugdraaien. Samen op de bank hangen en de Netflix-serie kijken die hij voor hen heeft uitgekozen en zij zal doen of het haar interesseert.

Als ze alleen zijn, houdt Anniek haar glas omhoog. 'Je man heeft een goede smaak.'

'Wat doe jíj hier?' bijt Gaby haar toe.

'Je zou ook kunnen zeggen: wat leuk om je weer te zien na al die jaren.'

'Heb jij...'

'Kom even rustig zitten, het voelt raar als je daar zo blijft staan.'

'Ik sta hier prima.'

Gaby probeert haar gedachten te ordenen. Het moet zeventien jaar geleden zijn dat ze elkaar voor het laatst zagen. 'Ik begrijp er niets van. Ben jij die serveerster waar David het over had? Wist jij dat ik hier woonde? Dat hij mijn man is?'

'Het was de enige manier om met jou in contact te komen, zonder dat je weg zou lopen.'

'Je hebt hem er dus in geluisd.'

'Kom op. Dit kan niet helemaal als een verrassing komen. Ik heb je berichtjes gestuurd en je geprobeerd te bellen, maar je reageert niet.' Ze zucht. 'Toen David bij ons kwam lunchen en ik zijn bestelling opnam, herkende ik hem, ook al post je niet veel foto's van hem op Instagram. Hij kon mij naar jou leiden. We raakten aan de praat. Ik hoefde er niet eens veel moeite voor te doen. Híj was degene die mij uitnodigde bij jullie thuis.' Ze steekt haar kin naar voren en er verschijnt een ondeugende twinkeling in haar ogen. 'Hij leek wel iets van plan...'

'Ik wil dat je weggaat,' kapt Gaby haar af. De nieuwsgierigheid van Anniek maakt haar woedend. Het komt opeens onzinnig over, hoe ze zich in de wc op kantoor haastig heeft opgefrist, met een vochtig doekje tussen haar benen.

'No way,' zegt Anniek. 'Nu ik je te pakken heb, laat ik je niet zomaar gaan.'

'Ik zeg tegen David dat je je plotseling niet lekker voelde. We doen alsof dit nooit is gebeurd.'

'Gaby, doe normaal. We waren beste vriendinnen. We kunnen toch even rustig...'

'Je kunt niet zomaar hier komen aanzetten na al die jaren.' Geërgerd haalt ze haar handen door haar blonde haren. Ze kijkt naar de zwarte fluwelen haarband die ze vasthoudt tussen haar trillende vingers. 'Ik heb het allemaal achter me gelaten, die hele shitzooi van toen.'

'Ik wil je niet overvallen, maar ik zag geen andere manier. Ga zitten.'

Gaby loopt om de glazen salontafel heen en laat zich langzaam op het uiterste puntje van de L-vormige bank zakken. Met vlakke hand slaat ze een deuk uit het okergele sierkussen.

'Dat meisje, Nina, is verdwenen in precies hetzelfde stuk bos. Je moet met je broer praten. Deze keer kunnen we er op tijd bij zijn.'

'Ik heb al jaren geen contact meer met hem.' Ze grijpt het glas van David en giet het bodempje drank in haar mond. Een zurige smaak bereikt haar keel. 'En dat wil ik graag zo houden.'

'Ik ben erachter gekomen dat Tobias niet meer vastzit,' zegt Anniek. 'Wie weet heeft hij Nina ontvoerd. We weten waartoe hij in staat is.'

In de keuken klapt een kastdeurtje dicht.

'Ik weet dat hij op vrije voeten is,' fluistert Gaby. 'Ik heb mijn moeder gebeld.'

'Zie je wel!' Anniek schuift haar billen naar de rand van de bank. 'Jij bent er ook mee bezig, ik wist het! We moeten samenwerken. Wat als ze nog leeft en ergens gevangen wordt gehouden? Wij kunnen haar redden. Maar we moeten snel zijn.'

'Hoho, wacht even. Ik ga helemaal niets doen.' Gaby wrijft met haar wijsvingers rondjes over haar slapen, ze voelt de hoofdpijn opkomen. 'Ik heb het druk. In mijn vak is de maand december cruciaal. Ik kan geen afleiding gebruiken.' Ze werpt een blik op de klok. Vijf voor zes. De vergadering op kantoor is bijna afgelopen. 'Bovendien zal de politie dit zelf onderzoeken, lijkt me. Die hebben een database en kunnen zaken matchen.' Ze draait aan haar trouwring. 'Luister, het is verschrikkelijk wat er toen is gebeurd. Maar ik wil er niets meer mee te maken hebben.'

Anniek kijkt haar meewarig aan. 'Het is geen kwestie van kiezen. Je hébt er iets mee te maken, of je het nu wilt of niet. Hij is je familie.'

'Mijn gezin is mijn familie. Ik ben opnieuw begonnen.'

'Dat zie ik.' Anniek trekt een been onder zich en leunt achterover. 'Die hoge plafonds, toe maar. Dit is wat anders dan dat huisje van je ouders.'

Een stukje van haar grote teen is zichtbaar door het gat in haar panty. Ze zou veel meer uit zichzelf kunnen halen, met die volle lippen en lange benen. Als ze iets meer haar best zou doen. Een kam zou gebruiken. Een vijl voor die afgekloven nagels. Make-up. Gaby heeft de vermoeiende eigenschap de potentie te zien in luie mensen.

'Ik dacht altijd: Gaby trouwt met een bankier, een advocaat, of een of andere hotemetoot. Jij was alleen maar geïnteresseerd in jongens uit mijn buurt. Villa, labrador, grote auto. Jij wilde alle burgerlijke dingen die ik als puber verfoeide.'

'Omdat je ze al had.' Ze denkt terug aan het ouderlijk huis van Anniek, vlak bij het bos. Het rook naar lelietjes-van-dalen en op het glanzende aanrecht in de keuken lagen witte bolletjes en verse aardbeien. Op het toilet hing een verjaardagskalender met foto's van de familie. Ooms, tantes, neefjes en nichtjes. Zelfs als je de huiskamers, tuinen met garages en de vakantiebestemmingen wegdacht, zag je dat ze rijk waren. Aan hun kleding, huid en lach.

'David lijkt me anders, niet zo gladjes. Valt me alles van je mee. Hij blijft ook thuis bij de kinderen, vertelde hij. Dat zie je niet vaak, maar ik snap het. Je kunt geen twee kapiteins op één schip hebben. Het was vroeger al duidelijk dat jij het ging maken. Weet je nog dat je die gekleurde armbanden verkocht die je als mouwophouders kon gebruiken? Je was ervan overtuigd dat het een rage kon worden als de juiste meisjes die dingen gingen dragen.'

'Hm.' Gaby heeft geen trek in het ophalen van herinneringen. Alsof ze daarmee indirect haar medewerking aan Anniek verleent. Waar blijft David? Hem kennende is hij in de weer met olijven, toastjes en kaasjes. Hij vindt niets aantrekkelijker dan vrouwen die eten.

Terwijl ze de deur in de gaten houdt, buigt ze zich voorover. 'Niets hierover tegen mijn man, oké?'

Op zijn gemak wandelt David naar hen toe en reikt Gaby haar glas aan. Hij schenkt Anniek bij.

Ze bekijkt zijn grijze linnen broek die in sommige houdingen iets te weinig aan de verbeelding overlaat. Anniek zag in hem het tegenovergestelde van een arrogante bankier. Vindt ze hem een loser met zijn papadagen? Ze heeft altijd gedacht dat mensen uit rijke families elkaar direct herkennen. Niet door woorden als 'ijskast' of de juiste schoenen, maar door een bijna dierlijk instinct.

'Wist je dat we elkaar van vroeger kennen, David?' zegt Anniek.

Verschrikt kijkt Gaby op.

'Alleen van gezicht,' vult Anniek aan. 'We zaten op dezelfde school, maar gingen niet echt met elkaar om.'

'En dat zeggen jullie nu pas? Toevallig zeg.' David lijkt een beetje teleurgesteld, misschien denkt hij dat zijn kansen op een trio verkeken zijn nu het meisje dat hij heeft meegebracht geen vreemde is. 'Gaby vertelt bijna nooit iets over haar schooltijd. Of überhaupt over vroeger. Vanwege haar ouders...' David zoekt naar de juiste woorden. 'Die waren niet erg *supportive*, om het zo maar te zeggen.'

'Zegt ze dat?' vraagt Anniek.

'We zien ze ook nooit, haar vader en moeder. En haar broers ook niet,' gaat hij verder. 'Het is alsof ze niet bestaan.'

'Ben je niet nieuwsgierig naar waar je vrouw vandaan komt?'

'Natuurlijk wel. Ik heb mijn best gedaan om meer over hen te weten te komen. Ik heb voorgesteld om op bezoek te gaan. Maar ik kan haar moeilijk dwingen.'

'Hallo, jongens, ik zit gewoon hier, hè?' Gaby zwaait met haar handen.

'Wacht.' David duikt de keuken in en komt terug met een schaaltje olijven, dat hij Anniek voorhoudt. Tevreden kijkt hij toe hoe ze er twee tegelijk in haar mond stopt.

De nabijheid van Anniek verwart Gaby. Ze brengt chaos. Ook nu. Aan haar voet glinstert een propje folie die uit haar zak moet zijn gevallen. Een gele aansteker ligt op de tafel. Rookt ze nog?

Anniek pakt een bruin speelgoedhondje op van het kleed. 'Is dit van de kinderen? Jullie hebben er twee, toch? Vroeger vond ik het altijd zo raar als vrienden een baby kregen. Van de ene op de andere dag zaten ze op een andere frequentie. Ze begonnen te gapen om acht uur 's avonds en hadden het alleen nog maar over flesjes en slaapritmes. Langzamerhand ben ik degene die vreemd is. Omdat ik ze nog níet heb.'

'Heb je een vriend?' vraagt David. 'Onze kinderen zijn nu trouwens bij opa en oma. De hele nacht.'

Ze kijkt hem onderzoekend aan. Gelooft hij nog steeds dat het gaat gebeuren?

'Mijn vriend Max is een stukje ouder.' Ze draait zich naar Gaby. 'Hij is de reden dat ik naar het oosten ben verhuisd. Hij woont op een boerderij in Terwolde. Hij werkt in de bouw.'

Gaby staat op. 'Ik voel me plots niet zo lekker, ik ga even op bed liggen als jullie het niet erg vinden.' Het is niet eens helemaal gespeeld. 'Anniek, ik wil je het huis niet uit schoppen, maar...' Ze doet de deur open naar de gang. Haar blik valt direct op de kistjes.

'*Say no more*... Ik ga al.'

Even staan ze oog in oog. Gaby was vergeten hoeveel zomersproetjes zich altijd rond Annieks neus verzamelen, ook in de winter.

'We zien elkaar snel. Sowieso.' Ze buigt voorover om haar schoenen aan te trekken.

Ook David is opgestaan, ze ziet hem kijken.

DONDERDAG

8

Op de betonnen trap maakt Gaby vaart, ze slaat steeds een trede over. Het geeft haar het gevoel dat ze leeft, daar kan geen koffie tegenop. Boven op de spoorbrug gaat ze rechtsaf en volgt het smalle pad naast de treinrails. Het is donker en de weg oogt verlaten.

Zoals elke morgen draagt ze haar zwarte renbroek en de lichtgrijze capuchontrui met daarop in witte letters REYKJAVIK, een souvenir dat David ooit heeft meegebracht na een trip met zijn vriendenclub.

Vandaag staat de opname van een nieuwe vlog op de planning, over haar nieuwste obsessie: zelfgemaakte marshmallows. De witte schuimblokjes zijn het perfecte kerstcadeau, ingepakt in mooi doorzichtig cellofaan met een dennentak erbij en gouden linten eromheen.

Ze trekt een sprintje tot de eerste paal van de enorme gietijzeren constructie die boven het spoor de hemel in steekt. In de verte beweegt een zwart stipje. Een andere jogger, zo vroeg?

Sommige mensen rennen om hun hoofd leeg te maken, bij haar komen juist de ideeën.

Ze heeft tot in detail uitgedacht hoe ze aandacht kan genereren voor haar video's. Kerstmis is voor iedereen een overweldigende tijd, veel patissiers en chef-koks kiezen voor efficiëntie: hoe braad je een kalkoen zonder dat je als gastvrouw rode konen krijgt van de stress? Hoe bak je koekjes die binnen een halfuur dampend op het aanrecht staan? Alles moet snel en eenvoudig en Gaby begrijpt dat best. Toch gooit zij het over een andere boeg. Ze repeteert alvast de oneliners. *Bakken is de nieuwste vorm van mindfulness.* Slow baking *als het beste recept tegen stress.* Wanneer je de juiste hoeveelheden bloem en suiker weegt, het vanillemerg uitschraapt en de eieren losklopt, is er geen plek voor gepieker. De handen zijn bezig en het hoofd komt tot rust. Je kunt niet snel tussendoor wat anders gaan doen. Je moet de oven in de gaten houden, anders loopt het in de soep.

Ze is halverwege de brug. In de diepte onder haar stroomt het zwarte water. Door de flinke regenval van de afgelopen weken blijft het peil van de IJssel stijgen en het grasland, waar 's zomers mensen wandelen en picknicken, is grotendeels opgeslokt.

De tegenligger komt snel dichterbij. Hij blijft in het midden van het pad rennen. Gaby wijkt uit naar rechts, haar elleboog raakt de reling van de brug.

'Hé, kijk uit,' roept ze.

Het gezicht van de man gaat gedeeltelijk schuil achter de capuchon die hij met touwtjes stevig heeft dichtgetrokken. Alleen zijn neus is zichtbaar.

'Je gaat eraan.'

Net als ze zich afvraagt of ze het goed verstaat, raken hun lichamen elkaar. Gaby valt opzij, haar schouder knalt tegen het ijzer. Ze verliest haar evenwicht en graait tevergeefs naar houvast. Ze wil iets zeggen, maar er komt geen geluid uit haar keel.

Nu is het voorbij, schiet het door haar hoofd. Niemand kan haar helpen, niet op dit vroege tijdstip en met dit gure weer. Ze wacht op handen die haar zullen grijpen.

Er gebeurt niets.

De voetstappen sterven weg – godzijdank.

Gaby krabbelt vlug overeind en kijkt over haar schouder. De jogger lijkt opgelost in het donker. Ze voelt aan haar billen.

De stof van haar renbroek is doorweekt van de natte tegels.

Wie was die man? Was het een ongeluk? Of wilde hij haar bang maken? Misschien komt hij terug. Ze sjort haar trui naar beneden en begint met rennen, weg van hem, steeds sneller. De man mompelde iets in het voorbijgaan, ze weet het bijna zeker.

Je gaat eraan. Nee, dat kan niet kloppen. Ze moet het verkeerd hebben verstaan door de haarband die ze draagt en de wind die over de brug giert. 'Ga aan de kant,' zoiets zal het zijn geweest.

Wanneer woonwijk de Worp aan de overzijde van het water verschijnt, vertraagt ze opgelucht haar pas. Er brandt licht in het grote hoekhuis aan het spoor. Ze hunkert ernaar om door het raam te gluren naar de moeder die in haar witte badjas de ontbijtboel op tafel zet. Een dienblad met daarop een pot pindakaas, het botervlootje, hagelslag en een rol beschuit. Het wordt een gewone dag, het moet.

Ze daalt het trapje af. Normaal gesproken doet ze haar rek- en strekoefeningen bij het bankje op de dijk met uitzicht op de uiterwaarden. Vandaag niet. Het is er te stil. Eén laatste keer speurt ze de omgeving af. Verderop, aan de rand van de akkers, staat een blauw busje eenzaam geparkeerd. Vanuit de schaduw van de brug rent ze de straat in. Ze blijft rechts op de stoep, aan de kant van de huizen. De regen heeft van de bladeren een papje gemaakt. Boven het kletsende geluid spitst ze haar oren. De jogger is haar niet achterna gekomen en toch voelt ze zich opgejaagd.

Gaby moet denken aan de middag waarop Tobias werd meegenomen.

Op zijn muffe bed keken ze naar *The Bold and the Beautiful.* Het televisietje had Tobias voor een prikkie overgenomen van de buurjongen. Met wat sjorren en duwen verstopten ze het toestel naderhand in de kledingkast, achter het rek met zijn truien.

‘Rits en Broek,’ noemde Tobias de hoofdrolspelers Ridge en Brooke uit de soap gekscherend, maar Gaby wist dat hij evengoed genoot van dit onbekende universum, vol gebruinde mannen met vierkante kaken die in kamers met fluwelen gordijnen vrouwen kusten van wie het haar zó glansde dat het pijn deed aan je ogen. Tot een jaar geleden hadden ze niet geweten dat er zoiets bestond. Televisie was de duivel volgens hun ouders.

Tobias en zij waren anders dan de rest van het gezin. Hun vader, moeder en twee broertjes leefden in een wereld die stilstond. Het leek erger te worden, alsof hun vader met de jaren steeds meer teruggreep op de leer van die dode vent wiens portret aan de muur hing in de huiskamer. Een zwart-witfoto in een houten lijst met van die deukjes erin. Uiteraard, zonder scherpe hoeken. *Abgeëckt* noemden antroposofen dat. Als ze vroeger aan God dacht, dan dacht ze aan die afbeelding. Wat zei dat over de manier waarop haar ouders altijd over Rudolf Steiner, grondlegger van de antroposofie, spraken?

De zolderkamer van haar broer was hun hoofdkwartier, vanwaaruit ze fantaseerden over een ander leven.

‘Ik heb iets voor je.’ Tobias trok zijn zwarte rugzak op schoot.

‘Mijn verjaardag is nog lang niet.’

‘Jij wilde toch graag een trui van Tommy Hilfiger? Die roze met lichtblauwe letters, die Anniek en Anne ook hebben?’

‘Ja.’

Hij haalde een plastic tas tevoorschijn met daarop het logo van de supermarkt. ‘Hier.’

‘Voor mij?’

‘Ja, spuit elf.’

Langzaam vouwde ze de tas open. ‘Hoe kom je hieraan? Ze zijn heel duur...’

‘Daniël van mijn werk heeft ook een zusje. Ik kon de trui van hem overkopen. Jij had het er zo vaak over...’

Gaby streelde met haar vingers over het stiksel waarmee het logo op de stof was genaaid. Ze voelde vlinders in haar buik bij het idee dat ze morgen in deze trui op school zou verschijnen.

'Ga je 'm niet aantrekken?'

'Jawel.'

Ze draaide zich van hem weg. Vanaf de muur keek Andre Agassi met zijn rode zweetband haar aan. Ze begon zich onhandig uit haar witte T-shirt te wurmen. Ze wilde niet dat Tobias haar zou bekijken zoals de jongens uit haar klas. De zwarte sportbeha die ze speciaal voor gymles had gekregen droeg ze nu ook op de andere dagen. Het hielp, alles werd er platter door. De juf had naar huis gebeld dat het echt nodig was. Het was de enige keer dat ze met haar moeder een warenhuis was binnengegaan.

Ze trok de trui snel aan.

'Mooi,' constateerde Tobias. 'Hij past.'

'Ik doe hem uit, anders gaan ze beneden vragen stellen.'

'Zeg gewoon dat je 'm van een vriendin hebt gekregen. Kan best.'

'Ik wil dat hij mooi blijft voor morgen.'

Beneden ging de deurbel. Er klonken harde stemmen. Iets in de huiskamer viel om. Een stoel? De verschrikte gil zou ze nooit vergeten. Haar moeder was altijd de rust zelve, met een zalvende stem die Gaby tot waanzin dreef. Direct erna gestommel op de trap.

'Voor wie komen jullie?' Weer hun moeder.

Eén, twee, drie mannen. Ze bevolkten opeens de krappe ruimte, als een leger reuzeninsecten met hun kogelwerende vesten, laarzen en helmen. Het was de eerste keer sinds lange tijd dat iemand van buiten een voet hier in huis zette.

Tobias stond al met de tv in zijn armen, klaar om het ding te verbergen, toen hij tegen de grond werd gewerkt. Ze trokken zijn handen hardhandig op zijn rug. Hij schopte tevergeefs met zijn benen.

Gaby zette zich af tegen het matras en kroop achteruit het bed op, haar handen grepen in het kussen.

Ze sleurden hem mee. Haar sterke broer, die van zijn eigen geld een trui voor haar had gekocht, hing tussen hen in als een gewond dier.

Een van hen bleef achter. 'Jij bent zijn vriendin?' Achter de helm zat een vrouw. Haar stem klonk ver weg.

Gaby schudde haar hoofd.

'Zusje?'

Ze knikte en wurmde zich snel in haar T-shirt. 'Waarom nemen jullie hem mee?'

'Daar kan ik helaas niets over zeggen. We willen je later spreken op het bureau.'

Met een korte knik verdween ze. Gaby wilde achter hen aan rennen, het smalle gangetje in. Iets schreeuwen. Van Tobias horen dat het goed zou komen. Maar haar lichaam leek verlamd. Het lukte haar niet om helder na te denken. Ze keek naar haar blote benen, de plastic tas met de trui, de rommel en haar hele lichaam gloeide. Deze plek moest verborgen blijven. Wat zouden die mensen wel niet denken?

Ze liep terug naar haar eigen kamer, aan de andere kant van de overloop. Beneden op straat klonken de opgewonden stemmen van buren.

Ze opende haar hand en keek naar de zakdoek die ze van onder zijn kussen had meegenomen. De geruite stof voelde stug, krokant bijna.

Ze walgde van haar kamertje, dat ze met een knalroze lap stof had geprobeerd op te leuken. Ze haatte de volkorenboterhammen, de houten meubels, de eeuwige bietengeur die in huis hing. De ochtenden, wanneer haar vader zijn preken hield over de taak die zij op aarde hadden.

Ze kon haar fiets uit de schuur pakken en naar het bureau

gaan, of naar beneden lopen om haar moeder te troosten. Terwijl ze over de mogelijkheden nadacht, wist ze dat ze op haar zolder zou blijven. Die avond zat ze aan tafel, zoals altijd, en dreunde de spreuk op, in een meerstemmig koor samen met haar vader, haar moeder en haar twee broertjes.

Aarde droeg het in haar schoot,
Zonlicht bracht het rijp en groot,
Zon en aarde die ons dit schenken,
Dankbaar willen wij u gedenken.

Alles was hetzelfde – alleen Tobias ontbrak.

Zijn kamer bleef een week onaangeroerd, tot Sebastiaan besloot dat hij er recht op had. Groepjes op school stopten met praten wanneer zij langsliep. Zijn verhaal werd haar verhaal en ze haatte hem om die reden. Alsof zijn misstap op die fatale nacht op haar afstraalde. Het ongeloof over waartoe haar broer in staat was, maakte langzaam plaats voor woede. Hij had haar achtergelaten.

Drie jaar later, direct na het eindexamen, verliet ze het ouderlijk huis. Haar eigendommen pasten in twee vuilniszakken. Op internet had ze een betaalbare woonruimte gevonden in Amsterdam, waarvoor ze een aanbetaling moest doen van 350 euro. Met de trein van 11.43 uur vertrok ze van station Driebergen-Zeist. Op de plek waar het huis met haar nieuwe kamer had moeten staan, aan een van de chique grachten, zetelde een hostel. Nog geen uur in de hoofdstad en ze was al opgelicht.

Via een studiegenoot kwam ze terecht bij een appartement in de Rivierenbuurt. Niemand in haar nieuwe leven mocht weten dat haar broer een moordenaar en verkrachter was. Ze zouden haar veroordelen, zoals het hele dorp dat had gedaan.

De Bergkerk met zijn twee puntige torens komt in zicht. Als ze de hobbelige klinkers van de Roggestraat bereikt, mindert ze vaart. Ze trekt haar schouders op en laat ze zakken, alsof ze daarmee de herinneringen aan Tobias van zich af kan schudden.

Boven de Brink kleurt de lucht langzaam roze. Ze vist de huissleutel uit het zakje van haar renbroek. Haar vingers raken het zakmes. Het is beter om David niets te vertellen over de man die tegen haar op botste. Ze wil hem niet nodeloos ongerust maken; ze moet er niet aan denken dat hij haar verbiedt om alleen op pad te gaan. Ze heeft geen tijd voor ruzie. En ze is te gehecht aan haar ochtendritueel.

9

Heb mijn sjaal bij jullie laten liggen. Kom hem om tien uur halen.

Toen ze het appje van Anniek kreeg, sloot Gaby niet uit dat er opzet in het spel was. Het gele vod vol pluisjes hing opzichtig over de verwarming in de hal.

David leek opgelucht dat er iemand van vroeger was opgedoken, al ging het in zijn ogen om een vage kennis. Alsof ze daarmee een completer wezen was geworden. Binnenkort moet ze hem de waarheid vertellen.

Het is kwart over tien. Gaby kan er niet goed tegen als iemand te laat komt. Omdat ze dan verandert in de vrouw bij het raam, die in een ongezonde kromme houding het plein voor haar huis afspeurt. Het lukt haar nooit om een klusje te doen in afwachting van het bezoek, zoals het bewateren van haar basilicumplantjes op het aanrecht. In de app checkt ze haar takenlijst, maar klikt het venster direct weg. Zelf komt ze altijd te vroeg op afspraken, want je weet maar nooit.

De bel gaat. Anniek verdwijnt na binnenkomst direct naar de wc.

Gaby opent ondertussen de achterdeuren en loopt de tuin in. Er ritselt iets in de klimop. Geschrokken kijkt ze op. Vanaf de stadsmuur kijkt een duif nieuwsgierig toe. Mette doopte hem Alfred, alsof het steeds hetzelfde dier is dat hier neerstrijkt. Wie weet heeft haar dochter gelijk.

Ze voelt zich al twee dagen niet zichzelf. De paniek heeft zich in haar buik vastgezet, als een grote harde bult die ze kan voelen, dwars door haar bordeauxrode kokerrok heen.

Anniek komt op haar dooie gemak de tuin in. 'Hier ben je.' Ze vist een pakje sigaretten uit de zak van haar vest.

'Je zou toch om tien uur komen?'

'Er kwam wat tussen.' Anniek steekt de sigaret tussen haar lippen.

'Ik heb niet veel tijd. Ik moet een vlog opnemen en de beelden van de laatste fotoshoot bekijken.' Ze pakt haar telefoon. Gelukkig geen gemiste oproep van Annegreet. Hoelang kan ze die journalist nog aan het lijntje houden? Yasmine vertelde vanmorgen dat ze een nieuwe afspraak wilde maken om Gaby iets voor te leggen wat tijdens haar research naar boven kwam. 'Een incident dat zich in je jeugd heeft afgespeeld? Dat waren haar woorden,' zei Yasmine.

Gaby vervloekt zichzelf. Ze heeft zich laten verblinden door ijdelheid. Blij dat een serieuze krant een profiel over haar wilde schrijven. Ze had het bij ongevaarlijke damesbladen moeten houden. Een beetje keuvelen over recepten en de balans tussen werk en privé.

Wat als Annegreet erachter komt dat de onberispelijke bakprinses uit het oosten van het land een broer heeft die jonge meisjes van hun fiets trekt en ze meeneemt om de meest gruwelijke handelingen te verrichten?

'Ik ken niemand die nog rookt.'

'Misschien ga je alleen om met ongezellige mensen.' Anniek gaat zitten op de richel van het verhoogde perkje. Ze tikt de as af over het bladerdek dat zich daar heeft gevormd. Dan kijkt ze Gaby aan. 'We kunnen er nú heen rijden.'

'Waarheen?'

'Naar Tobias.'

'Ben je daarom hier? Om mij over te halen?'

‘Wil jij niet weten wat hij uitspookt? We moeten met eigen ogen zien of onze zorgen terecht zijn.’

‘Jouw zorgen, zul je bedoelen.’

‘Laan van Vollenhove 915. Daar woont hij nu. In een flat.’

‘Hoe weet jij dat?’

‘Ik heb zo mijn contacten.’

‘Lekker vaag.’ Gaby zucht en knijpt in haar vingers om ze warm te krijgen. ‘Ik begrijp niet waarom je dit wilt uitzoeken. Is dit gewoon een leuk avontuur voor jou – een beetje de detective uithangen?’

‘Het vreet aan me. Heb jij daar geen last van?’ Anniek slaat een been over het andere, de neus van haar afgetrapte gymschoen raakt de grond. ‘Dat we niets hebben gedaan toen Yvette verdween. We zagen de moordenaar elke dag en we hebben niets gemerkt. Dat is toch gek? Dat gaat me niet nog een keer overkomen.’ Ze plukt een draadje van haar spijkerbroek.

Was dat rokje van gister bedoeld om indruk te maken op David? Nee, hij kwam haar per ongeluk tegen in de stad, zei hij. Toch begint Gaby te twijfelen aan de spontaniteit van het bezoek.

Anniek blaast de rook uit. ‘Het is me hier te koud. Kom.’ Ze glipt naar binnen. ‘Jij ook thee?’ klinkt haar stem vanuit de keuken, gevolgd door het gesis van de Quooker.

Ze bukt om de peuk op te rapen. Het voelt onprettig vertrouwd. Anniek die lekker eigenwijs rondhuppelt, zij die de rotzooi mag opruimen.

‘Wacht, laat mij maar.’ Binnen eist Gaby haar plek op bij het aanrecht, hun schouders schuren langs elkaar. Ze grijpt naar het plankje zodat ze gember en citroen in plakjes kan snijden. Anniek leunt tegen het kookeiland en bijt op de nagel van haar wijsvinger. ‘Weet je nog dat we naar dat feest op de hockeyclub gingen? Tobias, jij, ik.’

‘Natuurlijk weet ik dat nog.’

‘Het was koud die avond,’ begint Anniek, haar blik naar beneden gericht.

Gaby’s gedachten gaan terug naar de onverlichte weg voorbij het groene hek. Het was de eerste keer dat ze een voet zette op het terrein van de chique hockeyclub midden in het bos. Onderweg kwamen ze verschillende groepen meisjes tegen, gevaarlijk zigzaggend op hun fiets in het donker. Voor even was Gaby een van hen. Thuis had ze haar knotje drie keer overgedaan, haar hoofd voelde licht door de wijn uit het kartonnen pak dat Tobias in de supermarkt had gekocht.

De feesten waren berucht. De dochters en zonen van advocaten en artsen gingen los onder invloed van bier, wijn en wodka binnen de veilige muren van de kantine, vaak met een stiekem uitstapje naar een van de omliggende velden. Het maakte niet uit hoe bont ze het maakten, want ze deden het tenminste met OSM. Ons Soort Mensen. Toen was Gaby zich nog niet bewust van de sociale codes die daar golden.

‘Ik was van plan het je eindelijk te vertellen.’ Anniek pakt een citroen uit de schaal en bekijkt de schil, alsof ze tijd wil winnen. ‘Want het voelde helemaal niet goed om zoiets belangrijks voor jou verborgen te houden. Beste vriendinnen vertellen elkaar alles, toch? Ik vroeg of je buiten wilde roken, maar toen we op het bordes stonden, zat jij te rillen in dat roze truitje dat je van me had geleend. Nu denk ik: kom op, Anniek, had even doorgezet. Ik was laf.’ Diep uit haar keel ontsnapt een snik. ‘Wist ik veel dat het die avond helemaal uit de hand zou lopen? En daarna durfde ik niet meer. Er was geen weg meer terug.’

‘Hé.’ Gaby pakt Annieks schouders vast. Onder de zachte wol voelt ze haar botten. ‘Even rustig nu. Ik kan je totaal niet volgen. Wat wilde je toen tegen mij zeggen?’

‘Dat ik verliefd was. Op Tobias.’

Gaby laat haar handen naast haar lijf vallen.

'Ik wilde je waarschuwen, want ik hoopte dat we op het feest voor het eerst zouden zoenen. Het moest niet raar tussen ons worden.'

'Raar? Waarom zou het raar zijn?' Gaby doet een stap achteruit. Ze grijpt het stronkje gember en pakt met de andere hand het mes. 'Was het wederzijds?'

Ze begint te snijden. Harde klappen klinken op het hout.

'Hij keek vaak naar me. Maar het ging altijd een beetje geniepig. Ik dacht dat jij boos zou worden.' Anniek zucht. 'Jullie waren heel hecht.' Het klinkt als een verwijt.

'Ja, dus?'

'Tobias was jouw grote held. Je zou kunnen denken dat ik hem van jou wilde afpakken. Jij zou niet meer de belangrijkste persoon in zijn leven zijn.' Met haar vingers plukt ze aan de kraag van haar wollen vest, dat ooit wit en zacht moet zijn geweest. 'Het klinkt bizar, maar zo dacht ik toen. We waren vijftien, hè?'

'Precies. En nu zijn we volwassen.' Gaby laat de gesneden stukjes gember in de glazen met heet water vallen en schuift een ervan over het aanrecht naar haar vroegere hartsvriendin. 'Ik denk dat jij net als ik het verleden moet laten rusten. Je wist niet hoe hij was. Niemand had een vermoeden. Ik neem je niets kwalijk.'

Ze doet haar best kalm te klinken.

Jarenlang heeft ze die avond uit haar hoofd verbannen. Nu komen de beelden terug. De kleine ruimte die werd bevolkt door zwetende tienerlijven. *I would walk on water just to be with you...* Er hing die nacht iets in de lucht. Alsof alles mogelijk was. Gaby voelde hoe soepel en vanzelfsprekend ze danste tussen de jongens. Ze hoefde niet één keer haar eigen drank te halen. Tobias en zij wisselden een blik. Hij leunend tegen de bar in zijn babyblauwe polo, alsof hij nooit anders had gedaan. *We kunnen alles worden, we kunnen ontsnappen.* Hoewel ze genoot van het moment, keek ze er nog meer naar uit om morgen samen op bed de avond te analyseren. Met wie ze hadden gepraat. Wat er nog beter kon. Haar zorgzame en ambitieuze broer had grootse plannen voor hen. Hij zou nog harder werken om geld te verdienen zodat ze alle twee op tennis konden. Later zouden ze in een groot wit huis wonen met een rieten kap. Waarom had hij het verpest? Waarom liet hij haar in de steek?

'Dat is niet alles.' Anniek loopt naar het raam en slaat haar armen over elkaar. Het zachte middaglicht schijnt naar binnen en stofdeeltjes dansen in de schuine stralen.

'Ik was erbij, de nacht dat hij Yvette meenam.' Ze draait zich om en steekt haar handen naar voren, in een afwerend gebaar. 'Voordat je iets zegt, laat mij het uitleggen.'

De woorden stromen haar mond uit alsof er een dam is doorgebroken. Ze neemt amper de tijd om tussendoor adem te halen. 'Na het hockeyfeest fietsten Tobias en ik naar de Dorpsstraat, naar café Ladada, zoals bijna iedereen. Jij had hoofdpijn en ging naar huis. Eerlijk gezegd denk ik dat je gewoon dronken was, want je had meer op dan normaal. Na sluitingstijd liepen we naar onze fietsen. Ik zei dat ik nog geen zin had om te gaan slapen. Te veel vlinders in mijn buik, al zei ik dat natuurlijk niet tegen hem. Hij wilde chillen, dus gingen we naar de caravan. Ik dacht: vanavond gaat het gebeuren.' Anniek heeft haar vuisten gebald. 'Ze stond daar gewoon, met een lekke band, aan de rand van het bos. Ze was haar huissleutels kwijtgeraakt en durfde niet aan te kloppen bij haar ouders. Die zouden direct doorhebben dat ze aangeschoten was. "Ga mee," zei Tobias. Ik wist niet wat ik hoorde. Mijn kans op een nacht met hem alleen verdween als sneeuw voor de zon. In de caravan had hij alleen oog voor haar. Yvette met haar dikke billen en rode haar, ik begreep er niets van. Zij genoot van zijn belangstelling. Ze danste voor hem. Op dat ene nummer van Kylie Minogue. Het was alsof ik onzichtbaar was.'

'Heb je iets gezien? Dat hij haar wat aandeed?'

'De aanblik van die twee kon ik niet aan. Ik ben naar huis gegaan.'

'Heb je dit aan de politie verteld?'

'Ik wilde niet in de problemen komen.' Haar lip trilt. 'Ik voel me tot op de dag van vandaag schuldig dat ik haar bij hem heb achtergelaten.'

Gaby probeert rustig te blijven. Misschien krabbelde Yvette op het laatste moment terug en kon hij zich niet inhouden.

Het voelt alsof ze wordt teruggetrokken in een stinkend moeras. Ze wil zich niet laten meesleuren, maar het is te laat.

'Oké, we rijden naar zijn flat. Maar we moeten eerst mijn zoon ophalen van het kinderdagverblijf.'

10

Kinderdagverblijf Dikkie Dik bevindt zich in een steegje aan de overkant van het plein, schuin tegenover hun woning. Anniek hijgt en heeft moeite om haar bij te houden wanneer ze de Brink oversteken.

'Waarom rennen we eigenlijk?'

'Stevig doorlopen noem ik dit.' Gaby's adem vormt wolkjes in de lucht. 'Jij hebt gewoon geen conditie door al die sigaretten.'

Flarden van het gesprek van zojuist spoken door haar hoofd. Anniek is bij Tobias geweest, vlak voor de vermissing van Yvette. Wat heeft ze nog meer verzwegen?

Ze mindert vaart en pakt haar telefoon om een bericht aan David te tikken.

Ik haal Boris eerder op en neem hem mee naar een klant. Jij pikt Mette op bij Fleur na je tennisles, toch? De leugens gaan haar steeds makkelijker af.

'Gaby Bouman?'

'Ja?'

'Ik zei het toch!' De jonge vrouw met de hoge paardenstaart port haar vriendin hardhandig in de zij. 'Maaike twijfelde of jij het was, maar ik herkende je direct.'

De vrouw die Maaike moet zijn, protesteert voorzichtig: 'Ik dacht meer: moeten we haar wel lastigvallen...'

'We zijn speciaal naar Deventer gekomen voor een bezoekje aan Hemelse Taarten, want het ziet er altijd zo stijlvol uit op

Instagram. We zijn dol op dat kerstsfeertje.'

Gaby knikt lachend naar de gekleurde tasjes die het tweetal bij zich draagt. 'Zo te zien hebben jullie ook direct de stad leeggekocht. Waar komen jullie vandaan?'

'We wonen in Steenwijk. Mogen we met je op de foto?'

Anniek pakt de smartphone van de vrouw aan en Gaby gaat in het midden staan, ze slaat haar armen om de schouders van de vriendinnen.

'Ik heb je boek gekocht,' zegt Maaike zachtjes. Ze is duidelijk de meest ingetogene van de twee, maar ziet haar kans schoon. 'Ik bak al je recepten samen met mijn dochter, net als jij dat doet met Mette in je vlogs. Ik ben een alleenstaande moeder en mijn dochtertje is soms zo ontzettend druk. Maar tijdens het bakken wordt ze rustig en gaat alles vanzelf.'

Gaby glimlacht. 'Je bent een goede moeder, zo te horen.' Kort pakt ze de hand van de jonge vrouw. 'Knap dat je het alleen doet. En trouwens: mijn kinderen breken soms ook de tent af, hoor.'

Als ze even later hun weg vervolgen naar het kinderdagverblijf, vraagt Anniek: 'Gebeurt het vaak dat je op straat wordt herkend?' In haar stem klinkt zowel verbazing als verwondering door.

'Om eerlijk te zijn: het begint een beetje uit de hand te lopen. Laatst stond er een grote groep gillende fans voor de deur. David wil dranghekken plaatsen.' Ze trekt een ernstig gezicht. 'Ik heb standaard een beveiliger mee. Tim. Heb je hem niet gezien? Hij loopt achter ons.'

Als Anniek achteromkijkt, begint ze te lachen. 'Nee, joh. Maar er zijn wel vaak vrouwen die een selfie willen.'

De hoge ramen van het smalle pand zijn beschilderd met kleurige afbeeldingen van dieren. Een slak, een muis, een beer en die ene moddervette kater, hoe heet hij ook alweer?

Gaby drukt op de bel en houdt haar mond dicht bij de intercom. 'Ik kom voor Boris!'

Het is nog geen elf uur. Normaal gesproken haalt David Boris om halfeen op. Maakt dit haar officieel een waardeloze moeder? Niet alleen stalt ze haar peuter alle dagen van de week bij zijn vader of op de crèche, ze sleept hem ook nog eens mee naar een onbekende flat in een slechte buurt. Het is volstrekt onverantwoordelijk, maar Gaby voelt sterk de behoefte om haar zoon bij zich te hebben.

De deur zwaait open. 'Kijk, daar is mama!'

Boris strekt zijn armpjes uit. Ze neemt het jongetje over van de oudere vrouw wier naam ze vergeten is en drukt haar mond tegen zijn bolle wang. 'Heb je het fijn gehad?' De donkergroene sjaal die oma Lidewij heeft gebreid, zit netjes om zijn nek geknoopt.

'Is David ziek?' vraagt de leidster bezorgd.

'Nee, hoor. Ik heb een dagje vrij, dus ik dacht: ik haal mijn zoon wat eerder op.'

De vrouw kijkt vragend in de richting van Anniek. Als er geen uitleg komt, zegt ze: 'Boris had een goede ochtend. We zaten net aan het fruithapje, maar dat heeft hij bijna op. Een heerlijk ventje is het, hè, gozer?'

Gaby pakt de luiertas aan en peutert aan de rits om te zien of Doggy erin zit. Haar zoon heeft een afgrijselijk gifgroen exemplaar van de Action verkozen tot lievelingsknuffel, boven de peperdure konijnen en giraffes in pasteltinten.

Ze lopen in de richting van de auto. Gaby moet Anniek steeds bijsturen met aanwijzingen. Ze duwt haar in de juiste richting. 'Hier rechtdoor, nee, niet links'.

'Kan Max ook mee?'

'Wie?'

'Mijn vriend. Heb ik toch gezegd? Hij is in de stad voor een boodschap.' Haar dunne vingers bewegen over het telefoonscherm. ‘Hij vindt het geen veilig idee dat wij alleen die kant op gaan.’

‘Je hebt hem over dit plan verteld?’

Ze lopen de Roggestraat in. Haar woorden gaan verloren, want Anniek rent vooruit naar een man die bij de ingang van de parkeergarage staat. ‘Lieverd!’

Hij draagt een bruinleren jas en heeft gemillimeterd haar. Ze omhelst hem en legt haar hoofd op zijn schouder.

‘Hoi.’ Gaby blaast een pluk haar uit haar gezicht, ze heeft het warm gekregen van het gesjouw met Boris. Normaal gesproken zet ze hem in de buggy.

Als groet steekt Max een hand op.

‘Hij weet alles,’ zegt Anniek, ‘dus we kunnen vrijuit praten.’

‘Wat weet hij?’

‘Over Tobias en wat hij heeft gedaan.’

Ze voelt hoe haar gezicht verstrakt.

‘Ik weet het, ik weet het. Jij wilt het stilhouden. Maar Max is mijn levenspartner. Ik kan toch niet voor hem verborgen houden dat we dat meisje proberen te redden? Hij rijdt met ons mee. Je weet nooit wat er kan gebeuren.’

Gaby wil protesteren, maar opeens lijkt alle energie uit haar lijf weg te sijpelen. ‘Prima.’

Hij wenkt. ‘Geef mij maar.’

Ze drukt Boris stevig tegen zich aan.

‘De tas, bedoel ik.’

Ze lopen de schuine helling af naar de ondergrondse parkeergarage. Rammelend gaat het ijzeren hek omhoog nadat ze op het knopje heeft gedrukt. De lichten van de auto knipperen als ze de portieren ontgrendelt. In het halfduister tilt ze Boris in zijn stoeltje en sjort aan de sluiting om zijn gordel dicht te krijgen. Anniek biedt geen hulp aan. Ze kijkt onbeholpen toe zoals alleen mensen zonder kinderen dat kunnen. *Levenspartner?* Gaby ergert zich aan de overdreven term en aan het feit dat ze een onbekende man in haar auto moet toelaten.

'Hé,' reageert Anniek als ze haar een duw geeft.

'Ga jij achterin naast Boris zitten?'

'Wat heb je de kinderen verteld over hun oom?' vraagt de vriend van Anniek vanaf de bijrijdersstoel als ze op de snelweg rijden.

'Hoe bedoel je?'

'Waarom ze hem nooit zien. Dat lijkt me lastig om uit te leggen.'

'Ze weten niet dat ze een oom hebben.'

Via de binnenspiegel werpt ze een blik op het hoofdje van Boris. Hij staart naar de vrachtwagen die ze passeren. Bij Mette moet ze oppassen met haar woorden. Toen ze laatst een mes met stroop liet vallen en 'fuck' zei, kreeg ze dat later teruggeserveerd, tot grote hilariteit van haar personeel. 'Mama, kijk. Fuk fuk fuk!'

'Ze komen niets tekort. De ouders van David wonen om de hoek. En zijn zus heeft een huis gekocht een paar straten verderop, dus voor de kinderen is er genoeg familie in de buurt.'

Ze hoopt dat ze het gesprek heeft afgekapt.

Gaby's gedachten gaan terug naar haar verhoor, nadat Tobias door de politie was meegenomen. In het kamertje op het bureau namen twee agenten tegenover haar plaats en het was duidelijk dat ze van tevoren hadden afgesproken dat de vrouw het woord zou nemen.

Was Tobias de laatste dagen in zichzelf gekeerd geweest? Ging hij vaker van huis dan normaal? Spoot hij heroïne, dat ze wist?

Ze meende op het gezicht van de vrouwelijke politieagent walging te zien toen het over de verwondingen van Yvette ging. Ze mochten er niet veel over zeggen, dat moest ze begrijpen, gezien het onderzoek, maar ze hadden toch wat vragen. Bewaarde haar broer naalden op zijn kamer, of messen? Vertoonde hij wel eens gewelddadig gedrag tegen haar of haar broertjes? Tegenover huisdieren?

'Gaan jouw kinderen ook naar de vrije school, zoals jullie vroeger?' vraagt Max.

'Jezus, je hebt hem goed ingelicht, Anniek. Weet hij ook mijn bankrekeningnummer?' De vragen van Max zijn attent bedoeld, of ter plekke bedacht om de stilte te vullen, maar ze werken op haar zenuwen.

Gaby zucht. 'Om je vraag te beantwoorden: nee. Er is een leuke daltonschool in het centrum en daar zit Mette nu op. Boris gaat daar straks ook heen.'

'Het is een enge kliek, die antroposofen.' Max lijkt niet te luisteren naar haar antwoord. Hij kijkt strak voor zich uit. 'Eigenlijk is het een soort sekte. De denkbeelden van de oprichter, Rudolf Steiner, deugen van geen kant. Hij was een racist. En de mensen die nu nog steeds met hem dwepen zijn wereldvreemde gekken, die denken dat ze met hun kindertjes boven de wet staan.'

'Jij weet er veel van af.'

'Voor mij is het niet meer dan logisch om me erin te verdiepen. Het is een onderdeel van Annieks verleden.'

'Hij houdt gewoon niet van mensen die denken alles beter te weten,' klinkt het verontschuldigend vanaf de achterbank. 'Mijn ouders hadden er trouwens weinig mee,' vervolgt Anniek. 'Het plan was dat ik op de Zeister Schoolvereeniging zou blijven, gezellig met mijn hele hockeyteam. Helaas pindakaas, ik was te dom. Te dom voor de kinderen daar, te dom voor mijn familie. Dus mocht ik lekker gaan knutselen bij jou in de klas, Gaby. Daar konden mijn ouders een leuk verhaal bij verzinnen tegenover de familie. Het was minder gezichtsverlies dan naar het speciaal onderwijs gaan. Sindsdien ben ik op familiebijeenkomsten "het creatieve kind".' Ze lacht. 'Heb jij mij ooit een geslaagde tekening zien maken?'

Opeens ziet Gaby een meisje voor zich aan een houten tafel met een schrift vol inktvlekken, veroorzaakt door de vuist die over het papier trok. De kleine Anniek kreeg een steen aangereikt die ze tijdens het schrijven moest vasthouden. Wat had meester Heering ook alweer gezegd? Linkshandigheid moet genezen worden. Linkshandigen waren vaak onhandige kinderen. Door rechts te schrijven werden ze actiever verbonden met de buitenwereld.

'Jij moest rechts leren schrijven, toch? Door een steen vast te houden?' vraagt ze aan Anniek. 'Is dat gelukt?'

'Nope. Gewoon nog links,' zegt Anniek lachend.

Max gromt afkeurend. 'Kindermishandeling.'

Ze naderen de afslag naar Utrecht. Max draait zijn hoofd naar de invoegstrook en zijn vingers trommelen ongeduldig tegen de zijkant van zijn been. Hij is het niet gewend dat iemand anders rijdt, vermoedt Gaby.

'Vertel eens. Hebben Erik en Elske je goedgekeurd?' Gaby weet dat het een gemene vraag is, want de ouders van Anniek zullen vast en zeker van alles aan te merken hebben op zo iemand als hij. Te simpel. Geen goede opleiding. Leest niet de juiste krant. Geen ouders die in de juiste kleding zullen verschijnen op een huwelijk. Hij klinkt niet dom, dat moet Gaby toegeven, maar hij lijkt haar iemand die zich alleen in zaken verdiept om er vervolgens op te kunnen afgeven. Door hem wat korte vragen te stellen, weet ze dat hij alleen de middelbare school heeft afgerond en daarna in de bouw is gaan werken.

Ze vraagt zich af wat Anniek in deze man ziet. Misschien voelt ze zich naast hem eindelijk niet meer het domme kind.

'Ze zijn blij voor me,' antwoordt Anniek.

'Maar hebben ze hem gezíen?'

'Met Pasen ben ik daar geweest,' zegt Max.

'De beroemde paaslunch bij de familie Verweij?' Onbedoeld

moet ze lachen. 'Sorry,' haast ze zich te zeggen. Het lukt haar niet om zich Max voor te stellen aan de keurig gedekte tafel in de serre, tussen de schalen met asperges. Waarschijnlijk had hij nog nooit van zoiets als een tafelschikking gehoord, laat staan dat hij wist wat een amuse was. De kans was groot dat hij zijn leren jas had aangehouden.

'Hoe ging dat?'

'Leuk om haar ouders, haar broer en zus te ontmoeten.'

Ze zwijgt, wachtend op meer, maar hij lijkt tevreden met zijn bondige antwoord.

Hij komt niet over als het type dat zijn best doet om zich aan te passen en onverwacht voelt ze een vlaag van bewondering voor hem.

'Hoe hebben jullie elkaar ontmoet?'

'Max kwam op een dag een biertje drinken in de Reünie, waar ik werkte. En toen vroeg hij me mee uit.'

Gaby herinnert zich de Reünie. Een café annex lunchroom op de hoek van de Slotlaan. Rieten stoeltjes op een ruim terras. Kaasstengels en carpaccio op het menu. Het was een populaire stek voor de vrijdagmiddagborrel, vanwege de zon die er lang scheen.

'Wacht even, jij woonde ook in Zeist voordat je naar Terwolde verhuisde?' vraagt ze aan Max.

'Ik ben er niet geboren, wel getogen.'

'We kennen elkaar niet, toch?'

'Niet dat ik weet,' reageert hij. 'Andere werelden, denk ik.'

Op het dashboard verschijnt een waarschuwing. U nadert een gevaarlijke verkeerssituatie. Gaby doet haar knipperlicht aan en dwingt een wit busje haar voor te laten.

11

Iets voorbij de portiek parkeert ze haar auto. Het grasveldje voor de flat ligt vol met vuilnis. Tussen de plastic tasjes ziet Gaby een zwarte gymschoen en het stalen onderstel van een kinderwagen.

'Een van ons moet gaan kijken of hij er echt woont. En wat buren aanspreken.' In de achteruitkijkspiegel is het gezicht van Anniek nog witter en smaller dan normaal. 'Jij, Max? Jou kent hij niet.'

'Ik ga. Alleen.' Gaby klikt haar gordel los. 'Boris blijft bij jullie.' Ze drukt een pakje Nijntje-koekjes in Annieks hand. 'Voor als hij gaat huilen of onrustig wordt.'

Ze stapt uit en kijkt naar het gebouw dat grimmig afsteekt tegen de donzige wolken. Aan de buitenkant is de galerij bedekt met kleurige platen – geel, blauw, zeegroen. Ze steekt haar hoofd weer naar binnen. 'Gaat dit wel lukken zo?'

'Maak je over ons maar geen zorgen.' Anniek kietelt Boris. Hij schatert het uit, zijn onderkinnetje drilt vrolijk mee.

'Wacht, ik geef je mijn nummer,' zegt Max. 'Eén belletje en ik kom eraan.'

Bij de ingang staan twee reusachtige plantenbakken van steen. Een klein boompje probeert zich staande te houden tussen het onkruid. Waarschijnlijk waren de bouwplannen van deze wijk ooit hoopvol: een groene oase waar jonge gezinnen een leven konden opbouwen. Het ziet er eerder uit als een goedkoop tussenstation.

De deur gaat open. Een meisje met ingevlochten haar stapt tevoorschijn, en draait zich direct weer om. Gaby maakt van de gelegenheid gebruik om naar binnen te glippen. In de hal lijkt het nacht. De jonge vrouw probeert een jongetje mee te krijgen, in een taal die Gaby niet verstaat.

'Mag ik je iets vragen?' Ze glimlacht. Niet te breed, dat zou alleen maar wantrouwen wekken. 'Mijn broer is net hierheen verhuisd, maar ik ben zijn huisnummer vergeten. En hij neemt niet op. Tobias heet hij. Hij is lang. Dun. Donker haar. Knap.'

Anniek heeft haar het huisnummer gegeven, maar ze hoopt door dit leugentje alvast iets over hem te weten te komen. Kent hij mensen? Laat hij zijn gezicht vaak zien?

'Sorry. Ik weet niet.'

'Jij hebt hem niet gezien?'

Ze volgt de blik van de vrouw die is blijven rusten op de crèmekleurige Celine-tas aan haar arm. Haar trouwe bondgenoot, gekocht na haar eerste zakelijke succes. 'Durf jij wel zonder je tas op pad?' plaagde Yasmine haar onlangs. 'Daar zit mijn leven in,' antwoordde Gaby. Lipgloss, zakdoekjes, een reparatiekit om op onverwachte momenten een taart te redden. Ze wil op alles voorbereid zijn. In het zijvakje zit een notitieblok waarin ze in hanenpoten haar plannen neerkrabbelt, een rond meisjeshandschrift is haar nooit gelukt. Misschien is de tas ook een pantser, zoals ze hem vaak tegen zich aangedrukt houdt.

Het jongetje trapt zijn bal tegen de glazen pui. In een orkaan van onbekende woorden die niet lief klinken trekt het tweetal de straat op.

Knap? In de lift beseft ze dat ze haar broer van twintig jaar geleden heeft beschreven.

De woning ligt op de negende verdieping. Een koude wind

bijt in haar gezicht als ze de galerij op loopt. Met elke deur die ze passeert, voelt ze zich misselijker worden.

911, 912, 913.

De nieuwe informatie over die bewuste avond maakt haar onrustig. Ze probeert de puzzel compleet te maken. Anniek was bij hem. *Ik voel me tot op de dag van vandaag schuldig dat ik haar bij hem heb achtergelaten.*

Ze is er. Achter de groezelige vitrage is een treurig keukentje zichtbaar met naast de ijskast een Senseo-apparaat en de vuile vaat opgestapeld in de gootsteen. Ze doet een stap naar voren en gluurt naar binnen. De deur naar de gang staat open.

Ik ben nooit erg dapper geweest, schiet het door haar hoofd. Ja, dapper als ondernemer. Kansen zien, risico's nemen, niet te lang nadenken. Maar hier, op haar geboortegrond, is ze laf. Net wil ze zich omdraaien en teruglopen – missie mislukt – als er een donkere schim langs het raam schiet. Voordat ze begrijpt wat er gebeurt, trekt een arm haar naar binnen.

In een vloeiende beweging drukt hij haar tegen de binnenkant van de deur. Het gaat vliegensvlug en toch klikt het slot zachtjes en gecontroleerd achter haar dicht. Ze voelt de rand van de brievenbus in haar rug prikken. *Ik ben binnen. Bij hem.* Gedurende een paar seconden voelt het als een prestatie, iets waar ze lang niet van heeft durven dromen. Dan volgt de angst.

Zijn handen sluiten zich om haar keel. Met zijn gezicht komt hij vlak boven haar hangen. De muffe geur van slaap dringt haar neus binnen, vermengd met iets kruidigs – curry?

'Wat doe jij hier?' Tobias knippert met zijn ogen, hoewel er in het halletje nauwelijks licht doordringt.

'Ik... ik kwam even kijken,' krijgt ze eruit geperst.

Hij verstevigt zijn greep. Haar hoofd begint te bonzen. 'Niet liegen.'

Ze doet haar best om kalm te blijven. 'Laat me los.' Als ze

slikt, voelt ze haar adamsappel pijnlijk langs de greep van zijn hand omhoog- en omlaagschieten. 'Alsjeblieft.'

Ze denkt aan Boris met zijn koekjes beneden in de auto. Hoelang moet ze wegblijven voordat Max of Anniek de lift naar boven pakt? Haar telefoon zit in haar tas die aan haar arm bungelt. Met haar vrije hand schuin over haar lichaam probeert ze de gouden sluiting los te krijgen. Tevergeefs.

'Jij dacht: ik ga eens gezellig langs na al die jaren.'

De minachtende toon ontgaat haar niet. Ze houdt zich zo stil mogelijk. Haar ogen lijken uit hun kassen te worden gedrukt.

'Ben je bang voor me?' Hij staart haar aan. 'Ik zie het. Je bent bang.' Een vreemd gegorgel ontsnapt uit zijn borstkas na die constatering. 'Ik weet wat er nu in jouw hoofd omgaat, Gabriëlla.' Niemand noemt haar meer zo. 'Je komt gewoon even kijken? Bullshit. Jij denkt dat ik het heb gedaan, toch? Dat ik dat meisje ben tegengekomen en dat ik mijn perverse instincten op haar heb botgevierd. Dat is wat jij denkt.'

Met haar linkerhand grijpt ze naar zijn arm en ze knijpt zo hard als ze kan. Haar nagels boren zich in zijn vlees.

'*Fucking hell.*' Hij doet een stap naar achteren en wrijft over de plek.

Opgelucht zuigt ze haar longen vol. Door hem pijn te doen, heeft ze iets van gelijkwaardigheid tussen hen heroverd. Ze probeert haar ademhaling onder controle te krijgen, maar haar borstkas gaat razendsnel op en neer.

'Nina,' begint ze, en ze kijkt of die naam iets bij hem teweegbrengt. 'Nina is verdwenen in het bos tussen Zeist en Austerlitz. Iedereen heeft het erover. Het klinkt allemaal veel te bekend. Ik wil zeker weten...'

'Je komt me controleren, is dat het?'

Ze doet haar best om haar grote broer te herkennen in de man die zijn hoofd naar rechts rukt alsof er water in zijn oor zit.

Hij draagt een vaal zwart joggingpak met goedkope pantoffels aan zijn voeten. Waar zijn de warrige krullen, zijn slungellijf? De nonchalance die hij zich kon veroorloven omdat de meisjes hem toch wel knap vonden? Hij heeft een buikje gekregen en zijn krachtige kaaklijn is opgelost in hangend vel. Zijn haar heeft hij afgeschoren. Er trekt een siddering door haar lijf als ze beseft hoe hopeloos naïef ze is geweest door te denken dat de tijd geen vat op hem zou hebben gekregen.

'Misschien kom ik je inderdaad controleren.' Door zijn hernieuwde kalmte voelt ze haar eigen woede groeien. 'En wat dan nog? Ik wil weten wat ik kan verwachten. Is het weer zover? Moet ik me opnieuw voorbereiden op een politiecircus? Ik heb keihard geknokt om die zooi achter me te laten. Ik zal niet toestaan dat alles me weer wordt afgepakt.'

'Ah, nu komt de aap uit de mouw. Het gaat je helemaal niet om dat meisje, je maakt je zorgen om je eigen reputatie.'

Hijgend en vol ongeloof kijkt ze hem aan. 'Je hebt alles kapotgemaakt. En mij achtergelaten. Heb je enig idee hoe het voor mij was, op school en thuis? Heb je je dat ook maar een seconde afgevraagd? Nee, jij kwijnde weg in zelfmedelijden.'

Zonder Tobias in huis liep alles verkeerd. Ongezonde patronen kwamen terug als woekerend onkruid. Onder haar bed groeide de verzameling plastic bakjes, die ze toedekte met een oud laken. Ze werd lakser in het verbergen van haar verdorven rituelen, want niemand controleerde haar. Tobias had ze ontdekt, maanden voor zijn arrestatie. Hij had altijd al een scherpe neus gehad. 'Waarom ruikt het hier zuur?' Stom genoeg was ze die ochtend vergeten de verse lading te legen in de toiletpot, zoals ze normaal gesproken deed. Als een speurhond scharrelde hij diep snuivend door haar slaapkamer, en ook al was zij demonstratief op haar bed gaan zitten, de benen onnatuurlijk wijd gespreid, hij liet zich de weg niet versperren.

'Wat is dit?' Hij zat op zijn knieën met zijn kont in de lucht, het hoofd zijdelings op de grond. In één armbeweging maaide hij de hele collectie tevoorschijn.

Beschaamd keek ze van de tupperware naar haar lila sokken. Tobias was haar beste vriend, maar ook een jongen. Hij zou nooit begrijpen dat alle meisjes een hoekje hebben in hun brein, speciaal gereserveerd om alle lelijke opmerkingen ooit gemaakt over hun uiterlijk tot in detail te archiveren.

Je hebt best een mooi gezicht, maar je wangen zijn zo bol.

Persoon: Anne.

Plaats: middelste tafel in de aula bij het raam.

Lekkere zadeltassen.

Persoon: jongen zonder naam. Hij wilde haar versieren, dacht ze, dus ze had schalks gelachen toen hij haar vastgreep; wie wist wat er nog kwam. Maar hij stond al bij zijn vrienden en ze wezen. Ze had subtiel bij haar vriendinnen moeten informeren wat het woord betekende. *Vetophopingen aan de zijkant van je bovenbenen.*

Plaats: het café, in de smalle doorgang naast de bar.

'Ik moet dunner worden,' zei ze. 'Ik ben op dieet.'

'Dit is kots. Je spuugt je eten uit.'

'Normaal gesproken gooi ik het weg.' Ze probeerde de bakjes te pakken, maar hij duwde haar terug op het bed.

'Gabriëlla, je bent niet dik. Houd op met die onzin.' Zijn vingers drukten op haar schouders, het deed pijn. 'Dit ga je beneden grondig afwassen. De bakjes geef je aan de buurvrouw. Je weet dat moeder geen plastic in huis wil.'

'Ik ben dik. Ik ben echt niet de enige die dat vindt.'

'Onzin. Jij bent mooi.' Hij liet haar los en leek na te denken over iets wat bij haar binnen zou komen. 'Ik heb ooit gelezen dat de actrice die Brooke speelt in *The Bold and the Beautiful* vroeger ook dacht dat ze lelijk was. Misschien zeiden kinderen dat op school ook tegen haar. Die mensen zijn jaloers. Begrijp je dat? Je moet niet naar hen luisteren. Met dat overgeven maak je je gebit kapot. Later als we succesvol zijn, heb je mooie witte tanden nodig.'

Vanaf dat moment kwam hij zich elke avond en ochtend opdrukken op haar kamer, naast haar bed. Hij moest fit zijn om ooit de nieuwe Agassi te worden, zei hij, maar ze begreep best waar hij mee bezig was.

'Ik had die laatste jaren helemaal niemand meer,' fluistert ze in het halletje. 'Mensen gingen me uit de weg alsof ik besmet was. En thuis was het leeg zonder jou.'

Hij schudt geërgerd zijn hoofd. 'Ik denk dat je beter kunt gaan.'

Gaby slikt een paar keer achter elkaar, alsof ze daarmee de gedachten aan vroeger kwijt kan raken. 'En dat meisje? Er wordt met man en macht naar haar gezocht.'

'Je bent net als alle anderen, weet je dat?' zegt hij smalend. Hij stopt zijn handen in zijn zakken. Opeens ziet ze welk spel hij speelt. Sommige dingen veranderen nooit.

'Welke anderen?' Nu is het een kwestie van vragen stellen en niet meegaan in zijn pogingen haar uit haar tent te lokken, zodat zij boos op hem wordt en hij rustig kan blijven creperen in zijn zelfverkozen zieligheid.

'Er stonden gister twee agenten voor de deur. Zij hadden in elk geval de beleefdheid om aan te bellen...'

'Ging het over Nina?'

'Wat denk je zelf?'

'Verdenken ze jou? Wat heb je gezegd? Heb je een alibi voor die ochtend?'

'Godverdomme, Gabriëlla.' Hij slaat met zijn vuist tegen de

muur naast haar hoofd. Zijn onderlijf botst tegen de radiator. Ze krimpt ineen. De klap galmt na.

Ze moet volhouden. 'Moest je mee naar het bureau?'

'Nee, ze stelden wat vragen. Maar ik hoef hun niets uit te leggen.'

'Tobias, dat moet je wel.' Uit frustratie knijpt ze in het leren hengsel van haar tas. Weer voelt ze de onmacht van vroeger. 'Als jij er niets mee te maken hebt, waarom verdedig je jezelf dan niet? Je zult met een beter verhaal moeten komen. Begrijp je dat niet?'

Elke donderdagmiddag nam ze de intercity naar Scheveningen, als enige in haar familie. Tobias en zij kregen een uur in de bezoekersruimte, ieder aan een kant van het smalle tafeltje. Ze heeft hem geprobeerd wakker te schudden. Als hij onschuldig was, moesten ze dat toch kunnen bewijzen? Haar zinnen ketsten af op zijn onverschillige lijf. Hij zat daar maar op die ongemakkelijk harde stoel, een beetje naar het tafelblad te staren waarop de kartonnen bekertjes automatenkoffie langzaam koud werden. Alle energie leek uit hem te zijn gevloeid, alsof hij zich volledig had geschikt in zijn lot als crimineel. Ze wilde hem door elkaar rammelen, maar lichamelijk contact was verboden en de mannen in uniform bij de ingang zagen er dreigend uit. Hij bood haar niets. Geen geruststelling, geen vechtlust.

Heeft ze zich daarom laten beïnvloeden door de buren en de kinderen uit haar klas? *Hij is ontoerekeningsvatbaar. Ziek in zijn hoofd. Jij moet door met je leven. Laat hem los. Kies voor jezelf.* Haar ouders en broertjes deden alsof er niets was gebeurd. Ze hadden Tobias als een rotte plek weggesneden uit hun leven. Ze stortte zich op haar huiswerk en slaagde met enkel negens op haar eindlijst.

Hij bekijkt de knokkels van zijn gebalde vuist. Heeft hij zich bezeerd met die klap? Ze moet rustig blijven. Ze is hier om antwoorden te krijgen op vragen die ze al die tijd heeft proberen weg te stoppen.

‘Sinds wanneer ben je vrij?’ vraagt ze. ‘Woon je hier al lang? Moeder wist ervan omdat iemand anders je had gezien in een winkel.’

‘Had ik je moeten bellen, zodat we samen koffie konden drinken?’

Niet happen, houdt ze zichzelf voor.

Ze probeert langs zijn schouder te kijken. Op de vloer in de gang ligt linoleum van een onbestemde grijze kleur. De plinten zijn bedekt met een laagje stof. Op een stukje van een zwartleren bank na blijft de huiskamer voor haar verborgen.

‘Was je eigenlijk van plan om aan te bellen na al die tijd? Of wilde je alleen even naar binnen loeren? Aapjes kijken?’

‘Jíj wilde niet meer dat ik kwam,’ schreeuwt ze. ‘Dat zeiden ze. Je kwam niet meer uit je cel.’

‘Ik was zwaar depressief,’ antwoordt hij.

‘Nog vijf keer heb ik de trein gepakt. Ik hoopte dat je je zou bedenken. Dus schuif dit nu niet allemaal op mij af, dat is niet eerlijk.’

Met zijn vingers masseert hij zijn voorhoofd. ‘Ik denk dat het beter is dat je gaat.’

Zijn kille houding maakt haar angstig. ‘Waarom praat je niet met me?’ Ze grijpt zijn pols vast. ‘Ik heb het recht om te weten wat er speelt. Wat weet je over Nina?’ Nu klinkt ze hysterisch.

Een voor een vouwt hij haar vingers open en duwt haar van zich af. ‘Ga nou maar. Ik wist wel dat je het zou gaan maken, met een eigen bedrijf en alles.’

‘Hoe weet je...?’

Hij duwt haar naar buiten en de deur valt achter haar in het slot.

Haar hakken tikken op de betonnen galerijvloer als ze terugloopt naar de lift. Ze strijkt haar trenchcoat glad en drukt haar tas stevig tegen zich aan. Ze wil zichzelf niet weer verliezen.

En waarvoor? Ze kwam voor informatie die duidelijkheid zou verschaffen over wat er met Yvette en Nina is gebeurd, maar er zijn alleen maar vragen bij gekomen. In de spiegel van de lift bekijkt ze haar hals. Zijn greep heeft rode vlekken achtergelaten. Ze twijfelt er niet langer aan dat hij de keel van een meisje zou kunnen dichtknijpen. Kan iemand twee gezichten hebben? Heeft ze al die jaren belangrijke tekenen over het hoofd gezien?

'Ben je bang voor me?' vroeg hij.

Ja, ze is bang.

'En? Heb je iets kunnen ontdekken?' vraagt Anniek zodra Gaby zich in de leren stoel van de auto laat zakken.

'Ik heb een tijdje naar binnen gegluurd, maar ik zag niemand.' Ze neemt een flinke teug lucht en laat die langzaam ontsnappen door haar neus. Normaal gesproken werkt het. 'Ik denk dat hij niet thuis is.'

'Hm, jammer. Wisten de buren ook niets?'

'Nope.' Ze wrijft met haar vingers langs haar keel. Als ze thuis is, zal ze een sjaaltje om moeten knopen. Voor nu trekt ze de kraag van haar jas iets omhoog.

'Geen enkel spoor dus dat ons naar Nina kan leiden?'

'Wat denk je, dat hij een kledingstuk van haar in het zicht laat liggen?' Gaby roffelt met haar vingers op het stuur. 'Sorry. Terug dan maar?'

Ze wil vergeten wat er zojuist is gebeurd.

Max heeft nog niets gezegd. Ze kijkt vlug opzij. Gelooft hij haar niet?

'Je was lang weg. Ik ben blij dat je veilig bent teruggekomen,' zegt hij. 'Het was onverantwoord om je alleen te laten gaan, naar zo'n monster.'

'Lekkere koekjes trouwens,' zegt Anniek.

'Heb jíj ze opgegeten?'

'Gewoon een paar hapjes. Boris bood het zelf aan.'

Met één hand tast Gaby naar de mollige beentjes van haar zoon, naar het stukje vel dat tussen zijn sokje en zijn broek uit piept, en ze knijpt erin.

Op de terugweg zegt niemand iets. Boris is in slaap gedommeld, met zijn mondje opengezakt. Pas als de brug over de IJssel in zicht komt, voelt Gaby dat de druk op haar borst afneemt. In de verte verschijnt de skyline van Deventer boven het glinsterende water. De zon is doorgebroken en de Lebuinuskerk staat vol in het gouden middaglicht.

'Ik bedenk opeens iets.'

Gaby werpt een blik naar achteren. Ze dacht dat Anniek ook sliep.

'Ik had het groot in mijn dagboek geschreven en versierd met hartjes. Vrijdag 22 november, de avond dat Tobias en ik eindelijk zouden zoenen tijdens het hockeyfeest. Yvette is die nacht verdwenen.' Anniek buigt zich naar voren. 'Nina fietste op dinsdag 22 november door het bos naar de manege toen ze vermist raakte. Voor als iemand in deze auto nog twijfelt over een verband tussen de twee zaken.'

12

Vanaf haar beschutte plek onder het afdakje van het appartementencomplex tegenover de school staart Gaby naar de twee grote platanen op het plein. Deze positie biedt haar een veilige afstand, socializen met andere ouders is Davids afdeling.

Weggedoken in de kraag van haar jas kijkt ze naar de takken die heen en weer zwiepen. Als ze haar ogen tot spleetjes knijpt, heeft het schouwspel een bijna hypnotiserende werking. Ze heeft ooit een artikel gelezen over mensen die met bomen praten door hun hand op de stam te leggen. Het is gemakkelijk om zo'n zweverige activiteit belachelijk te maken, wat ze toen ook deed, maar nu ze hier zo staat, stelt Gaby zich voor dat bomen dingen weten. De boom was er als eerste, voordat de huizen eromheen werden gebouwd, en hij zal er nog staan als de lichting leerlingen die overdag om hem heen spelen onder de aarde ligt.

De Hagenpoort is een typische binnenstadsschool. De vierkante speelplaats is klein en ligt ingeklemd tussen huizen en de gele muren van poptempel het Burgerweeshuis. Hoewel er geregeld bierflesjes rondslingeren, achtergelaten door de ongeschoren mannen die graag op het trapje bij de nabijgelegen supermarkt zitten, heeft de school iets chics, op een onverschillige manier. Vooral succesvolle ondernemers en ouders met creatieve beroepen brengen hun kinderen hier.

Ze ademt diep in. Het sombere gevoel blijft. Steeds ziet ze Tobias voor zich, op zijn pantoffels in die kale flat. Hij heeft niet de moeite genomen om zijn nieuwe onderkomen in te richten, zich fatsoenlijk te scheren of iets aan lichaamsbeweging te doen. Het verbaast haar dat de kennis van hun moeder hem überhaupt herkende in de supermarkt. De Tobias van vroeger, met zijn polo's in pasteltinten, Eastpak-rugzak en notitieblokken vol houtskoolschetsen, zou de gevangenis niet hebben overleefd. Misschien is zijn nieuwe voorkomen simpelweg een overlevingsmechanisme.

Opeens vraagt ze zich af of hij nog tekent. De stoere jongens op school deden nooit hun best omdat ze tekenen iets voor mietjes vonden, maar Tobias kwam ermee weg. Veel regels leken niet voor hem te gelden. Soms vroeg hij Gaby om model te staan, in zijn kamer op de middagen dat hij zich verveelde, wat op het laatst steeds minder voorkwam. Ze genoot van zijn onverdeelde aandacht. Hoe hij elke millimeter van haar gezicht en lichaam in zich opnam en trefzeker de lijnen trok op het papier dat hij stiekem van school meenam.

Nu ze Tobias na al die jaren heeft gezien, zijn lichaam zo dichtbij in de krappe hal dat ze de poriën rond zijn neus kon tellen, is ze terug bij af. Ze weet niet goed welke gedachten van haarzelf zijn en wat voor ideeën er door anderen zijn ingeramd. Oude twijfels komen bovendrijven. Heeft hij in het bos een gat gegraven om daar het koude lichaam van een jonge vrouw in weg te moffelen? Die ochtend was hij zoals altijd aan het ontbijt verschenen. Hun moeder kookte havermoutpap op het fornuis en schepte de brij in houten kommen. Je lepel kon er rechtop in blijven staan. Hij had zich niet anders gedragen. Of ontnam hun band haar zicht op de werkelijkheid?

De oplossing die ze als kind voor deze cognitieve dissonantie had bedacht was om alle nare en verwarrende feiten weg te stoppen, luikje dicht en klaar. In de loop der jaren heeft ze aan dat wegloopgedrag een charmante draai gegeven met het mantra dat je alleen een nieuw bestaan kunt opbouwen als je keihard breekt met het verleden.

Ze wrijft zo hard over haar kin dat ze de schilfertjes foundation onder haar vingertoppen voelt. Dolgraag wil ze geloven dat Tobias niets te maken heeft met de verdwijning van Nina en dat er door een rare samenloop van omstandigheden een verband wordt gelegd dat helemaal niet bestaat. Anniek kan het mis hebben.

Achter een juf met een grijs pagekapsel komen de eerste kinderen naar buiten. Ze wipt omhoog op haar tenen. Nog geen Mette.

'Gaby, jij hier?'

Verschrikt kijkt ze naast zich. Het kleine vrouwtje heeft een spits gezicht en sluik blond haar. Ze draagt een zwarte jas die op een slaapzak lijkt.

'Ik ben de moeder van Sam.'

Gaby zou zichzelf nooit introduceren als de moeder van Mette. De volgende keer moet ze nog verder gaan staan.

'Werk je niet vandaag? Normaal ben je er nooit op donderdag, toch?'

'Vandaag ben ik er.'

'Normaal zie ik David altijd. Zo lief hoe hij met de kinderen omgaat. Echt een zorgzame vader.'

'Ja, ik heb veel geluk met hem.'

'Ik vind het echt knap van je. Had het er laatst met Pien over...' Ze houdt haar hoofd een tikkeltje schuin.

Wie is Pien? Praten ze over haar?

'Hoe ontzettend hard jij werkt. Wij kunnen natuurlijk allemaal meegenieten via Instagram.' Ze maakt een weids gebaar in de richting van de parkeerplaats schuin voor de school. 'Lijkt mij pittig. Ik vroeg het laatst aan Daaf: mist ze de kindjes niet? Legt ze hen wel eens zelf op bed?'

'Maak jij je daarover maar geen zorgen.'

Kritiek verpakt als zorgzaamheid. Denkt deze vrouw echt dat ze daarin trapt? Vanavond zal ze aan David vragen wie dit vervelende mens is. En of ze hem ook Daaf noemt waar hij bij staat. Gaby steekt haar kin in de lucht en concentreert zich op het suizen van de takken.

'Onze Sam was echt een cadeautje,' gaat de vrouw verder. 'In het ziekenhuis zeiden ze dat ik niet zwanger kon worden, dus daar hadden we ons na jaren proberen bij neergelegd. Ik was niet de enige. Twee vriendinnen hadden het ook. En toen was ik achtendertig en bleek ik toch in verwachting. Elke dag prijs ik mezelf gelukkig.' Ze kijkt Gaby verwachtingsvol aan. 'Het was lastig, hoor, met die vriendinnen. Zij niet, ik wel...'

Gaby houdt de ingang van de school nauwlettend in de gaten. Waarom praat die vrouw nog steeds tegen haar? Het enige nadeel van wonen in een kleinere gemeente buiten de Randstad is dat ze zich vaak te veel voelt. Te veel met haar werk bezig, te strakke rokken voor haar lichaamsbouw, te zichtbaar, te felle lippenstift, te mensenschuw.

Vrienden uit Amsterdam reageerden verbaasd toen ze aankondigde naar Deventer te verhuizen. In hun ogen was het logischer geweest als David eindelijk het licht zou zien en bij háár introk. Het leek alsof sommige vriendinnen zich verbolgen voelden dat Gaby uit hun wereldje brak en haar eigen plan trok. *Deventer? Wat ga je daar doen? Wonen daar leuke mensen?* En: *waar ligt het eigenlijk?* Wél een reis boeken naar Bali en India omdat ze zo graag de wereld willen ontdekken, maar hun eigen land kennen, ho maar. Gaby kon minachtend doen over zo veel topografische onwetendheid, maar ze was zelf niet anders geweest, al gaf ze dat niet graag toe. Toen ze David ontmoette op een feestje in de hoofdstad ging ze ervan uit dat hij daar ook woonde. Die arrogantie had ze zich snel aangemeten toen ze uit Zeist arriveerde, zoals zo veel niet-oorspronkelijke Amsterdammers. Bij een stad buiten de Randstad dacht ze aan een duf plein met een supermarkt, een Hema en een drogist. Een eetcafé waar je alleen tosti's en kroketten kon krijgen en waar ze niet deden aan latte macchiato's. Uiteindelijk hadden de meeste vrouwen uit haar vroegere vriendinnenclub haar voorbeeld gevolgd. Ook zij waren buiten Amsterdam naar een gezinswoning gaan zoeken, want zo ging dat als je kinderen kreeg.

'Nu ik je toch spreek...' De vrouw kijkt haar onderzoekend aan. 'Wil je niet in de appgroep?'

'Appgroep?'

'Ja, ik vraag het maar even omdat ik niets van je hoor.'

Gaby kijkt haar vragend aan.

'Voor de klas van Mette en Sam,' verduidelijkt ze. 'Er was er nog geen, en toen dacht ik bij mezelf, ik zet er eentje op. Je hebt een e-mail van me gekregen. Daarin staat mijn nummer, dus je kunt je aanmelden. Tenminste, als je dat wilt.'

'Die e-mail heb ik even gemist.'

'Ik ga je niet stalken, hoor. Privacy en alles tegenwoordig. Het is alleen voor noodgevallen. Als er iets moet gebeuren in de klas. Zomerschoonmaak. Of wanneer er luizen zijn. De belangrijke dingen.'

'Ik zal de e-mail opzoeken en je antwoorden.'

De vrouw glimlacht onophoudelijk en Gaby krijgt het gevoel dat ze iets verkeerds heeft gezegd. Ze weet dat ze niet goed ligt bij de andere moeders. Omdat ze haar gezicht te weinig laat zien op school en de sportclubjes.

Daarom houdt ze van bakken: achter het werkblad in haar winkel zijn de regels kristalhelder. Niets maakt haar kalmer dan het netjes uitstallen van de ingrediënten die ze nodig heeft: bloem, melk, basterdsuiker, eieren, boter op kamertemperatuur. Wanneer de chaos in haar hoofd groeit, bindt ze haar schort om. Het mengen, loskloppen en smeren maakt haar rustig. Zolang je doet wat je moet doen, zonder afleiding, boek je het gewenste resultaat.

'Waar is Boris?' De vrouw kijkt achter Gaby, alsof haar dreumes daar ergens rond zou waggelen.

'Bij oma.'

'Wat goed van je.'

'Wat?'

'Dat je dat doet.'

'Hoe bedoel je?'

'Ik had dat ook vaker moeten doen. Gewoon je kind wegbrengen als je vrij bent. Tijd voor jezelf nemen. Zo belangrijk.'

'Ik moet straks gewoon werken.'

'Ach, ik wil me nergens mee bemoeien...'

Gaby voelt een zweem van misselijkheid opkomen. Ze tracht iets van haar superioriteit te hervinden. Op zo'n moment wil ze ongenaakbaar zijn, zoals vrouwen in Amerikaanse advocatenseries, die zich in hun mantelpakjes bekommeren om Belangrijke Zaken, zonder ruimte voor futiele moedermaffiapraktijken.

Ze houdt van werken. Ze wil haar bedrijven uitbouwen tot een imperium. Waarom moet ze zich daar steeds opnieuw voor verontschuldigen? Alsof haar carrière afbreuk doet aan haar kwaliteiten als moeder. Altijd wanneer ze zich aangevallen voelt, en gelukkig bezit ze de zelfkennis om dat op te merken, beeldt ze zich het ellendige leven in van de moeder voor zich. *Sams moeder.* Ze maakt een lijstje:

- Haar man zegt niets als ze naar de kapper is geweest.
- Thuis heeft ze een lade vol rekeningen van webshopaankopen die hoopvol zijn aangeschaft maar die nutteloos bleken, zoals een roller van rozenkwarts voor een jongere huid en een beige gezinsplanner die nu ligt te verstoffen.
- Ze begint om halfdrie stiekem met bier drinken tegen de

scherpe randjes van de middagen die ze doorbrengt met haar gewenste, maar zeer luidruchtige zoon.

- De groene flesjes verstopt ze in de oudpapierbak die haar echtgenoot toch nooit leegt, want hij werkt hard en traint in zijn vrije uren voor de marathon.
- In de enige kamer met een slot op de deur brengt ze zichzelf tot een orgasme, waarbij de klep van de wc-bril pijnlijk tegen haar rug drukt terwijl ze fantaseert over de veel jongere buurman, een student nog, die haar bij hem thuis uitnodigt. Ze vindt het heus niet erg om zijn was te vouwen terwijl hij aan het gamen is en maar sporadisch reageert op wat zij zegt.

Het gewenste effect blijft uit. Is ze jaloers? De moeder van Sam vindt het niet erg om elke dag bij school te wachten op haar kind.

Gaby weet niet wat eerder kwam: de ambitie om haar bedrijf te laten groeien, of het verlangen weg te zijn van huis. Die twee hebben elkaar in elk geval versterkt. Ze heeft het met liefde gedaan: plastic bakjes vullen met gezonde tussendoortjes, voorlezen over beren en konijnen en de repeterende rondgang door het huis om speelgoed in de daarvoor bestemde bakken te smijten. Ze haalde doekjes over tafels, pulkte aan piepkleine stukjes kaas die tot moes waren geslagen. Zeurende stemmetjes bood ze het hoofd. Ze kon het opbrengen. Maar niet de godganse dag.

Gaby heeft haar kinderen nooit geslagen, niet eens een mep op de billen. Maar de woede die ze moest onderdrukken putte haar uit. De verleiding om een armpje stevig vast te pakken in een wurggreep van liefde lag op de loer, als een gevaarlijk grommend beest. Klaar om haar te bespringen op een moment van zwakte. Met opengesperde ogen keek Mette haar aan vanaf de bank als Gaby dreigend boven haar hing, lichtjaren verwijderd van de kalme oermoeders die ze op Instagram voorbij zag komen.

Haar oogleden voelen zwaar. Ze moet blijven bewegen om de vermoeidheid voor te blijven. Straks op kantoor zal ze een dubbele espresso nemen.

Haar telefoon trilt. De eerste woorden verschijnen in beeld als ze haar wijsvinger over het scherm trekt. Heb je het al gezien? Ze klikt op het bericht. Er is een fiets gevonden in het bos en het lijkt erop dat die van Nina is. Bel me zo even.

Dit kan zo niet langer. Anniek is ongevraagd haar leven komen binnendenderen met vrachtladingen aan herinneringen. Ook na een grondige douchebeurt bleef ze zich vies voelen. Straks zal ze haar bellen en daarna het nummer blokkeren.

Mettes hoofdje verschijnt tussen die van de andere kindjes. Gaby stopt haar telefoon weg en beent naar voren, over de parkeerplaats naar de ingang.

'Waar is papa?'

'Sst. Kom eens.' Ze hurkt, trekt haar dochter naar zich toe en probeert het ongemak dat het bericht heeft veroorzaakt te negeren. 'Kus?' Gaby wiebelt op haar hakken.

Het natte mondje maakt alles goed. Misschien moet ze inderdaad vaker hier zijn.

'Wat heb je daar?'

'Hier.' Haar dochter duwt de tekening in haar hand.

'Laat me eens even kijken. Dat is een zon. En een huis. Wie is dat?'

'Papa.' Haar dochter wijst met haar mollige vingertje. 'En dat is mama. In de winkel.'

'Mooi hoor.' Ze vouwt het papier voorzichtig in haar handtas. 'Kom, we gaan naar huis.'

'Ik wil met iemand spelen.' Haar dochter trekt aan haar arm

en speurt rond naar een geschikte kandidaat. 'Met Hugo, of Bobby.'

'Dat gaat even niet. Volgende keer.'

Voordat Mette kan gaan zeuren, buigt Gaby zich voorover en fluistert: 'Thuis gaan we lekker warme chocolademelk drinken.' De haartjes van het meisje kriebelen in haar neus.

'Jaaa,' gilt Mette. 'Chocolademelk. Met spekjes! En televisie!'

Hand in hand lopen ze langs het schoolplein door de Bagijnenstraat naar huis. De andere moeders zullen er vast iets van vinden.

13

Onder een donkere hemel rijden ze in de witte bestelbus over de Deventerweg naar Gorssel. Doorgaans laat Gaby het afleveren van bestellingen over aan haar personeel, maar influencer en gelukscoach Lonneke Verkerk stond erop dat de vijf verdiepingen tellende bruidstaart werd bezorgd door de eigenaresse zelf. Een gewiekste tante, dat had Gaby direct door, iemand die geen potentieel netwerkmoment onbenut liet.

Yasmine was alarmerend opgelucht dat ze van de taak was vrijgesteld. 'We hebben in totaal zevenentachtig telefoontjes ontvangen, als ik dat mens nog één keer hoor...' Ze maakte een gebaar van een mes langs haar keel en zette een hoog stemmetje op: 'Ik wil vijftig gouden rozen op de taart. Het moet echt goud lijken, geen geel. Ik wil ab-so-luut geen geel.'

Gaby heeft Anniek een berichtje gestuurd om te vragen of ze haar gezelschap wil houden tijdens het bezorgen van de bruidstaart. Haar emoties gaan alle kanten uit. Vlak daarvoor was ze nog van plan haar op te bellen met de mededeling dat ze geen contact meer wilde. Maar het ging niet. Anniek is de enige met wie ze over Tobias kan praten en die behoefte groeit met het uur.

Tot haar verbazing stond Anniek tien minuten later voor de deur van de winkel in een gek jasje van oranje nepbont. Moest ze niet werken? Wijselijk hield ze deze vraag voor zich. Ze wist ook niet goed of ze medelijden voelde of jaloezie.

Nu, eenmaal achter het stuur, overheerst de tevredenheid:

ze vervult haar verplichtingen ten opzichte van een belangrijke klant en ze kan tegelijkertijd Anniek uithoren over wat er tussen haar en Tobias is gebeurd.

'Helemaal de business lady.' Anniek wijst naar het satijnen sjaaltje met het logo van een peperduur designermerk dat Gaby om haar nek draagt.

'Dank je.' Ze trekt de knoop naar de zijkant, in de hoop dat de sjaal de plek in haar hals maskeert.

Op de passagiersstoel rommelt Anniek ondertussen in haar cognackleurige tas, die de vorm heeft van een plunjezak. Ze stalt de spullen uit op haar schoot. Een pakje sigaretten. Twee felgroene elastiekjes. Verfrommelde bonnetjes. Een tube crème.

Gaby probeert zich er niet aan te ergeren. 'Zoek je iets?'

Er komt geen antwoord. Wel verschijnt er meer rotzooi: een balpen met het logo van een of ander bedrijf. Een zonnebril, op de glazen zitten broodkruimels. Een pakje tarotkaarten.

'Wil je dat ik ze voor je leg?' vraagt Anniek.

Gaby wacht op een lach die duidelijk maakt dat ze in de maling wordt genomen.

'De kaarten zijn fijn als je antwoorden zoekt op vragen.'

'Nee, dank je.' Ze schudt haar hoofd. 'Dit had ik niet van jou verwacht. Je bent de kant van je moeder op gegaan. Zij deed toch ook handlezingen en dat soort dingen?' Ze werpt een blik op haar telefoon die in de houder op de voorruit zit geklemd. Nog zes minuten tot het landgoed. 'Hoe gaat het trouwens met Elske?'

'Ze is haar eigen praktijk begonnen achter in de tuin, nadat wij het huis uit waren gegaan.'

'Daar zat je vader toch?'

'Ze heeft een nieuw optrekje laten bouwen, pal náást zijn praktijk. Alle patiënten die via de officiële weg geen antwoorden vinden, na een hele zwik aan pammetjes en andere pillen, kunnen het bij haar proberen. Ze doet healings en readings. Je begrijpt dat mijn vader daar superblij mee was.'

De vader van Anniek is psychiater en heeft een succesvolle praktijk aan huis. Een knappe man met grijs haar en een zongebruind gezicht. Erik heet hij. Het hele gezin heeft namen beginnend met een E. Erik, Elske, de tweeling Eduard en Eefje. En dan is er Anniek. Alsof haar ouders bij de geboorte zagen dat ze net een beetje anders was.

Gaby herinnert zich dat Erik en Elske Verweij een gelukkig huwelijk hadden. Over bijna alles in het leven waren ze het met elkaar oneens, maar op zo'n uitgesproken manier dat het zacht en veilig aanvoelde. Haar eigen ouders discussieerden nooit over politiek, over de vraag hoe je artisjokken moest eten en of de muziek van Eros Ramazzotti kitsch was. Gaby begrijpt nu pas dat zo veel geluk ook een last kan zijn. Anniek streefde naar een leven dat nooit het hare zal worden.

Bij de bocht moet ze schakelen en de motor sputtert. Ze is een automaat gewend. 'En de tweeling? Wat doen zij?'

'Ze hebben het leven van mijn ouders gekopieerd. Teruggekeerd naar Zeist na de studie, ieder twee kinderen. Eduard is huisarts. Eefje toegevoegd notaris. Ze is nu zwanger van de derde. Gevonden!' Er knispert een plastic boterhamzakje tussen haar vingers, waaruit ze een bruin stokje vist. 'Zoethout,' verklaart ze. 'Een beetje erop kauwen vermindert de stress.'

Gaby kijkt opzij. Ze heeft de eigenaardigheden van Anniek gemist, beseft ze, zoals die fase vroeger waarin ze zich had voorgenomen voortaan elke avond in bad te eten, tot groot ongenoegen van haar ouders, en dan alleen een enorme kom tomatensoep van poeder uit zo'n zakje, aangelengd met water, met hompen kaas erin. De herinnering brengt een vage glimlach teweeg, die direct weer wegtrekt. Ze wil zich niet overgeven aan dat zoete gevoel. Niet zonder te weten wat er precies is gebeurd in de nacht van 22 op 23 november 2002.

'Ben je met Tobias gaan praten na de vermissing van Yvette?' valt ze met de deur in huis. 'Jij wist immers dat zij bij hem was geweest.'

Verrast kijkt Anniek op. ''s Middags ben ik naar zijn werk gegaan bij de slagerij. Via via hoorde ik dat de ouders van Yvette zich ongerust maakten, want ze was niet thuisgekomen.'

'Wat zei Tobias?'

'Hij was al weg, vertelde zijn baas. Dus toen ben ik naar de caravan gefietst.'

'En?'

'Ik schrok me kapot.' Ze houdt het stokje zoethout stevig vast. Het is afgekloven, met gelige draadjes die omhoogsteken. 'Ik zag bloedvegen op de lakens. Keukenspullen lagen op de grond, alsof ze hadden gevochten. Hij zat op de bank.'

'Tobias zat daar gewoon?'

'Hij zag lijkbleek. Ik stond in de deuropening en durfde niet naar binnen.' Ze kijkt strak voor zich uit, alsof ze het moment opnieuw beleeft. De zonnebril, de balpen en de elastiekjes liggen onaangeroerd op haar schoot. 'Ik herinner me de plastic stroken aan de deur om vliegen buiten te houden, bruin en wit. Ze hingen in mijn gezicht en ik duwde ze opzij.' Luid ademt ze in. 'Ik raakte in paniek en begon tegen hem te schreeuwen. Wat had hij gedaan?'

'Hoe reageerde hij?'

'Hij had Yvette in de caravan achtergelaten, vertelde hij, omdat hij vroeg moest werken. Ze sliep nog toen hij vertrok. Ik riep dat we de politie moesten bellen.' Ze lijkt in een trance. 'Opeens werd hij iemand anders.'

'Hoe bedoel je?'

Voorzichtig remt Gaby voor het stoplicht naast restaurant 't Elf Uur. Nog altijd vindt ze het spannend om een bruidstaart te bezorgen, ze is bang dat de dozen achterin gaan schuiven.

'Hij vulde een emmer met water en ging als een gek het tapijt schrobben. Ook daar zaten vlekken in. Toen hij het niet schoon kreeg, rolde hij dat ding op.'

'Wat is er met het kleed gebeurd? Dat was bewijsmateriaal.'

'Ik weet het niet.' Anniek haalt haar schouders op. 'Hij leek manisch. Ik vroeg huilend of het bloed van Yvette was. Had hij iets met haar gedaan?'

De navigatie op Gaby's telefoon geeft aan dat ze over drie minuten op de locatie zijn.

'Ik schreeuwde dat we naar de politie moesten gaan. Dat ze ons zouden helpen. Toen werd hij woedend. Hoe ik zo dom kon zijn. Ze zouden ons direct verdenken. Mijn vingerafdrukken zaten ook overal, zei hij. We moesten alle sporen uitwissen. Ik dacht dat hij een grap maakte. Zoiets gebeurt alleen in films.'

Ze rijden over een bosweg met aan weerszijden een hek gemaakt van smalle houten palen. Nauwelijks zichtbaar tussen de bomen staat om de paar honderd meter een huis, kolossaal en vaak met sprekende namen. DALRUST, leest ze op het bord dat ze passeren.

'Je hebt naar hem geluisterd. Want je hebt je mond gehouden.'

'Ik was verliefd,' fluistert Anniek. 'Het leek alsof hij me in zijn macht had. Door wat hij zei voelde ik me dom. Het was naïef van me om te denken dat het goed zou komen als we de politie de waarheid zouden vertellen.'

'Hij zei dat hij er niets mee te maken had. Geloofde je hem?'

'Ik wist niet meer wat ik moest geloven.' Ze trekt een been op, zet haar voetzool plat op het leer van de stoel, en de spullen glijden op de grond. 'Achteraf verbaas ik me erover hoe hij zo logisch kon nadenken. Zo berekenend. Mij lukte dat niet. Wat als ik die nacht alleen met hem had doorgebracht...' Ze rilt bij de gedachte. 'Max zegt ook dat ik geluk heb gehad.'

Gaby plukt aan haar jas, ze heeft het warm gekregen. Kan Tobias zo uitgekookt zijn als Anniek net heeft beschreven? Of had hij simpelweg de realistische inschatting gemaakt dat het er niet goed voor hem uitzag en wilde hij daarom de politie erbuiten houden?

'Je hebt eerder over alles gelogen,' zegt ze. 'Wie zegt dat het waar is wat je mij nu vertelt?'

Iets in het theatrale slachtofferschap van Anniek maakt haar boos. Altijd heeft ze volgehouden na het uitgaan een stukje met Tobias te zijn meegefietst, tot de kruising bij de bakker op de hoek, waarna zij rechts afsloeg de villawijk in en hij zijn weg schuin naar links vervolgde, in de richting van het bos. Ze schaamt zich voor haar eigen goedgelovigheid.

'Ik heb geen enkele reden om te liegen,' zegt Anniek. 'Niet meer.'

Gaby's gedachten gaan terug naar die middag in het winkelcentrum, een paar weken na de arrestatie van Tobias.

De roze fiets met de rieten mand voorop herkende ze direct. Anniek had haar vader er maar één keer om hoeven vragen. Met wat duwen en trekken plantte Gaby haar fiets er pal naast.

Waarom hadden ze niet op haar gewacht? Toen de schoolbel klonk en ze haar Engelse lesboeken in haar rugzak had geschoven, ging ze naar de wc. Eenmaal buiten op het plein kon ze de anderen niet ontdekken.

Het ging al dagen over de opening van de hippe kledingwinkel in het dorp. Iemand had gehoord dat er die middag een dj zou zijn, en gratis snoep om klanten de zaak in te trekken. Daar moesten ze heen, natuurlijk. Ze verkochten er ook de zeer gewilde Cars-broeken. Gaby kon die niet betalen, maar ze wilde erbij zijn als haar vriendinnen gingen passen.

Ze baalde dat ze alleen naar binnen moest. Wat als de rest

er nog niet was? In de ruit van de nabijgelegen broodjeszaak inspecteerde ze vluchtig haar spiegelbeeld. Een dik propje, ondanks haar zwarte laarsjes met hoge hakken. Met vlakke hand sloeg ze op haar winterjas om haar buik platter te doen lijken.

'Je bent niet dik.' Tobias was er niet meer om haar gerust te stellen, terwijl ze dat harder nodig had dan ooit. Van haar zakgeld kocht ze elke dag roze koeken in de supermarkt, die ze naar haar kamer smokkelde om in bed te eten. Na een kort gevoel van troost volgde altijd de walging.

Tot haar opluchting zag ze de meiden. 'Hoi.' Ze hadden zich links achterin verzameld, naast de tafel van de dj. Hij was minder knap dan in haar fantasie, maar wel fanatiek. Als een bezetene draaide hij aan de knoppen, alsof hij in een discotheek stond voor een dansende menigte. 'Hoi,' zei ze nogmaals.

Geanimeerd boog Anniek zich naar Sara toe en fluisterde iets in haar oor. Ze lachten overdreven, met hun hoofden achterover in de nek. Ze droegen dezelfde kleur lippenstift. Misschien waren ze eerst langs de drogist gegaan.

Ze stootte Anniek aan. 'Waarom ben je zonder mij weggegaan?'

'Gewoon.' Ze keek weg.

Gaby probeerde ontspannen mee te deinen op de muziek en keek ondertussen waar Anniek haar rugzak had gelaten.

'Ons werkstuk over *King Lear* voor Engels moet volgende week af zijn. Dus we moeten snel aan de slag,' zei ze.

In de spottende blik die Anniek haar toewierp, had ze al kunnen lezen dat alles vanaf dat moment anders zou zijn.

'We kunnen ons richten op de drie dochters van de koning. Goneril, Regan en Cordelia.' Het sloeg nergens op. Dit was niet het moment om over hun Shakespeare-project te beginnen, maar ze kon niets anders bedenken om haar vriendin aan zich te binden.

‘O, dat moest ik je nog zeggen,’ reageerde Anniek. ‘Sara en Jente hebben mij gevraagd in hun groepje.’

Gaby staarde naar de dikke laag roze gelei op de lippen van Anniek, die daardoor obsceen glansden in het licht van de tl-lampen. ‘We kunnen het anders met z’n vieren doen, ik kan vragen of dat mag?’ Achteraf ziet ze pas hoe ze haar eigen vernedering heeft gecreëerd.

‘Dat willen Jente en Sara niet.’ Anniek wendde haar hoofd af. ‘Ik kan niet meer met je omgaan. Ik moet ook aan mezelf denken. Dat begrijp je toch wel? Ik wil niet dat ze mij raar gaan vinden.’

Raar.

‘Jij krijgt alle verhalen niet mee, ze praten achter je rug om.’ Anniek rilde overdreven. ‘Sommige mensen denken dat jij ook... betrokken bent. Tobias en jij waren vaak samen. Sorry.’

Gaby knikte alsof ze het begreep, al kwam de mededeling als een complete verrassing. Ze draaide zich om. De anderen mochten haar tranen niet zien. Langs de paspoppen met felgekleurde naveltruitjes en wijde heupbroeken snelde ze naar buiten.

14

Door de foto's op social media weet Gaby dat het optrekje van influencer Lonneke, gelegen aan een onbeduidende landweg, allesbehalve gewoontjes is.

Ze stuurt de auto het grindpad op. Een halfjaar geleden is het koppel in de gerenoveerde boerderij komen wonen. Lonneke heeft de gewoonte om doodnormale zaken, dingen die andere mensen al sinds mensenheugenis doen, te presenteren als haar eigen vondst. Dat gold ook voor de verhuizing naar het oosten van het land. Ze wierp zich op als beschermvrouwe van het landelijke leven en postte zwaar bewerkte foto's van pareltjes in de regio. Het resultaat is dat Gaby geregeld hoogblonde vrouwen verweesd ziet rondlopen op lokale marktjes – duidelijk adepten van Lonneke, te zien aan hun geblondeerde haar en Ibizajurkjes.

'Daar zijn jullie eindelijk.' Lonneke kust Gaby op de wang en haar blik blijft hangen op Anniek, met haar hoogwaterbroek, kisten en oranje jasje, alsof ze probeert in te schatten of ze van enig belang is. Aan het korte knikje te zien, pakt het oordeel negatief uit.

'*Keep calm,* keep calm.' Lonneke wappert met haar handen. Haar haar is opgestoken in een ingewikkeld bouwsel. 'Zojuist de affirmaties uit mijn eigen Sunshine-Happy-Me-programma uitgesproken, dus het komt goed.'

'Balen van de regen straks,' zegt Anniek, wat haar op een nijdige blik komt te staan.

'We hebben prachtige tenten.' Lonneke heeft zich nu helemaal naar Gaby gedraaid. 'En volgens Buienradar is het straks droog als de gasten arriveren.'

'Dames,' zegt haar aanstaande echtgenoot, die erbij komt staan. Hij is een oud-formule 1-coureur met een permanent rood aangelopen gezicht.

'Kunnen we al in de keuken terecht?' vraagt Gaby. 'Ik wil graag de taart in elkaar zetten en afwerken.'

De man kijkt naast zich en het is duidelijk dat hij voor vandaag enkel de opdracht heeft gekregen om te komen opdagen. 'Lon. Schat?'

'Ik loop met je mee,' zingt Lonneke.

Met behulp van een karretje rijdt ze de taart naar de keuken. Even voelt het als vroeger, toen Hemelse Taarten nog BakMadame heette en ze de boel in haar eentje runde.

'Lekker hands-on, hoor.'

Gaby glimlacht, want ze begrijpt wat Lonneke eigenlijk bedoelt: heb je daar geen mensen voor? In de ogen van deze uit 't Gooi overgewaaide blondine is ze zojuist vier verdiepingen naar beneden gedonderd in de rangorde van het BN'erschap.

In de grote keuken hangt de geur van gebraden vlees en gefruite uitjes. De ramen zijn beslagen. Twee jongens sjouwen dozen met flessen wijn naar binnen en op de lange tafel staan schaaltjes uitgestald, waarschijnlijk bedoeld voor het voorgerecht.

'Ik moet mijn make-up laten doen. Jij redt het verder?' Lonneke wijst naar het cateringpersoneel dat druk bezig is. 'Janne kan je de koelkast aanwijzen.' En weg is ze.

Gelukkig ziet Gaby een rustig hoekje in de bijkeuken. Ze trekt een paar zwarte wegwerphandschoentjes aan en een voor een vouwt ze de kartonnen dozen open. Uit haar tas pakt ze haar reparatiekit. Met een naald prikt ze een paar luchtbelletjes door die in het fondant zijn geslopen en ze strijkt de taart glad met haar *smoothers*. Bij het stapelen van de verdiepingen gebruikt ze plastic buisjes, *dowels* genaamd, zodat het geheel stevig blijft staan.

Na een tijdje wandelt Anniek binnen. 'Mijn god, wat een gevaarte.' Nieuwsgierig bekijkt ze de taart, haar neus gevaarlijk dichtbij. 'Welke smaak is het?'

'Vanillecake met champagnecrème, gecombineerd met verse frambozen en witte chocolade.' Gaby doet een stap naar achteren om het resultaat te bekijken. 'Nu nog de decoratie.' Haar personeel heeft de vijftig gouden rozen met de hand gemaakt van *gum paste* en Gaby bevestigt ze op de taart. Met een tangetje plakt ze voorzichtig wat bladgoud op de bloemen, een secuur werkje, voor extra glans. Moe maar tevreden rijdt ze de taart op het karretje naar de ijskast, die gelukkig groot is en helemaal leeg. De jongens van de catering helpen haar met tillen.

Ze hebben eerst vriendelijk geweigerd, maar even later staan ze toch op het erf van Lonneke met een glas champagne in de hand. In de nok van de tent hangt een gigantisch bloemstuk van witte rozen met gouden strikken.

'Jeetje, ik was écht toe aan wat bubbels.' Anniek spreekt het laatste woord bekakt uit, en al wil Gaby het niet, ze schiet toch in de lach vanwege de persiflage op Lonneke.

De buik van de tent is gevuld met keurig gedekte tafels. Verderop is een man bezig met de geluidsapparatuur.

Anniek volgt haar blik. 'Denk jij hetzelfde als ik? Waarom verdoen we onze tijd bij deze stomme mensen terwijl Nina onze hulp nodig heeft?'

'Deze "stomme mensen" betalen me anders wel 5000 euro voor de taart.' Gaby voelt zich triomfantelijk, want dit soort bedragen wennen nooit, maar ze probeert het onverschillig te brengen. 'Exclusief btw.'

Anniek lijkt niet onder de indruk. 'We moeten naar Tobias.

Een manier vinden om die flat binnen te komen en rond te kijken of hij Nina daar gevangenhoudt. Kun jij niet aan een sleutel komen?'

Gaby schudt haar hoofd. 'Ik speel even advocaat van de duivel, maar wat als het toeval is dat beide meisjes op dezelfde dag verdwenen zijn? Misschien hebben de twee zaken niets met elkaar te maken.'

Anniek gebaart wild met haar handen en er klotst champagne over de rand van haar glas. 'Meen je dat serieus? Dezelfde plek, dezelfde leeftijd. Je hebt de foto van Nina gezien. Ze hebben alle twee rood haar. Ze is helemaal het type van die vuile schoft.'

'Maar waarom juist die dag?'

'Zeg jij het maar, het is jouw broer.' Ze wacht niet op antwoord. 'Hij heeft een zieke geest. Hoeveel duidelijker wil je het hebben?'

Ze leunt tegen een van de tafels en strijkt met haar wijsvinger over het linnen kleed. 'Tobias is onderzocht door specialisten. Ze hebben geen stoornissen kunnen vinden. Hij was toerekeningsvatbaar.'

'Dat maakt het juist erger. Kennelijk kan hij moorden met zijn volle verstand.'

Gaby probeert Anniek te negeren en strategisch te denken, zoals ze ook een nieuw businessplan uitstippelt. Niet van de hak op de tak, maar volgens logische stappen.

'Yvette werd gevonden op donderdagochtend 28 november. Volgens de politie is ze dagenlang gemarteld en pas op die laatste dag gestorven. Hij is dus vijf dagen met haar bezig geweest op een andere locatie dan de caravan, want die was leeg, dat heb jij zelf gezien. Ze moet het hebben uitgeschreeuwd van de pijn. Als het om dezelfde dader gaat, dan brengt hij Nina naar een afgelegen plek, waar hij zijn gang kan gaan. In het rechtbankverslag stond dat Yvette was vastgebonden en...'

Ze maakt haar zin niet af. De tafels lijken een kwartslag te draaien, een zee van gouden vaasjes, witte rozen en glinsterend bestek. De grond golft en ze spreidt haar armen om haar evenwicht te bewaren.

Ze zit in een benauwde ruimte zonder ramen. Iemand schuift een gele map in haar richting.

'Gaby! Gaat het?'

Het gezicht van Anniek zweeft boven haar als een wazige vlek. 'Hier, ga even zitten. Neem wat water.'

Er wordt iets kouds tegen haar lippen gedrukt. Ze is nog steeds duizelig, maar vouwt haar vingers om het glas. Gehoorzaam drinkt ze. Daarna laat ze haar hoofd tussen haar benen hangen.

'Wat gebeurde er?' vraagt Anniek.

'Er waren foto's, opeens weet ik het weer.' Ze steunt met haar ellebogen op haar bovenbenen, de handen over haar ogen geslagen. Ze wil terug naar die plek, voordat ze alles vergeet. 'Ze heeft ze aan me laten zien.'

'Wie? Welke foto's?'

De rechercheur droeg geen uniform, maar een donkerblauwe spijkerbroek en een strak zwart truitje. Haar buik bolde over de rand van de riem. De blik in haar ogen was spottend, maar na een uur zou Gaby die indruk bijstellen. Ze keek gewoon zo, ook toen ze haar de afbeelding van een lijk onder de neus duwde. De foto's waren schokkend, waarschuwde ze, maar in het belang van het onderzoek wilde ze Gaby's reactie.

'Wat valt je op?' vroeg ze.

Het bloed in haar hoofd begon te ruisen. Ze keek naar de arm, bijna doorschijnend, van bovenaf vastgelegd. 'Is dit Yvette?' bracht ze uit.

Een korte knik en toen, iets ongeduldiger: 'Wat zie je?'

Gaby's handen lagen gevouwen in haar schoot. Onder geen

beding wilde ze de foto's aanraken en het trillen moest ophouden. Pas later ontdekte ze de afdruk van haar ring in de zijkant van haar vinger. Een bloedende ster.

Over de huid lag een paars waas, alsof Yvette onder het ijs had gelegen. *Wat zie je?* Het voelde als een examenvraag en Gaby liet haar hoofd iets zakken. 'Gaatjes,' zei ze. 'Heel veel gaatjes.'

Een nauwelijks zichtbaar knikje. 'Volgens het rapport van de lijkschouwer heeft hij een injectienaald gebruikt.' Met haar wijsvinger trok de rechercheur een lijn om de plekken aan te wijzen. 'In de armen, buik en benen.' Ze pakte een nieuwe foto en legde die boven op de stapel. 'We gaan ervan uit dat hij haar dagenlang heeft geprikt, keer op keer op dezelfde plekken, terwijl ze nog leefde.'

Ze bleef Gaby onderzoekend aankijken, alsof ze wachtte op een verklaring. 'Hij heeft niets bij haar ingespoten. Er zijn geen verdovende middelen in haar bloed aangetroffen. We staan voor een raadsel.'

'Gaby. Hallo?' De stem van Anniek komt van ver.

Langzaam gaat ze rechtop zitten, knipperend met haar ogen tegen het licht in de tent. 'De rechercheur hoopte dat ik haar verder kon helpen. Denk ik...' Omdat ze bang is dat de beelden haar ontglippen, doet ze in sneltreinvaart verslag aan Anniek over die middag op het bureau. 'Ik heb de foto's gezien. Van de binnenkant van haar armen, het plekje onder haar navel. De huid was helemaal rauw en hobbelig, er zaten korsten op.'

Ze proeft bloed. Haar tong beweegt door haar mond. Per ongeluk heeft ze op haar wang gekauwd, ze voelt een ruw randje uitsteken.

Anniek steekt een sigaret op, haar vingers beven. Ze staat zo dichtbij dat de rook in Gaby's neus kriebelt. 'Waarom hebben ze die gruwelijke foto's aan jou laten zien? Dat is toch sick? Je was pas vijftien.'

'Ik begrijp niet waarom ik er nu pas aan denk.'

'Dat is volkomen normaal. Als je brein het trauma niet aankan, dan worden de beelden verdrongen.' Een puntje as landt op de planken die over het gazon zijn gelegd. 'Jezus, ik klink net als mijn vader.'

Gaby zet de topjes van haar wijsvingers aan weerszijden van haar hoofd, net onder de zachte haartjes, daar waar de ader klopt. Misschien weet ze meer dan haar brein aankan en is ze daarom alles vergeten.

'Ik denk dat die rechercheur illegaal bezig was door jou die foto's van het onderzoek te tonen. Kijk wat het met je doet.'

Deed de rechercheur het stiekem, tegen alle protocollen in, hopend dat ze waardevolle informatie los kon peuteren? Als Gaby terugdenkt aan die tijd bekruipt haar het gevoel dat haar familie het helemaal verkeerd heeft aangepakt. Ze heeft haar ouders nooit gehoord over het inschakelen van een goede advocaat voor Tobias, en zijzelf was zonder begeleiding naar het verhoor gegaan.

Er klinkt een zacht getik op het zeil. Gaby staat op en loopt de tent uit. De druppels koelen haar verhitte gezicht. 'Nina is nu drie dagen vermist. Yvette werd op de zesde dag begraven. Dat geeft ons nog twee dagen om dit meisje te vinden. Anders is het te laat.'

15

Restaurant The Lemon Tree ligt aan de voet van de Lebuinuskerk.

Gaby trekt haar kraag los en werpt een blik over haar schouder als ze van de Assenstraat de Grote Poot in loopt. Vanaf het moment dat ze de winkel uit stapte, tien minuten geleden, heeft ze het gevoel dat ze in de gaten wordt gehouden. De straat is verlaten, op een ouder stel na dat stilstaat bij de verlichte etalage van een pasgeopende kledingzaak.

Stel je niet aan, spreekt ze zichzelf toe. Dit is een leuke avond en je gaat genieten. De strenge stem in haar hoofd heeft niet het gewenste effect.

Als ze door de deuropening stapt, ziet ze het gezelschap al in de hoek zitten.

'Gaby, leuk dat je er bent.' De eigenaar geeft haar drie zoenen en helpt haar uit haar trenchcoat. Ze grijpt naar haar sjaaltje om aan te geven dat ze dat graag omhoudt.

'Ik breng je naar je tafel.' Onderweg draait hij zich half om. 'Ik geloof dat ik je moet feliciteren, hè? Vijf jaar getrouwd, toe maar!'

Ze glimlacht. 'Op naar de tien jaar. En dat komen we dan weer hier vieren.'

Bij het gezelschap aangekomen kust ze David, om daarna het bekende repertoire aan begroetingen af te werken.

'Meisje, kom lekker zitten.' Davids vader Willem trekt de

stoel naast hem naar achteren. 'Tussen de mannen.'

Ze voelt hoe de spanning van de dag uit haar lijf vloeit. Haar schoonvader knipoogt naar haar. Het heeft even geduurd voordat Gaby begreep dat hij geen bijbedoelingen had. Hij is simpelweg geïnteresseerd en ziet haar als een van zijn eigen kinderen, dat merkt ze aan alles.

'Hoe gaan de zaken? Je zult het wel druk hebben met alle kerstbestellingen.' Zijn ogen glimmen van goedkeuring als ze verslag uitbrengt van haar drukke werkweek. 'Jij weet tenminste wat hard werken is.' Hij neemt een flinke slok wijn. Genietend zuigt hij zijn wangen naar binnen, zijn lippen getuit, als een vis.

David en zijn zus luisteren gelukkig niet mee. Soms voelt ze zich bezwaard dat hij zo de loftrompet over haar afsteekt. Het geld komt van de kant van Davids moeder, Lidewij. Willem heeft hard moeten knokken om zijn zaak in horecabenodigdheden op te bouwen, en het ondernemersbloed lijkt hij vooral in haar te herkennen, niet in zijn eigen kinderen.

'We hebben gekeken, hoor!' jubelt Lidewij vanaf de andere kant van de ronde tafel. Haar gouden armbanden rinkelen. 'Je deed het steengoed. Zo zelfverzekerd. We kregen ook appjes van allerlei kennissen dat ze voor de televisie zaten.' Over de rand van haar zwarte montuur kijkt ze Gaby stralend aan. Haar lippen zijn felrood gestift. 'Laten we proosten op je succesvolle televisieoptreden. En natuurlijk op jullie huwelijksdag.'

Ook Gaby steekt haar glas in de lucht.

'Vanaf nu gaat het bergafwaarts met de romantiek. Weet ik uit de praktijk,' roept Pascal, de man van Isabelle. 'Deze hier,' – hij port Davids zus speels in haar zij – 'zit naast me op de bank in joggingpak te netflixen met van die grote sloffen aan in de vorm van een schaap.'

'Echt niemand wil dit horen, lieverd.' Isabelle kijkt verontschuldigend rond. 'Die sloffen zitten gewoon erg lekker en de kinderen vinden het leuk.' Demonstratief wappert ze met de menukaart. 'Zullen we snel bestellen? We hebben de oppas tot tien uur.'

'Dan moeten we zeker voortmaken.' David klinkt geïrriteerd.

'Ik weet nog goed dat David jou voor het eerst mee naar huis nam. Ik wist direct dat het goed zat,' zegt Lidewij.

'Ja, want wat David daarvóór allemaal voor meisjes uitkoos!' De stem van Pascal schalt door het restaurant. 'Laten we zeggen: die zaten vooral blond te wezen. Hoe heette ze ook alweer? Irma? Met die lange benen en gigantische, eh... ringen in haar oren.'

'Dit is écht niet het moment.' Verstoord kijkt Isabelle naar links, waar Davids moeder onder de tafel is gedoken. 'Mam, wat ben je aan het doen?'

Met blosjes op haar wangen komt Lidewij tevoorschijn. 'Ik moest even iets uit mijn tas pakken,' zegt ze. Ze overhandigt een pakje aan David en Gaby. 'Voor jullie houten huwelijk, zoals ze dat officieel noemen. Een houten kandelaar was passender geweest, maar dat vond ik wat armoedig. Helemaal in jullie interieur.'

David vouwt het cadeaupapier open en haalt twee zilveren kaarsenhouders tevoorschijn.

'Jeetje. Dit is echt veel te mooi.' Gaby weet nooit goed hoe ze op cadeaus moet reageren. Ze wil niet te enthousiast doen, maar ook niet ondankbaar overkomen.

'Hebben wij iets gekregen voor ons vijfjarige jubileum?' Isabelle kijkt Pascal vragend aan. 'Er staat me geen cadeau bij. Best apart. Mam?'

'Och, dat weet ik niet meer, hoor. Schat?' Lidewij zoekt hulp bij Willem, maar die zit alleen maar te genieten.

'Ze hebben hier een echte citroenboom in de zaak weten te krijgen, hebben jullie dat gezien?' zegt hij. 'Subliem!'

'Waarschijnlijk hebben jullie ons toen niet uitgenodigd in een leuk restaurant,' reageert David op zijn zus. Hij stopt een stuk brood in zijn mond. 'Of was er weer eens iets met de oppas?'

Het geplaag over en weer is Gaby inmiddels gewend. In het begin zocht ze er méér achter, dacht ze dat een van de twee vroeger meer aandacht kreeg. Nu begrijpt ze dat die pesterijtjes het bewijs zijn van een sterke band.

'Zeg, schat.' Lidewij wendt zich tot David. 'Hoe gaat het met je doeken?' Ze is duidelijk opgelucht dat ze een ander onderwerp heeft verzonnen. 'Heb je veel geschilderd de laatste tijd?'

'Ik ben goed bezig, al heb ik het ook druk met de kinderen.'

'Ga je er nog iets mee doen?' vraagt zijn moeder. 'Een expositie ergens? God, zou dat niet enig zijn? In de Papenstraat is een prachtige galerie. Niet te groot.'

'Nee, geen enkele ambitie op dat vlak,' antwoordt David. 'Ik ben gewoon lekker aan het experimenteren.'

'Ik kan eens voor je navragen, als je wilt. Een kennis van de tennisclub kent de eigenaar.'

'Zullen we voor het viergangenmenu gaan?' David roffelt ongeduldig met zijn vingers op tafel.

'Nou, jongen.' Nu mengt Willem zich in het gesprek. 'Ik vind dat je moeder gelijk heeft. Het is toch zonde als niemand je werk ziet.'

'De kinderen bekijken mijn schilderijen anders elke dag,' zegt David lachend. 'Mette is ook begonnen. Een Picasso in de dop, misschien kunnen jullie haar strikken voor een tentoonstelling.' En dan serieus: 'Het is gewoon een hobby, pap en mam. Ik hoef er niets mee te bereiken, geen status, geld of roem.'

'Helemaal mee eens, gozer,' zegt Pascal. 'Dat heb ik met voetbal. Vroeger wilde ik de nieuwe Diego Maradona worden...'

'...en nu speel je in Heren 3,' zegt Isabelle. Ze steekt haar hand op om iemand van de bediening te wenken. 'Laten we nu in godsnaam bestellen.'

Gaby neemt een slok rode wijn, en nog voordat ze het glas op tafel zet, brengt ze het opnieuw aan haar lippen.

Aan tafel klinkt gelach. Willem vertelt een verhaal over de nieuwe vriend van zijn oudere zus. Vijftien jaar geleden werd ze onverwacht weduwe, maar nu heeft ze opnieuw het liefdesgeluk gevonden in Klaas, een ondernemer uit Noord-Brabant die zijn cafés voor veel geld heeft verkocht. 'Hij heeft vervolgens zijn hele vermogen geïnvesteerd in antiek. Van die zware houten kasten die hij twintig jaar terug voor 25.000 euro per stuk liet verzekeren. Twee loodsen vol. Niemand wil dat spul meer.'

'Iedereen koopt lichte meubelen,' zegt Lidewij. 'Dat Scandinavische is helemaal in.'

De familie van haar schoonvader is een grote bron van vermaak, zo merkt Gaby elke keer. Kletsen over andermans ellende: het is een goede manier om het eigen geluk te bevestigen. David en Isabelle horen de anekdote zwijgend aan. Het kan niet steeds over de kleinkinderen gaan, of over hun eigen leven. Soms moet Gaby haar man eraan herinneren dat zijn vader en moeder echte mensen zijn met emoties en behoeften. Uit nieuwsgierigheid vroeg ze eens of hij dacht dat zijn ouders na dertig jaar huwelijk nog steeds verliefd waren. Hij zei dat hij daar eigenlijk nooit over nagedacht had. Dat is wat een veilige jeugd doet: het maakt de ouderlijke aanwezigheid zo vanzelfsprekend dat desinteresse op de loer ligt.

De ober serveert het eerste gerecht. Gaby recht haar rug en neemt zich voor beter haar best te doen. Met opgewekte stem zegt ze: 'Iedereen ruimte overlaten voor straks, hè? Dan krijgen we een van mijn creaties.'

Hemelse Taarten levert hun beroemde chocoladetaart en cheesecake aan het restaurant en Gaby heeft geholpen bij het ontwikkelen van de dessertkaart. Voor de wintermaanden had ze een variant bedacht op de klassieke tarte tatin, met bovenop een doorzichtige appel van geblazen suiker, met daarin een klokhuis gemaakt van appelsorbet, met pitjes en een steeltje van chocolade. Alleen al bij de gedachte aan de perfect krokante bodem, belegd met gekaramelliseerde appel, loopt het water haar in de mond.

Na de laatste hap van het voorgerecht schuift ze haar stoel naar achteren. 'Ik ga even de chef gedag zeggen, ben zo terug.' Ze trekt haar jurk naar beneden, houdt haar buik in en daalt de trap af. De geur van verse dille dringt haar neus binnen.

In de gang die naar de keuken leidt, inspecteert ze haar telefoon. Anniek blijft appjes op haar afvuren. Ze bezorgen haar een opgejaagd gevoel, en toch leest ze alles nauwkeurig, als een junk die verlangt naar een nieuw shot.

Ze klikt het laatste bericht aan.

Heb je gezien wat de broer van Nina heeft geplaatsd?

Snel zoekt Gaby het profiel van Niels Geers op Facebook. Twee uur geleden plaatste hij een nieuw bericht:

> We organiseren een burgerzoekactie. Morgenmiddag om één uur verzamelen op het parkeerterrein van Hotel Oud London, aan de rand van het bos, dicht bij de plek waar Nina voor het laatst werd gezien. We hebben jullie hulp hard nodig.

Ze stopt de telefoon in haar tas en maakt een praatje met de mensen in de keuken. Haar blik blijft hangen op een van de serveersters, een jong meisje nog, dat klaarstaat om de borden weg te brengen. Ze heeft de mouwen van haar zwarte blouse opgestroopt en wrijft over haar bleke onderarm.

Het onbehaaglijke gevoel van eerder die middag komt terug. Precies daar, in de zachte holte van de elleboog, boorde de dader zijn injectienaald in Yvettes vel. Met de punt van de glimmende naald beroerde hij haar vlees, zoekend naar de juiste plek. Haar polsen bond hij vast, ze mocht niet tegenstribbelen. Wilde hij haar alleen pijn doen of spoot hij een kalmerend goedje bij haar in? De rechercheur vertelde dat er geen verdovende middelen in haar bloed zijn aangetroffen, maar dat hoeft niets te betekenen. Sommige vreemde stoffen verdwijnen snel uit je lichaam, heeft Gaby ooit ergens gelezen.

Ze zegt gedag en loopt terug naar de tafel.

'Gaat het?' vraagt David.

'Het gaat prima,' zegt ze. 'Ik ben blij om hier vanavond met jou te zijn.'

Dit is een feestelijke avond met de liefde van haar leven, omringd door familie. Ze wil niets liever dan haar eigen woorden geloven.

VRIJDAG

16

De dag begint anders dan normaal.

Als ze in haar renkleding naar het trapgat sluipt, hoort ze gehuil. Ze opent de deur van Boris' kamer en haalt hem uit zijn ledikant. De haartjes in zijn nek zijn vochtig. Ze legt haar hand op zijn voorhoofd. Gelukkig, hij heeft geen koorts.

Over niet al te lange tijd zal de kleine man niet meer in een kinderslaapzak passen. Het moederschap bestaat uit een reeks laatste keren en vaak komt het besef pas achteraf. De laatste keer kokosolie smeren op het tere babyhoofdje. Een boertje over de schouder. Kletspraatjes in een onverstaanbare taal. David en zij delen deze nostalgische gevoelens, maar bij haar leiden ze niet tot de wens voor een derde.

Met gesloten ogen blijft Boris kermen, dus loopt ze op haar sokken over het zandkleurige tapijt terug naar de ruime slaapkamer, waar ze haar zoon neerlegt in de alcoholwalmen van zijn vader.

'Ik ga rennen,' fluistert ze.

'Hm.' David slaapt nog half, maar vouwt uit automatisme zijn armen om Boris heen.

Vertederd kijkt ze op hen neer.

Ze zou naast het bed kunnen knielen om de boodschap over te brengen dat Boris misschien ziek is, dat hij niet heet voelt, maar wel heeft gezweet.

'Ik ben al laat, dus...'

David plaatst niet langer vraagtekens bij de afspraken die Gaby met zichzelf maakt, waarvan de urgentie iedereen ontgaat behalve haarzelf.

Misschien is het de vertrouwde slaapgeur in de verduisterde kamer die haar terugbrengt naar vroeger, naar een bepaalde intimiteit, maar daar, naast het nachtkastje met de perzikkleurige geurkaars – die ze nooit aansteken, en waar een laagje stof op ligt – durft ze voor het eerst stil te staan bij de gedachte die ze heeft geprobeerd weg te drukken.

Wat als Tobias onschuldig is?

De recherche heeft een scenario geschetst en zij is erin meegegaan. Te makkelijk. Die mensen wilden gewoon iemand opsluiten om een klap te geven op het dossier, zodat de rust zou wederkeren. Tobias was de enige en meest logische verdachte. Hij had seks gehad met Yvette in de nacht dat ze verdween.

Gaby volgt het nieuws en weet dat mensen wel vaker vals worden beschuldigd. Zaken worden heropend, onder aanvoering van een dappere advocaat of ambitieuze journalist. Maar niemand heeft zich in zijn zaak verdiept. Ze voelt een steek in haar hart. Had ze voor hem moeten vechten?

Ze denkt aan de jaren die hun zijn afgepakt. Hij zou als eerste langsgekomen zijn in het ziekenhuis om zijn roze en gerimpelde nichtje te bekijken, daar is ze van overtuigd, met in zijn hand zo'n lelijke folieballon van de winkel beneden. Hij zou de kindjes verwennen met plastic speelgoed, met snoep vlak voor de maaltijd.

Terwijl ze fantaseert over hoe het had kunnen zijn, begrijpt ze dat er iets mis is met dat beeld. Ze blijft Tobias voor zich zien als een jongen van zeventien, zoals hij eruitzag toen hij uit haar leven werd weggerukt. Als haar broer niet was opgepakt, zou hij nog eerder dan zij getrouwd zijn en een eigen gezin hebben gehad.

'Tot straks,' zegt ze tegen haar twee mannen.

Ze loopt achteruit, draait zich om en glipt de gang op.

Het is een heldere ochtend. Op de stoep voor het huis buigt Gaby voorover. Ze plukt aan de stof van haar renbroek zodat de witte streep in een rechte lijn over de buitenkant van haar been loopt.

Midden op het plein staan drie busjes geparkeerd. In het voorbijgaan knikt ze beleefd naar de mannen die bezig zijn de ijzeren hekken uit te laden. Het opbouwen van de marktkraampjes gaat gepaard met een hoop lawaai, waar de meeste bewoners van de Brink doorheen hebben leren slapen. Dat geldt ook voor het tumult dat zaterdagnacht wordt veroorzaakt door dronken jongeren die met elkaar op de vuist gaan vlak onder hun slaapkamerramen.

Aan de meeste dingen wen je als je er maar vaak genoeg aan wordt blootgesteld, denkt Gaby. Hoewel haar hoofd nog wattig is van de slaap vraagt ze zich opeens af of dat ook voor Nina geldt. Vier dagen geleden verdween ze. Is ze nog in leven? Heeft ze de kracht om te reageren op haar belager? Of aanvaardt ze haar lot, waar ze ook gevangen wordt gehouden, overmand door vermoeidheid en pijn?

Ze gaat harder lopen. Ze is vastbesloten haar ronde te doen, al bonkt haar hoofd bij elke stap. Dit is de prijs die ze als dertiger betaalt voor vier glazen wijn. Als ze straks thuiskomt, zal ze twee paracetamols innemen met een groot glas water.

Ze steekt over in de rode gloed van een passerende auto en stopt dan abrupt. Aan het begin van de helling die naar de kade leidt, is een hek geplaatst. Door de spijlen zit een rood-wit lint gevlochten. Ze heeft het gelezen in de krant, nu weet ze het weer. Het water van de IJssel staat zo hoog dat de keien van het Verlaagde Wellepad niet langer zichtbaar zijn. Door de hevige regenval in het zuiden van het land is het peil van de Rijn gestegen, waardoor ook de IJssel buiten zijn oevers treedt. Gaby draait een kwartslag en kiest noodgedwongen de stoep vlak naast de weg, waar het werkverkeer op gang komt.

Na het etentje gisteravond losten ze de oppas om kwart over elf af. Toen ze alleen waren, schonk David twee glazen witte wijn in, wat in haar een onverklaarbare woede opriep. Wat wilde hij nu weer? In de weerspiegeling van de keukenruit zag ze haar hoog opgetrokken schouders en op wilskracht probeerde ze te ontspannen. Ze gunde hem deze versie van haar, in een zwart jurkje na een gezellige avond, niet de vrouw in een smoezelige badjas die op haar smartphone met werk bezig was.

Zijn handen masseerden haar schouders. Ze voelde zijn lust tegen haar billen drukken.

'Fijn, schat,' loog ze.

'Stil.'

Ze wilde zich omdraaien, maar hij zette haar klem tussen zijn armen. David was een man met goede manieren, maar hij wist ook wanneer hij haar niet moest laten wegkomen met onzin. Hij streelde haar en zoende haar in de nek. Ze sloot haar ogen. Hij trok haar jurk tot boven haar heupen, stroopte haar panty naar beneden, en met zijn wijs- en middelvinger kroop hij onderzoekend onder haar slip. Fantaseerde hij over Anniek, van wie hij nog steeds dacht dat ze dat spontane meisje van het restaurant was? Het maakte niet uit. Alleen al de gedachte aan een derde persoon was genoeg. Haar bedrijf, Tobias, Nina en de dwingende berichtjes van Anniek verdwenen langzaam naar de achtergrond. David duwde tegen haar rug. Ze boog voorover op het marmeren aanrecht, dat verrassend koud aanvoelde aan haar blote buik. Ze keek naar de glimmend zwarte waterkoker en spreidde haar benen.

'Nu.'

Hij gehoorzaamde niet direct. Het was te lang geleden en er werd een strijd gevoerd tussen zijn lichaam en het hare. Toen hij eenmaal bij haar binnendrong, begon hij tergend langzaam te stoten en voerde het tempo gestaag op. Halverwege tilde hij haar naar de bank, waar later die nacht, toen hij al sliep, de natte plek van haar genot nog steeds zichtbaar was.

Zodra de ademhaling van David een gelijkmatig ritme kreeg, kroop ze uit bed. Met de iPad op haar schoot installeerde ze zich in de hoek bij het raam, haar blote voeten onder een zachte deken. Ze wist dat ze de uren slaap goed kon gebruiken. Met de drukke feestdagen voor de boeg moest ze de komende weken scherp zijn om haar team aan te sturen. Maar de drang om alles over Nina te weten te komen was sterker dan zijzelf. Ze veegde met haar wijsvinger over het scherm.

Nina reed graag paard. Al twee jaar werkte ze op de manege, voor schooltijd mestte ze de stallen uit. Wat moest Tobias met een vijftienjarige? Bij Yvette had die leeftijd nog geen perverse betekenis, toen waren ze zelf jong.

Ze overwoog een glas whisky in te schenken, iets wat ze normaal nooit deed. Iemand op Twitter wist te melden dat de vriend van Nina was meegenomen voor verhoor. Hoop flakkerde op. Was hij het geweest? Ging het toch om een uit de hand gelopen ruzie? Ze zocht naar meer informatie. Alles in het incognitovenster, ze was niet gek. De kinderen en David gebruikten de iPad ook.

Ze pakte haar telefoon en stuurde Anniek een bericht. Verdenken ze haar vriend? Ik lees dat de politie hem heeft verhoord.

Er verscheen geen blauw vinkje, natuurlijk niet, het was al laat.

Om twee uur kroop ze doodmoe in bed.

Het pad maakt een flauwe bocht naar rechts, om het grasveld heen dat schuin afloopt naar de rivier. Ze rent in het zicht van de passerende auto's. Aangekomen bij de trap die naar de spoorbrug leidt, hapert haar lichaam. Wat als de jogger met de capuchon opnieuw opduikt? De botsing heeft op haar schouder een blauwe plek achtergelaten die langzaam dieppaars kleurt.

Je gaat eraan.

Opeens beseft ze hoe kwetsbaar ze zichzelf maakt door elke dag precies hetzelfde rondje te rennen, op hetzelfde tijdstip. Als iemand haar kwaad wil doen, is ze een makkelijke prooi.

Haar hoofd begint weer te kloppen. Ze drukt met haar knokkels tegen haar slapen. Harder, totdat die pijn het overneemt.

Vandaag wijkt ze af van haar vaste route. Ze kiest de weg die beneden langs het spoor loopt, achter de geparkeerde auto's langs, via de rotonde onder het viaduct door, in de richting van het Rijsterborgherpark. Smalle paadjes kronkelen onder de bomen door. Ze kiest het pad langs het water. Heuvelopwaarts voelt ze haar beenspieren branden. Vroeger kwam ze hier in het weekend om met de kinderen de eendjes te voeren, soms met vers brood omdat ze was vergeten het oude te bewaren. Aan die dagen leek geen einde te komen. *De laatste keer op pad met luiers, billendoekjes en flesjes met melkpoeder.*

Om haar heen is het donker. Nina fietste rond dit tijdstip naar de manege. Waarschuwden haar ouders haar niet voor het gevaar dat ze liep als jonge vrouw in het bos? Niemand zou haar horen als ze schreeuwde. Ontzettend dom, zullen de meeste mensen denken. Gaby begrijpt haar. Als jonge vrouw wil je je niet gewonnen geven. Je groeit op met de eeuwige dreiging dat iemand je op straat zomaar kan overmeesteren. Je past je gedrag aan. Fietst op de stoep, dicht bij de huizen. Doet alsof je met iemand belt. Je maakt je groter en lomper als je een verdachte figuur passeert. Bent intens opgelucht als die passant ook een vrouw blijkt te zijn. Je prent je haar signalement in, voor als het bij haar misgaat, en je spreekt jezelf toe hoe belachelijk dat is. Je wilt sterk zijn, je niet laten kennen. Want hoe groot is de kans dat er iets gebeurt?

Het pad buigt af naar links. Ze realiseert zich plotseling haar fout. Deze route is weliswaar onvoorspelbaar omdat ze afwijkt van haar routine, maar als iemand haar daadwerkelijk volgt, dan is ze hier niet veilig. Ze heeft haar eigen val uitgezet.

Aan het eind van de poort die door het bladerdek wordt gevormd, ziet ze de fontein. Hij staat uit. Achter zich meent ze voetstappen te horen. Ze kijkt, haar nekt kraakt.

'Hallo?'

Elke spier in haar lichaam spant zich aan. Haar hand glijdt naar het ritsje van haar broek. Met een vlugge beweging grijpt ze het mes. Ze houdt het naar beneden naast haar dijbeen.

Haar schoenzolen bonken over het houten bruggetje. Zo vlug mogelijk wil ze het park uit, naar het station waar rond dit uur de eerste forenzen de verlichte hal zullen binnenlopen en hun treinkaarten langs de piepende poortjes halen.

Dan ziet ze hem, een donkere gestalte op de heuvel. Ze houdt abrupt halt. Is het dezelfde man? Schreeuwen voelt belachelijk. De huizen zijn te ver weg, niemand zal op tijd bij haar zijn. In een flits besluit ze het grasveld over te steken, in de richting van de grote weg die naar het station leidt. De grond zit vol hobbels, haar enkel klapt opzij, maar ze verbijt de stekende pijn. Ze rent zo hard als ze kan, haar ene hand tot vuist gebald, in de andere het mes.

Ze probeert te bepalen waar ze de weg op kan en wenst vurig dat er iemand langsrijdt – een eenzame krantenbezorger desnoods. Iemand door wie de man wordt afgeschrikt, want hij zal niet gezien willen worden.

De lucht giert door haar keel. Ze negeert de steken in haar zij. Hoewel ze haar oren spitst, hoort ze alleen haar eigen piepende ademhaling. Ze bereidt zich voor op een aanval van achteren, iemand die haar schouders beetpakt en haar achterovertrekt in het gras.

Hoelang ze erover doet, weet ze niet, maar dan duikt de bewoonde wereld op. Bij het station duikt ze ineen. Buslijn 165 staat te wachten op passagiers. Ze steunt met haar handen op haar knieën en ademt diep in.

Iemand probeert haar bang te maken. Voorzichtig draait ze zich om. De ingang van het park is verlaten. Ze begint te twijfelen. Stond er echt iemand bij de bankjes? Misschien is ze gewoon bang, waardoor haar fantasie met haar op de loop gaat. Met de rug van haar hand veegt ze het zweet van haar voorhoofd.

Verderop ziet ze de schouwburg en ze kijkt naar de letters op de gevel: BREEK DE LUCHT, RAAK DE GRENS, OPEN DE TIJD, VIND DE MENS.

Ze verlangt naar haar oude leven, dat alleen draaide om haar bedrijf en haar gezin. Nu zit haar hoofd vol met de levens van anderen. Tobias, Nina, Anniek, Yvette.

17

Gaby parkeert haar Audi A6 langs de kade, naast het schip met de platte bodem dat ligt afgemeerd. De lucht boven het haventje is grijs.

Vanochtend, nadat David met de kinderen was vertrokken, nam ze een hete douche. Haar lichaam scrubde ze hardhandig met een dikke substantie uit een van de luxueuze turquoise potten die in het rekje stonden. Daarna zette ze krullen met een föhnborstel, iets wat ze normaal alleen doet voor een feestje.

Ze stapt uit de auto, haar enkel voelt nog pijnlijk. Met een druk op het knopje van de sleutel springt de achterbak open. Soms voelt ze zich net een pakezel, zoals ze op en neer pendelt tussen de patisserie in de Walstraat en haar kantoor, hier in het Havenkwartier, vanwaaruit ze met haar team de website en webwinkel runt.

Tanja komt aangesneld, haar witte blouse wappert in de wind. 'Heb je hulp nodig?'

'Graag. Pak jij deze dozen? Ze mogen naar de fotostudio. Pas op, het is breekbaar.'

Het gezicht van de stagiaire licht op. 'De nieuwe kerstornamenten? Ik ben zo benieuwd. De zwaan met echte donsveertjes is mijn favoriet.' Haar tepels priemen als speldenknopjes door de dunne stof van haar blouse.

'Zoek er straks maar eentje uit, om mee naar huis te nemen.'

Gaby verbaast zich over de nieuwe generatie meisjes. Ze lijken zoveel vrijer dan zij op die leeftijd was. Ze dragen geen beha, geen make-up en grijpen elke carrièrekans schaamteloos aan.

Ze lopen naar het kantoor, de dozen opgestapeld tot hun kin. Nog steeds voelt het onwerkelijk dat de grote ruimte aan de Scheepvaartstraat van haar is. Een paar jaar terug viel haar oog op deze loods. In het oude gebouw zat toen een koeriersbedrijf en ze ontdekte dat de eigenaar achterliep met het betalen van de huur. Er was niet veel nodig om de baas van het pand, een vlotte, vroeg kalende jongen die Gaby via David kende, te overtuigen dat zij een betere huurder zou zijn.

'Ik wilde je iets vragen.' Vlak voor de entree draait Tanja zich om. Op haar jukbeen zitten twee gaatjes, vermoedelijk van een piercing die niet langer een functie heeft in haar prille volwassen leven. 'Ik zit natuurlijk bij de marketingafdeling en dat vind ik supervet.' Ze houdt haar vracht wat opzij, zodat ze Gaby kan aankijken. 'Maar ik ben gek op bakken, dus ik vroeg me af of ik een keer mag meelopen bij de patisserie? Ik ben bereid om hard te werken.'

'Goed dat je het aangeeft.' Gaby stapt soepeltjes langs haar de hal in, waar in een marmeren vaas een bos babyblauwe hortensia's staat, haar favoriete bloemen. Ze wil niet als een verzopen kat op haar afspraak verschijnen.

'Meld je morgenvroeg om zes uur in de Walstraat. Oké?'

'Echt? Meen je dat? Dank je. Ik zal je niet teleurstellen.' Tanja's gezicht breekt open in een lach, totdat ze merkt dat de bovenste doos begint te glijden. Ze zet de vracht behoedzaam op de grond.

'Je deed geneeskunde. Vanwaar deze carrièreswitch?' vraagt Gaby.

'Mijn vader is arts. Cardioloog. Dat was ook zijn plan voor mij.' Ze steekt haar kin strijdvaardig in de lucht. 'Nu volg ik mijn passie.' Het klinkt als een zin die ze van iemand heeft geleend. 'Ik wil patissier worden, net als jij.'

Eerder viel het Gaby ook al op: Tanja kijkt nooit weg, ook niet als ze zelf praat, zoals veel mensen doen. Het constante oogcontact geeft haar iets indringends.

'Dapper dat je je eigen plan trekt. Ik weet uit ervaring dat het niet gemakkelijk is.'

'Mijn vader vindt dat je een diploma moet halen, anders telt het niet. Hij woont in het buitenland, maar bemoeit zich nog met alles.' Ze slaakt een diepe zucht. 'En ik sprak laatst een bekende patissier, George, die zei dat goed onderwijs een must is. Maar jij hebt ook geen opleiding gedaan, toch?'

'Ik heb mezelf alles aangeleerd, met behulp van onlinecursussen, naast mijn studie psychologie aan de hogeschool,' antwoordt Gaby. Ze probeert zo neutraal mogelijk te blijven kijken, al is die patissier een eersteklas klootzak. 'Misschien zegt die George dat omdat hij zijn eigen opleidingsinstituut heeft en daar goudgeld mee verdient...'

Sommige mensen uit het wereldje proberen haar weg te zetten als amateur, als een moeder die zo nodig een bedrijfje moest opzetten. Het maakt haar woest.

'Geloof me, ik heb alle vaardigheden in huis,' zegt ze.

Ze kan de perfecte frambozenmacarons maken, krokant van buiten en met precies de juiste taaiheid vanbinnen, en ze is de beste in het secuur bekleden van taarten, zonder bobbels of scheurtjes in het fondant. Voor luchtige madeleines draait ze haar hand niet om en ze geniet ervan om van suikerpasta de meest priegelige bloemetjes en vogels te maken voor op een bruidstaart. Toch blijft ze bang om belachelijk gemaakt te worden. Er is niets ergers dan de hoon van anderen, het gefluister achter haar rug om. Ze kent dat gevoel van vroeger. Elke vlog die ze opneemt, elke zakelijke order die Hemelse Taarten binnensleept, elk televisieoptreden is een vergeldingsactie gericht op de arrogante banketbakkers die op haar neerkijken.

'Daar twijfel ik niet aan,' zegt Tanja en ze pakt de dozen op. 'Ik ga deze nu eerst even veilig wegbrengen. Ik zal er zijn, morgenochtend.'

Gaby zet de kerstdecoratie in de hal en pakt een handspiegeltje uit haar tas voor een vlugge inspectie. Geroutineerd veegt ze met haar wijsvinger langs de onderkant van haar oog en trekt haar lippen op. In een interview met een snibbige hoofdredacteur van een modeblad las ze ooit dat een steengoede kandidaat tijdens een sollicitatiegesprek was afgewezen omdat ze lippenstift op haar tanden had. 'Wij zoeken mensen met oog voor detail, dus als zij zoiets over het hoofd ziet, dan is het geen match,' was de verklaring.

Dit is geen sollicitatie, maar toch rommelt het in haar buik, alsof ze naar de wc moet. Met haar elleboog duwt ze de deur open.

Annegreet is er al, een kwartier eerder dan afgesproken. Yasmine heeft haar een plekje gegeven aan de ovale vergadertafel naast de entree. Geïrriteerd trekt Gaby haar jas uit. Ze had zich rustig willen installeren in haar kantoor. Dit voelt als een valse start, bedenkt ze terwijl ze naar de journalist toe loopt. Is het een trucje om haar te overrompelen?

'Je bent er al. Loop je mee?'

Ze wandelen voorbij de witte bureaus, langs de roze neonletters die aan de muur hangen: HEMELSE TAARTEN HEADQUARTERS.

'Hier houdt mijn team de website bij, met recepten en video's.' Ze wijst naar links. 'En daar is de opslagruimte met alle producten uit onze webshop. Achterin is de grote keuken die soms dienstdoet als studio voor mijn vlogs en we maken er ook grote bestellingen, zoals bruidstaarten.'

Ze opent de deur naar haar glazen kantoortje.

Annegreet drapeert haar jas over een van de stoelen, controleert haar telefoon en legt het toestel op tafel. 'Zoals ik vorige keer aankondigde ben ik wat gaan rondbellen. Dat was niet eenvoudig, omdat je assistent geen namen of telefoonnummers doorgaf... maar dat maakte uiteindelijk niet zoveel uit.' Ze klapt haar notitieblok open, waar het zwarte touwtje tussen de bladzijden rust, en drukt met haar wijsvinger op de vouw in het midden. 'Mensen in Zeist wilden gelukkig met me praten.'

'Ja?' Gaby pakt een doosje lucifers uit haar bureaulade en steekt de kaars aan die in een mosgroene kandelaar naast haar lapstopstandaard staat. 'Ik ben benieuwd. Ben er al in eeuwen niet meer geweest.'

Onmiddellijk heeft ze spijt. Waarom liegt ze? Eerst tegen Anniek over Tobias die ze zogenaamd niet heeft gesproken in zijn flat, en nu dit. Uit de karaf water die Yasmine op tafel heeft gezet, schenkt ze de glazen vol. Ze gebruikt twee handen, bang dat ze trilt.

'Je vertelde dat je ouders vroeger een crèche aan huis hadden. Met hulp van onze archivaris op de redactie ontdekte ik dat er vroeger een incident heeft plaatsgevonden.'

Onder de tafel knijpt Gaby in het witte nepleer van haar bureaustoel terwijl ze de journalist stoïcijns blijft aankijken.

'Er is iets verschrikkelijks gebeurd,' gaat Annegreet verder. 'Jij moet toen twaalf zijn geweest.'

Een ogenblik is ze in de war. Waar gaat dit over? Dan begrijpt ze waar Annegreet op doelt. Een gevoel van opluchting maakt zich van haar meester. De journalist heeft de verdwijning van Nina niet gelinkt aan haar broer. Nog niet. Tobias blijft buiten schot, haar reputatie intact.

'Kun je daar iets over vertellen?'

'Het is lang geleden,' begint ze. 'Even denken, hoor.'

Ze neemt een slok. Waarom wil ze dit met haar bespreken? Gaby heeft jarenlang niet meer aan die vervelende gebeurtenis gedacht. Opeens ziet ze het schuurtje achter in de tuin voor zich, met daarop de woorden MOORDENAARS en BABYKILLERS in feloranje en groene letters. Boenen met een borstel en een emmer vol sop had geen zin. Tobias was naar de stad gefietst om een blik verf te kopen om de boel over te schilderen. Telkens werd het gebouwtje beklad met graffiti – altijd 's nachts – en als Gaby in de ochtend haar fiets pakte om naar school te gaan, deed ze alsof ze het niet zag.

'Er is een baby gestorven die bij jouw ouders naar de opvang ging,' gaat Annegreet verder. 'Ze heette Mimi. Ze was nog net geen jaar oud toen het gebeurde.'

Gaby schenkt zichzelf water bij. Het andere glas is nog tot de rand gevuld.

'Dat was heel verdrietig natuurlijk. Vooral voor de ouders van het meisje.' Mimi was de dikste baby van het stel, met wangetjes zo bleek en bol dat ze van gerezen deeg leken. Gaby bemoeide zich weinig met de kinderen die 's morgens vroeg door hun ouders werden gebracht, behalve als haar moeder erop aandrong. Maar Mimi herinnerde ze zich nog. 'Ik heb er niet veel van meegekregen. Als twaalfjarige was ik met andere dingen bezig.'

'Niets van meegekregen? Dat lijkt me sterk. Sommige mensen hielden jouw ouders verantwoordelijk voor haar dood. Dat moet indruk hebben gemaakt.'

Met haar bureaustoel een kwartslag gedraaid slaat Gaby haar benen over elkaar. Ze is kwaad, vanwege dit kruisverhoor, maar kan dat niet laten blijken. Tegenover haar zit een journalist die duidelijk helemaal opleeft nu ze niet over taarten hoeft te schrijven. En zij, Gaby, wordt in de rol gedrukt van het mokkende kind dat niet wil antwoorden. Het is niet eens alleen onwil, haar geheugen laat haar in de steek.

'Mimi werd ziek,' begint ze aarzelend.

'Ze kreeg de mazelen.'

‘Bijna alle kinderen kregen in die tijd de mazelen en die werden wél gewoon beter. Maar zij niet.’

‘Niet alle kinderen kregen de mazelen, Gaby. Niet als ze waren ingeënt.’

Ze hoort de stem van haar vader. *Kinderziektes horen bij het leven en wanneer het kind de ziekte overwint, wordt het sterker.*

‘Ik kreeg ze wel, mijn broertjes ook, bijna al mijn klasgenoten. Je lag een week in bed en daarna ging het weer.’

‘In jullie wereld was het dus normaal om niet gevaccineerd te worden?’

‘We hebben het hier over een andere tijd.’

‘Het Rijksvaccinatieprogramma bestond gewoon. Jullie waren de uitzondering. De Biblebelt én de vrije schoolbubbel. Niet dat jij daar iets aan kon doen.’ Ze staart naar een punt achter Gaby. ‘Kinderen zijn vaak het slachtoffer van de ideologie van hun ouders. In het geval van Mimi met dodelijke afloop.’

Ze bekijkt Annegreet nog eens goed. Haar pluizige blonde haar zit in een slordig staartje. Weer draagt ze een slobbertrui, zwart dit keer, de lange mouwen laten alleen de topjes van haar vingers vrij. In de elegante wereld die Gaby voor zichzelf heeft gecreëerd, is Annegreet bijna een buitenaards wezen. Zo’n type dat vijf minuten na het ontwaken al buiten de deur staat – in de kleding van de dag ervoor en zonder een spoortje make-up. Voor Gaby zijn haar foundation, rouge, concealer en oogpotlood onderdeel van het gevechtstenue dat ze elke ochtend aantrekt. Van haar vroegere benedenbuurvrouw in Amsterdam, die als visagist werkte, leerde ze hoe je moet *contouren* en primen. Toch oogt Annegreet niet minder strijdvaardig.

‘Ben je naar de begrafenis geweest?’

‘Nee.’ Even is Gaby terug in de keuken van haar ouderlijk huis. De begrafenis zou die maandag zijn, in de kerk naast het bejaardentehuis, dat had ze op school gehoord.

'Gaan wij er ook heen?' vroeg ze. 'En krijgt ze een kistje speciaal voor baby's?' Het leek haar afschuwelijk en machtig interessant tegelijkertijd.

'Ik denk niet dat ze ons erbij willen hebben,' antwoordde haar moeder.

Gaby begreep het in eerste instantie niet. Vlak na de dood van Mimi kwamen oudere kinderen op het schoolplein naar haar toe om iets liefs te zeggen. Ze wisten opeens haar naam.

'Zijn ze boos op ons?'

Haar moeder reageerde niet. De vragen die Gaby had, werden doodgezwegen.

'Ging de crèche daarna dicht?' vraagt Annegreet.

Gaby schudt haar hoofd.

'Ze mochten gewoon openblijven? Na alle ophef?'

'Het was een kleine groep die moeilijk deed,' zegt Gaby. Achteraf gezien hebben ze geluk gehad dat de ouders van Mimi geen aanzien genoten in de gemeenschap. 'Het waaide uiteindelijk over, geloof ik. Zoals ik al zei, was het bij ons vroeger normaal om je kinderen niet te laten inenten.'

Annegreet schraapt haar keel. 'Ik kwam een interview tegen met de vader en moeder van Mimi in het *Utrechts Nieuwsblad*, van een maand na haar overlijden.' Uit haar tas trekt ze een doorzichtig mapje waaruit ze een stapel papieren haalt. 'Ik citeer de vader: "Een ouder kindje bij de opvang kreeg mazelen en hierover ontvingen we een brief van de GGD. Mimi was nog te jong om een vaccinatie te krijgen. Een week later werd ze ziek."'

Ze kijkt Gaby aan. 'Heb je dit gelezen?'

Als ze haar hoofd schudt, leest Annegreet verder. 'Het leek op een flinke verkoudheid, maar ze ging snel achteruit. Mimi kreeg 40 graden koorts en wilde niet meer drinken. Ze werd opgenomen in het ziekenhuis en moest in quarantaine. Wij mochten bij haar zijn, maar het was verschrikkelijk om haar te zien afglijden terwijl de artsen in witte pakken hun best deden. Ze kreeg longontsteking, gevolgd door een hersenontsteking. Ze zag helemaal grauw en voelde slap. Ze hebben geprobeerd haar te reanimeren, maar het had geen zin meer. Omdat andere ouders besloten hebben hun kind niet in te enten, is onze Mimi gestorven. Ze hebben ons nooit verteld dat daar ongevaccineerde kinderen rondliepen.'

Annegreet schuift het krantenknipsel over het tafelblad naar haar toe. Gaby wil niet kijken, maar er is geen ontkomen aan. De foto is groot afgedrukt. Onder een kale boom staat een magere vrouw, Gaby herkent haar direct. Ze komt tot de schouder van de man die naast haar staat. Hij had een accent en een donker uiterlijk. Kwam hij niet uit Egypte? Ze weet het niet meer precies. De vrouw draagt een paarse rok en een grijze wollen trui. Eén hand heeft ze onwennig om haar buik geslagen. Hoe poseer je na het begraven van je kindje?

Sommige kinderen zijn zwak, die redden het niet. Na de dood van Mimi bleef haar vader die boodschap herhalen, alsof het hier ging om een onvermijdelijk bijeffect in een groot en belangrijk plan. Gelukkig was hij niet thuis toen de ouders van Mimi voor de laatste keer langskwamen.

Het was woensdagmiddag. Anniek wachtte op haar in de speeltuin, met hun eerste pakje sigaretten in haar Eastpak. Bij hoge uitzondering waren ze naar Gaby's huis gefietst. Deze buurt leende zich beter voor dit experiment. Tussen de huizenblokken waren pleintjes met onkruid en slecht onderhouden klimtoestellen, je waande je onbespied.

Na school hadden ze buiten bij de snackbar de taken zorgvuldig verdeeld. Anniek vroeg om een pakje Marlboro, Gaby legde het geld neer. Maar de man achter de vitrine met bleke frikadellen knikte enkel naar de hoek waar de sigarettenautomaat stond en gaf hun een agecoin. Aan een aansteker of lucifers hadden ze stom genoeg niet gedacht.

Gaby was daarom het huis in geslopen, naar haar kamer. De roze aansteker lag te glimmen in het houten doosje. Haar verzameling verboden spullen groeide: een rond potje met kleurloze lipgloss die rook naar cola. Een oude taperecorder met daarin een bandje met housemuziek die ze 's avonds onder de dekens luisterde. 'Sex on the Beach' van T-Spoon. Haar moeder siste altijd afkeurend als er een auto langsreed met die muziek.

'Neem ook deo mee,' zei Anniek. 'Voor de geur,' verduidelijkte ze toen Gaby haar niet-begrijpend aankeek. 'Die gaat overal in zitten, in je kleding, in je huid.'

Even voelde ze zich buitengesloten. Had Anniek dit al eens met iemand anders gedaan?

Met de aansteker in de buidelzak van haar capuchontrui sloop ze de trap af. Ze zou zeggen dat ze de deodorant in alle haast was vergeten.

Met een hand op de leuning bleef Gaby halverwege staan. Ze had haast, maar de stemmen in de keuken weerhielden haar ervan de treden af te rennen. Altijd was ze erop beducht dat ze aan het werk kon worden gezet. Om een tas in te pakken of een luier te verschonen terwijl haar moeder een van de ouders te woord stond.

'Willen jullie thee?' vroeg haar moeder.

'We komen alleen de spullen halen.' Het was een man.

'We vinden het zo erg. Mimi was zo'n lief kind.'

Gaby had via de voordeur kunnen ontsnappen, de grijze middag in, zonder dat iemand haar zag.

'Wij hebben allemaal veel verdriet,' zei haar moeder.

'Júllie hebben verdriet?'

'Darius, rustig.' De vrouwenstem klonk smekend.

Ze wist niet precies waarom, maar Gaby ging achter haar moeder staan, bij de keukendeur. Ze was flink gegroeid het afgelopen jaar, 'de lucht in geschoten', zei haar juf, en ze keek over de schouders van haar moeder naar de man met het pluizige haar. Zijn gezicht was rood en vertrokken. Hij stak een trillende vinger uit alsof hij haar moeder in het oog wilde boren. '*How dare you...* Jij weet niets van ons verdriet. Je moet je schamen.' Hij deed een stap naar voren. 'Jullie hebben haar vermoord!' Hij duwde haar moeder opzij, die een van de houten kinderstoelen vastgreep.

'Waar zijn de spullen?' Hij beende langs hen de huiskamer in.

De moeder van Mimi bleef achter op de borstelige mat die moest voorkomen dat kinderlaarzen kilo's zand mee naar binnen brachten. Onder haar ogen hingen zwarte maantjes alsof ze weken niet had geslapen. Haar goudblonde haar zat in een vlecht.

Waarom stond haar moeder daar zo besluiteloos op die stomme Birkenstocks? Ze begreep dat volwassenen het soms ook niet wisten. Dat haar moeder weliswaar het huishouden bestierde, boodschappen deed bij de veel te dure natuurwinkel, groentes kookte en andermans kinderen verzorgde in ruil voor geld, maar dat ze zich geen raad wist met de rest.

'Het spijt me zo, Olga.' Gaby's moeder maakte een soort buiging door de knieën. Met dit teken van onderdanigheid wist de vrouw zich duidelijk geen raad. Het was de eerste keer dat Gaby zich superieur voelde aan haar moeder.

'Zij zal voor haar zorgen, dat weet ik zeker.' Ze wees naar de afbeelding van Maria die aan de muur hing. 'Mimi zal veilig zijn en gekoesterd worden in de hemel.'

'Moeder, laat haar erlangs.' Ruw trok Gaby haar naar achteren.

'Ja, ja... natuurlijk.'

De man stond in het midden van de huiskamer, een slappe weekendtas bungelend aan zijn arm. In de hoek op een kleed lag de kleine Thomas, kwijl droop op de houten blokken die voor hem lagen.

Haar moeder liep naar de commode en reikte omhoog naar de plank met de bakjes. Op de voorzijde was een metalen beugel bevestigd met daarin een naamplaatje. Bij Mimi was een eekhoorn geschilderd. Haar moeder hield de bak met gestrekte armen van zich af, als een dienblad met glazen. 'Zal ik het hier neerzetten?'

Gaby wilde haar hoofd afwenden, maar ze deed het niet.

Een rompertje, een slaapzak en een bolletje dat een maillot moest zijn gingen door hun handen.

'Is dit alles?' De man draaide zich om met een boze blik.

'Ja, we bewaren hier alleen het hoognodige. De rest hebben jullie al meegenomen.'

'Wacht.' De vrouw trok aan de lege bak toen haar moeder wilde weglopen. Ze krabde aan het ijzeren randje. Gaby trok het papiertje er voorzichtig uit en gaf het aan de vrouw. 'Hier.'

De vrouw keek van de eekhoorn naar het jongetje in de hoek. Pas nu, na al die jaren, realiseert Gaby zich hoe hartverscheurend het voor haar moet zijn geweest dat er in dezelfde ruimte een kleintje lag te kirren, alsof er niets was gebeurd.

Gaby had Mimi een paar keer in bed moeten leggen. Met haar vuistje had de baby haar duim tussen de spijlen door vastgepakt.

'Vind je mij lief?' fluisterde ze.

Mimi blies luchtbellen van plezier. De meeste kinderen boeiden haar niet, omdat ze inwisselbaar waren. Maar Mimi had zo'n gezellig gezicht dat Gaby op slag vrolijk werd als ze haar zag. En nu was ze dood.

De man stopte de spullen in de veel te ruime tas.

'Jullie zijn allemaal crazy. Dat dit mag in Nederland.' Hij spuugde de woorden in het gezicht van haar moeder, die de ogen neersloeg. 'Ik ben mijn dochter kwijt. Niemand heeft ons gewaarschuwd.'

'Darius. Laten we gaan,' zei de vrouw.

Gaby was sneller. Ze moest weg uit die bedrukte sfeer. Ze

vluchtte door de openstaande keukendeur naar buiten. Aan het einde van het tuinpad botste ze tegen een jongen op. Hij droeg een trainingspak, zijn haren waren opgeschoren. Hij leek daar op iemand te wachten. Hoorde hij bij de ouders van Mimi? Gaby meende hem een keer eerder gezien te hebben, maar ze wist het niet zeker.

Ze rende langs hem de vrijheid tegemoet, haar hand om de aansteker in de zak van haar trui. Ze dacht aan de kleurige deodorantbussen met vlindertjes erop, met namen als Zen, Solar, Dynamique en Free Spirit, die ze kende uit de winkel en van de kaptafel van Anniek. Tobias kon er vast aan komen.

'Hoe ging jouw familie met dit schandaal om?' vraagt Annegreet. 'Er waren bedreigingen, heb ik begrepen. Was je bang?'

Schandaal? Gaby recht haar rug. Ze wil een luchtige en opgeruimde indruk maken. 'Mijn ouders zijn geen praters. Ze deden alsof er niets was gebeurd.'

'Kwam je de ouders van Mimi daarna nog wel eens tegen?'

Gaby denkt na. 'Zijn ze niet verhuisd? Ik heb ze in elk geval nooit meer gezien.'

'De moeder, Olga, leeft niet meer.' Annegreet laat een dramatische pauze vallen. 'Een jaar na Mimi's dood heeft ze zichzelf van het leven beroofd. Ze heeft het verlies nooit een plek kunnen geven.'

'Dat wist ik niet. Wat erg.' Gaby slaat haar ogen neer. Bewust laat ze de woorden niet al te diep op zich inwerken. Daar is de journalist op uit. Tranen. Emotie. Nou, ze kan lang wachten. 'Ga je dit allemaal in je stuk opnemen? Voor de sensatie?'

'Ik doe niet aan sensatie.' Annegreet steekt resoluut haar spitse kin naar voren. 'Dit alles lijkt me relevant voor jouw levensloop, omdat het je vormt.'

Ze trekt het krantenartikel naar zich toe en vouwt het zorgvuldig in vieren. 'Heb jij je kinderen laten inenten?'

'Uiteraard hebben mijn kinderen netjes hun vaccinaties gehad.' Gaby zucht. 'Ga je me neerzetten als een of andere alternatieve gek?'

'Je vindt je ouders alternatieve gekken?'

Gaby laat haar handen in haar schoot vallen en duwt haar nagels in de palm om haar ergernis te onderdrukken. 'Laat ik het zo zeggen: over veel zaken verschillen we van mening.'

'Mensen zeggen dat je uit Zeist bent gevlucht zodra het kon.'

Wie heeft ze gebeld? Buren? Oud-klasgenoten? Gaby kan niemand specifiek bedenken. Het is een gekke gewaarwording dat mensen uit haar geboortedorp haar nog herinneren, zij het op hun eigen manier.

Ze moet iets geven, zo werkt het spel. 'Ik spreek mijn ouders niet meer. Toen ik wegging was ik jong. Ik wilde nieuwe dingen meemaken.'

'En nu?'

'Ik heb ervoor gekozen om met hen te breken. Omdat we andere ideeën hebben over het leven.'

Annegreet klapt haar opschrijfboekje dicht en zet de opname stop. Ze ziet er tevreden uit, constateert Gaby. En dat baart haar zorgen.

18

Op de parkeerplaats naast het hotel krioelt het van de mensen. Een sportief uitziend ouder koppel stopt een thermoskan in een legergroene rugzak. Zij houdt de rits open, hij zet het metalen geval secuur rechtop en draait zich om zodat ze de tas bij hem kan omhangen. Het schouwspel doet Gaby denken aan een wintersportvakantie, vanwege de vrieskou die in de lucht hangt, het voorzichtige zonnetje en het geluid van de bevroren bladeren die knisperen onder de gympen die ze voor de gelegenheid heeft aangetrokken.

De familie van Nina heeft Hotel Oud London uitgekozen als vertrekpunt voor de grote zoekactie. Niet ver van deze plek is Nina voor het laatst gezien. Aan de oproep op Facebook en in de lokale krant is massaal gehoor gegeven, waardoor Gaby haar auto nergens kwijt kon en moest uitwijken naar het braakliggende terrein aan de overkant van de drukke weg.

Ze zet de zwarte pet op die ze heeft meegebracht. Ze moet voorkomen dat iemand haar herkent. Even twijfelt ze over haar zonnebril, maar die zou argwaan wekken. Met haar handtas om haar arm wandelt ze naar een groepje dat wacht op vertrek. Vooraan staat een man in een geel hesje. Hij heeft dik grijs haar en lijkt eraan gewend om de leiding te nemen.

'Jullie zijn groep 14 en komen met mij mee.' Hij zet koers richting het fietspad dat naast de bosrand glooit. 'Om vier uur stoppen we. Dan gaat het schemeren.'

Ze lopen dieper het bos in.

Voor de zoveelste keer gaat Gaby de feiten na. Tobias zat niet meer vast op het moment dat Nina verdween. Kwam hij haar tegen in het bos en handelde hij uit een impuls, omdat hij niet anders kon? 'Ik heb niets gedaan,' zei hij toen ze hem sprak in zijn flat. Tobias was geliefd en kwam nooit in de problemen, tot die nacht in november.

Op een nieuwswebsite las ze een interview met een forensisch patholoog over de overlevingskansen van vermiste mensen. 'Elke week worden er alleen al in Nederland een paar honderd meisjes en jonge vrouwen zoals Nina vermist. Gelukkig komen de meesten binnen een paar dagen terug,' zei de man. Daarna nam het gesprek een andere wending. 'Het koude weer is positief voor het geval dat het meisje wordt gevonden. De staat van het lichaam zal meevallen. Ik vermoed dat je alles wat relevant is, nog na kunt gaan.'

De groep komt tot stilstand. Vooraan, bij een houten paal die als een slagboom horizontaal in twee houders ligt, voeren twee mannen in gele hesjes overleg.

Boven haar gejaagde adem uit hoort ze de vogels kwetteren. Omdat ze geen oogcontact wil maken met de anderen, zakt ze op haar hurken. Om zichzelf een reden te geven trekt ze een veter los. Tussen de wortels van een van de bomen aan de rand van het pad zit een flinke inkeping. Ze volgt met haar wijsvinger de vorm van een driehoek. De stam voelt koud en ruw aan.

'Mijn dochter was dol op kabouters.'

Gaby ziet wandelschoenen die er door de blauwzwarte kleur nog enigszins elegant uitzien.

'Als we naar het bos gingen, speurde ze naar deurtjes in de stam. Soms nam ik een zelfgemaakt mannetje met rode puntmuts mee om onderweg te verstoppen.'

Gaby werpt opnieuw een blik op de boom. De inkeping heeft inderdaad iets weg van een poort.

Haar onderrug zeurt. Met een kreun komt ze overeind. Het is ongebruikelijk dat iemand kleiner is dan zij. De waterige blauwe ogen van de vrouw worden omrand door een zilveren montuur. 'Hele verhalen verzon ze erbij. Dat er binnenin trappetjes omhoogliepen, naar kamers met echte tafels en planken met potjes jam. Sommige mensen zeggen dat je niet moet liegen tegen je kind. Over Sinterklaas, over kabouters, elfjes, de tandenfee. Dat vond ik juist het leukste deel. Nachten heb ik lopen knutselen.'

Uit gewoonte wil Gaby zich voorstellen, totdat ze bedenkt dat zoiets alledaags ongepast is in een situatie als deze. En nog belangrijker: het hardop uitspreken van haar voornaam vormt een risico dat ze niet wil nemen.

De vrouw merkt haar ongemak niet op. Ze heeft een hand stevig om de band van haar tas gevouwen die schuin over haar borst loopt. 'Wij hadden niet zo'n zoekactie. Toen bestond er nog geen social media.'

'Wat bedoelt u?'

'Wij maakten flyers. Kun je dat geloven? We plakten papiertjes op bomen en muren in de wijde omgeving. Zoals bij een vermiste kat.' Ze zucht. 'Het ging toen heel anders.'

'Kent... kende u Nina?' vraagt Gaby.

'De politie was langzaam.' De vrouw lijkt haar niet te horen. 'We moesten meerdere keren naar het bureau voordat ze eindelijk in actie kwamen. Als een meisje verdwijnt na het uitgaan en ze heeft gedronken, is het schijnbaar een ander verhaal.' Er trekt een schaduw over haar gezicht. 'Ze wás ook een losbol. Deed dingen die onverstandig waren. Maar deze keer was het anders, dat voel je als moeder. Ik weet nog goed hoe ik die ochtend haar kamer binnenliep en haar bed leeg aantrof. Ik begrijp waar de familie van dit meisje doorheen gaat. De dagen van niet-weten. Je houdt hoop, ondanks alles. Je houdt jezelf voor dat het allemaal een misverstand is. Ook nadat haar jas was gevonden. Na de eerste dag stelde ik me voor dat ze gewoon de keuken kwam binnenwandelen. Toen dat niet gebeurde, ook niet op de vijfde dag, beeldde ik me de meest verschrikkelijke dingen in. Dat ze ten prooi was gevallen aan een loverboy. Maar het bleek nog vele malen erger.'

Uitgaan, alcohol. Losbol.

'Die kaboutermannetjes maak ik nog steeds. Gek, hè?'

In stilte heeft Gaby de puzzelstukjes in elkaar gelegd. 'Wanneer is uw dochter verdwenen? En wat is er met haar gebeurd?'

'Twintig jaar terug. Ik draag haar altijd bij me.' Ze klopt op haar tas. 'Fröbeltje, dat was haar koosnaam.'

De moeder van Yvette. Is ze daarom hier? Op zoek naar mensen die haar verhaal nog willen horen? Haar publiek is door de jaren heen waarschijnlijk afgehaakt. Vriendinnen, nichtjes en de buurman nodigden haar niet langer uit voor verjaardagen. Niemand heeft zin in een grijsgedraaide grammofoonplaat van verdriet.

'Ik wilde alles weten. Tot in detail. Hoe meer ik me kon inbeelden hoe Yvette zich moet hebben gevoeld in die laatste minuten voor haar dood, des te meer ik me verbonden voelde. Paula had dat niet.'

'Paula?'

'Yvettes moeder. Mijn ex-partner.'

Gaby knikt. Nu weet ze het weer. Yvette had geen vader, maar twee moeders.

'We hebben het niet gered, Paula en ik. Helaas.'

Gaby slikt, haar mond voelt droog.

'Vragen waar je niets aan hebt blijven door je hoofd gaan. Zou ze nog geleefd hebben als ze hem zijn gang had laten gaan? Als ze niet had teruggevochten? Want dat heeft ze gedaan. Er waren tekenen van een worsteling. Ze was dapper en dat heeft haar het leven gekost.'

Gaby denkt aan Mette en de vanzelfsprekendheid waarmee David en zij haar elke ochtend in haar bedje aantreffen. Dit zijn de veilige jaren. Ingeklemd tussen de angst voor wiegendood en de onheilspellende gedachte dat ze op een dag door de donkere nacht naar huis zal fietsen. Gelukkig wonen ze dicht bij de kroegen. 'Ik vis haar in mijn lelijkste pyjama te midden van haar vriendinnen uit de bar als ze niet op tijd thuis is,' grapt David wel eens. Iedere ouder is bang. Niemand houdt er rekening mee dat die angstbeelden realiteit kunnen worden.

'Het spijt me.'

Voor het eerst kijkt de vrouw haar recht aan. Gaby rilt ondanks haar warme jas. Heeft ze iets door?

'Zo veel mensen op de been.' Ze kijken samen naar de rij mensen die wordt gevormd, om als een slinger elke centimeter bosgrond te doorzoeken. 'Het gaat voorbij. Mensen vergeten het. Daar zou ik ze voor willen waarschuwen. Weet jij waar ik ze kan vinden, de familie?'

Het begint Gaby te dagen dat de vrouw iets van haar wil.

'Ik ken ze niet. Ik ben ook maar...' We zijn bondgenoten, wil ze fluisteren, we hebben dezelfde vragen. 'Het spijt me van uw dochter.'

'Ik draag haar altijd bij me,' zegt de vrouw opnieuw en ze opent de rits van haar handtas. Ze haalt een donkerblauw boekje tevoorschijn. 'Het was zomer en ze was zo blij met Cato.'

'Cato?'

'Haar luipaardgekko.' Trots steekt ze het mapje met foto's naar voren.

Op de eerste afbeelding draagt Yvette een goedkoop uitziend turquoise truitje met spaghettibandjes. Twee plukjes haar zijn losgemaakt uit haar paardenstaart en hangen langs haar gezicht. Achter haar voorzichtige glimlach glinstert een slotjesbeugel. Een gouden kettinkje rust in het kuiltje van haar hals. Het hangertje heeft de vorm van een dier, Gaby kan niet op de naam komen. Op haar geopende hand zit een dier met zwarte stippen en een lange staart. Het is Gaby een raadsel waarom iemand vrijwillig zo'n beest in huis zou willen halen.

'Ze hebben het kettinkje dat ze droeg nooit kunnen vinden.'

De vrouw laat nog een foto zien. Yvette liggend op de bank, in een typische puberhouding van theatrale verveling. Ze was niet mooi, zoals Nina. Gaby had gehoord dat ze op een avond in de kroeg soms met drie jongens – om de beurt, dat wel – de krappe wc in ging en hen onder haar truitje liet voelen, en god weet wat nog meer. Op de foto ziet ze een kind. Kloppen haar herinneringen? Of heeft Tobias geprobeerd haar iets wijs te maken?

Van het ene op het andere moment voelt de lucht anders. Er staat iemand vlak naast haar.

'Gabriëlla.'

Ze voelt zijn adem langs haar hals strijken.

'Gabriëlla van Lier.'

Ze draait zich om. Mark. Hij zat een jaar boven haar, woonde dicht bij de school in een groot huis, droeg rode Dockers-broeken en had een moeder die hem naar school bracht in paardrijkleren. Vreemd hoe dat allegaartje aan kenmerken onmiddellijk in haar hoofd opduikt.

'Zij is zijn zus.' Zijn stem is onnatuurlijk hard. Hij kijkt over haar heen, alsof hij medestanders zoekt die zijn ongeloof delen. 'Wat doe jij hier? Vind je dit gepast?'

Zodra ze in Amsterdam woonde, nam Gaby de achternaam van haar moeder aan, om niet langer in verband te worden gebracht met het akelige nieuws. Jaren later, toen ze in haar witte japon een handtekening mocht zetten onder het huwelijkscontract, slaakte ze een zucht van verlichting. Alle sporen waren uitgewist.

Ze trekt de klep van haar pet naar beneden en loopt naar achteren, bijna struikelt ze over een paaltje. 'Sorry. Ik wilde helpen. Ik kwam hier niet om...'

Ze had nooit naar deze plek moeten komen.

'Dit artikel staat net online.' Mark steekt zijn telefoon in de lucht. 'De verdwijning van Nina Geers wordt in verband gebracht met de zaak van Yvette de Bruin. De politie onderzoekt het scenario dat het mogelijk om dezelfde dader gaat. Dat is háár broer.' Hij richt het verlichte scherm op haar als een pistool. 'Haar broer heeft het gedaan. Zij is de zus van een moordenaar.'

Gaby werpt nog een laatste blik op de vrouw die angstig van de een naar de ander kijkt. Aan haar tas bungelt iets, ze ziet het nu pas. Het is een vilten kaboutertje.

Dan begint ze te lopen, met gebogen hoofd. Vaag dringt het gezoem van stemmen tot haar door. Ze moet hier weg. En snel. Voordat het nieuws zich verspreidt. *Ze is familie van de moordenaar.*

Ze rent in de richting van het hotel, over het mulle zand van het ruiterpad. Haar handtas bonkt bij elke stap tegen haar heup. Waar staat haar auto? Komt iemand haar achterna?

In haar maag vormt zich een zware klomp. Ze heeft spijt van alles wat ze achter het stuur naar binnen heeft gewerkt. Koffiebroodjes met room. Fudge. Vanuit haar slokdarm voelt ze het zuur omhoogkruipen. Het bijt in haar keel. Ze vergeet goed door te ademen, zoals ze op haar ochtendronde doet, en eindigt luid hijgend bij het begin van de parkeerplaats.

Iemand trekt haar hardhandig opzij. 'Hierheen.'

Voordat ze weet wat er gebeurt, wordt ze in een auto geduwd. Dan wordt het donker.

Zo reageert ze dus in een noodsituatie. Door pathetisch te blijven liggen onder de muffe deken die hij over haar heen heeft gegooid. Ze luistert naar de motor die kennelijk al draaide. Ze rijden over een hobbel en Gaby klampt zich met één hand vast aan het portier. Ze ademt moeilijk, de wollen stof prikt in haar neus. Ze voelt een nies opkomen.

'Kom maar tevoorschijn. Het is veilig.'

Ze trekt de deken van zich af en is even gedesoriënteerd. Waar is ze? Steunend op de bank komt ze overeind.

Max houdt zijn ogen strak op de weg gericht. 'Je speelt een gevaarlijk spel, Gaby.'

Ze geeft niet direct antwoord.

Van alle overlevingsreflexen valt zij dus in de categorie freeze. Het heeft geen enkele zin om een mes bij je te dragen als je niet de moed hebt om dat ding te gebruiken, bedenkt ze. Misschien is het zelfs gevaarlijk. Hoeveel mensen zouden er worden omgebracht met het wapen dat ze voor hun eigen verdediging hadden aangeschaft? Na het rennen, voordat ze de douche instapt, bergt ze het zakmes altijd op in de onderste lade van haar bureau – onder de witte map van de plastisch chirurg. Alleen vandaag heeft ze het mes in haar tas gestoken, voor de zekerheid.

Ze drukt haar handen tegen haar gloeiende wangen. Het is beter om te doen alsof ze Max herkende en te zwijgen over de doodsangst die ze daarnet voelde.

'Wat als de menigte achter je aan was gekomen? Haar familie loopt daar rond. Haar broer. Haar ooms en tantes. Het ligt zo gevoelig. Het had uit de hand kunnen lopen als ze wisten dat jíj zijn zus bent.'

'Je kan ook overdrijven.' Met een driftig gebaar trapt ze de deken op de grond. Ze trekt haar tas op schoot en recht haar rug. 'Ik moet naar mijn auto.'

'Het is te riskant. Ik breng je thuis.'

'Je brengt me naar mijn auto of ik stap nu uit.' Haar hand schiet al naar de portiergreep. Geen haar op haar hoofd die erover denkt om daadwerkelijk uit een rijdende auto te springen, met gevaar voor eigen leven, maar iets in haar wil de daadkracht herstellen die haar net in de steek liet. En ze wil niets liever dan in de veilige cocon van haar eigen auto zitten, met in het dashboardkastje een zak madeleines.

'Oké, oké. Even rustig.'

'Ga je me brengen of niet? Rechtdoor en dan links.'

Hij bromt iets.

Ze klikt haar tas open en werpt een blik op haar telefoon. Drieëntwintig nieuwe e-mails, drie gemiste oproepen. Van Yasmine, van de uitgeverij en een onbekend nummer. Ze vergrendelt het scherm, waardoor er een foto tevoorschijn springt van Boris en Mette op het strand in Portugal, omringd door emmertjes en schepjes in felle kleuren. Rechts in beeld steekt een teen uit een zandheuvel. Het ingraven van hun vader had voor een uur plezier gezorgd.

Haar ademhaling is kalm, ze heeft zichzelf weer in de hand.

'Waarom die deken? Dat was echt niet nodig.'

Ze ontmoet zijn blik, boven het kartonnen boompje dat aan de achteruitkijkspiegel bungelt. Het ding verspreidt een zoete, harsachtige geur.

'Je moest daar zo snel mogelijk weg. En zo kon niemand je zien.'

'Je hebt te veel slechte actiefilms gekeken.' Ze zucht. 'Wat doe jij hier eigenlijk?'

'Ik wilde Anniek wat rust geven.' Hij rijdt nu heel behoedzaam. 'Ze kan aan niets anders meer denken. Ze geeft zichzelf de schuld van de dood van dat meisje, Yvette. Dus heb ik aangeboden te gaan kijken of ik iets kon doen. En toen zag ik jou voorbijrennen. Waarom ben jij hierheen gegaan?'

'Ik las op social media over de zoekactie.' Ze kijkt naar buiten, naar het verkeersbord waarop haar geboorteplaats staat aangegeven. 'Het was achteraf gezien niet zo'n handige actie.'

Hij knikt. 'Ik begrijp het best. Je hoopt iets terug te kunnen doen omdat je je schuldig voelt over wat je broer heeft gedaan.'

Weer kijken ze elkaar aan. Zijn auto draait het terrein op. Aan de voet van de zandvlakte prijkt een bord met een foto van het bedrijventerrein dat uit de grond wordt gestampt. In de verte staat een gele graafmachine.

'Bedankt.' Ze stapt zijn bestelwagen uit. Hij pikt het signaal niet op en loopt met haar mee naar haar Audi. Op de bijrijdersstoel is het een slagveld van papieren zakjes en kruimels.

'De kinderen,' liegt ze.

Er bestaan vrouwen die van stress minder gaan eten. Zij veranderen na hun scheiding, werkconflict of de dood van een familielid in broze, bleke poppetjes met holle ogen en hoekige heupbotten die opschepperig boven hun jeans uitsteken. Gaby haat dat soort vrouwen. Zelf is ze het type dat zich op een zwak moment volpropt met vijf brokken fudge om even niets te voelen behalve de smaakexplosie in haar mond van vanille, cranberry en karamelzeezout. Op slechte dagen, zoals vandaag, voelt ze zich schuldig tegenover haar trouwe volgers. Het beeld dat ze van zichzelf neerzet strookt niet met de realiteit. Op de vakkundig gestylede foto's is nooit haar ware gulzigheid te zien. Er is wel meer dat ze niet weten.

Ze denkt aan de glanzende map in haar bureaulade. David vond het niet nodig. Goed bekeken is hij in huis de enige echte aanhanger van bodypositivity. Een correctie hier en daar moet kunnen. Ze heeft een klein beetje vet weg laten zuigen bij haar buik, dijen en bovenbenen. Doorgaans poetst Gaby haar schuldgevoelens weg door te denken aan de hardheid van het leven. Ze doet wat ze moet doen om zich staande te houden en haar doel te bereiken. Daar is niets mis mee.

'Red je het zo?' vraagt Max.

In de afwezigheid van Anniek bekijkt ze hem voor het eerst

eens goed. Alsof hij nu pas een op zichzelf staande persoon is tot wie ze zich moet verhouden. Op zijn kakikleurige werkbroek zitten patches op de knieën, de veters van zijn werkschoenen zijn strak aangesnoerd. Het gevoerde vest heeft een ruitpatroon. Zijn postuur is gedrongen, op zo'n manier dat het moeilijk inschatten is of hij vaak naar de sportschool gaat of naar de McDrive. Altijd had Anniek er een handje van om jongens uit te kiezen die niet pasten in het ideale plaatje dat haar ouders in hun hoofd vormden. Ergens verwachtte Gaby dat die rebellie een houdbaarheidsdatum had.

Misschien is haar blik afkeurend, want hij zegt: 'Ik doe tegenwoordig wat meer coördinerende klussen. De rest aansturen op de bouwplaats. Daar wil ik me op richten in de toekomst.'

'Hier in de buurt?'

'Kan overal zijn. Momenteel in Soesterberg.' Max lijkt even te twijfelen, maar vraagt dan: 'Wat gebeurde er nou net?'

'Een jongen van vroeger herkende me.' Ondertussen zoekt ze naar haar sleutel. 'Ook de media leggen nu de link tussen de twee zaken.' Ze opent het portier en draait zich om. 'Nogmaals bedankt.'

Hij salueert. '*No problem.*'

In haar spiegel ziet ze zijn gestalte steeds kleiner worden.

19

Ze gaat niet naar huis, zoals ze tegen Max heeft gezegd.

In plaats daarvan rijdt Gaby in de richting van het centrum. Op de rotonde slaat ze links af, naar de Verlengde Slotlaan die wordt gekaderd door hoge bomen. Ze passeert een fietsende vrouw met een ingepakte kleuter in het stoeltje onder haar kin. Wonderlijk dat het leven kan voortkabbelen terwijl er verderop in het bos wordt gezocht naar het lichaam van een tiener.

Haar hoofd tolt. Ze is herkend. Die arrogante Mark zal zijn nieuwtje vol trots rondbazuinen. Het is een kwestie van tijd tot er onlineberichten verschijnen met koppen die niet eens aangedikt hoeven te worden. *Bakprinses uit het oosten blijkt zus van brute moordenaar. Broer Gaby Bouman mogelijk betrokken bij vermissing Nina Geers.*

Straks moet ze Yasmine bellen om een plan van aanpak te maken. Ze geeft zich niet zomaar gewonnen. Er is vast een uitweg, alleen moet ze die nog bedenken. Ze friemelt het bovenste knoopje van haar blouse los, trekt de stof van haar lichaam en blaast naar beneden. Met trillende handen draait ze aan het knopje van de airco. De druk op haar borst groeit.

Als dit nieuws uitkomt, stort het kaartenhuis in elkaar. De boekverkoop zal stagneren. Ze moet medewerkers ontslaan, haar bedrijf misschien opdoeken. Mensen kopen bij haar de suikerzoete illusie dat hun zorgen verdwijnen door een hap uit dat ene perfecte gebakje. Moord en verkrachting horen niet in dat plaatje.

Ze knijpt in het stuur totdat haar knokkels wit worden. Straks kan ze de hypotheek niet meer betalen. Zou David een baan kunnen vinden? Ze drukt de palm van haar linkerhand hard tegen haar voorhoofd. *David.* Ze moet hem vertellen over Tobias, voordat hij het van iemand anders hoort.

Ze denkt terug aan de woorden van haar broer. 'Het gaat je helemaal niet om dat meisje. Je maakt je zorgen om je eigen reputatie.' Ook na al die jaren vertrouwt ze zijn mening meer dan haar eigen intuïtie. En nu Tobias terug is, slechts een paar kilometer van haar verwijderd, voelt ze een bijna niet te onderdrukken verlangen om naar hem toe te gaan.

Verdomme. In slechts drie dagen tijd is haar strak georganiseerde leven uiteengespat. Nog maar sporadisch opent ze de app met haar takenlijst die normaal gesproken haar koers bepaalt.

Ze rijdt door straten die bekend aanvoelen maar die veranderd zijn. Aan het einde van de rechte laan ligt het statige Slot Zeist, met de rode luiken en drie vlaggenmasten op het dak. Gaby volgt de bocht naar links en parkeert haar auto. De wind is aangetrokken en ze slaat haar jas steviger om zich heen als ze uitstapt. Over het gras loopt ze richting het water. In de verte glimmen de gouden punten van het hek.

Ze dwong Tobias vroeger om met haar mee te fietsen.

'Je zit te staren,' fluisterde hij als ze het te bont maakte. Maar het ging vanzelf, ze moest kijken, liefst van zo dichtbij mogelijk. Naar de auto's die kwamen voorrijden, de elegante hoedjes die door de jonge vrouwen giechelend op het hoofd werden gedrukt bij een brutale windvlaag. Er zat altijd een meisje bij dat in het bijzonder haar aandacht trok. Soms was het de bruid, soms een van de bruidsmeisjes. Ze laafde zich aan de perzikkleurige lippenstift, het keurig ingevlochten haar, een parelketting om de gebruinde hals.

Nauwkeurig bestudeerde ze de maniertjes van de vrouwen die het zich konden permitteren hun huwelijksfeest te vieren bij Slot Zeist. Thuis noteerde ze in haar dagboek haar ontdekkingen: drie zoenen bij aankomst. De mooiste meisjes hielden hun hoofd schuin voor de fotograaf. Bloemen met speldjes. Ze zocht alles op in de bibliotheek, naast de muziekschool, en leerde nieuwe woorden, zoals corsage. Gaby wist dat die kennis later van pas zou komen.

Ze loopt over het pad langs de slotvijver, voorbij de witte brug die naar het wachtershuisje leidt. Onverwacht moet ze denken aan de twee eendenkuikens die Tobias en zij op een dag vonden. Verzwakt lagen ze op een bult van bladeren die als een eilandje uit het troebele water stak. Hun moeder was nergens te bekennen. 'Het water is te laag en de oever te hoog. Ze kunnen er niet meer uit. Zo gaan ze het niet redden,' zei Tobias. Hij deed zijn jas uit, pakte de eendjes voorzichtig op en wikkelde ze in de warme stof.

Met hulp van een kartonnen doos en een plastic teiltje fabriceerden ze een onderkomen voor de beestjes in de schuur, verborgen achter de fietsen. Alleen Roosje was de volgende ochtend nog in leven. Die eerste dagen had Tobias het eendje met een pipet gevoerd, het nekje ondersteunend met zijn wijsvinger. Daarna kreeg ze stukjes brood, gedoopt in melk, en kroos uit de sloot. Vaak gingen ze met een schop in de hand naar een grasveldje in de buurt. Het eendje trippelde eigenwijs om hen heen en werkte gulzig de wormen naar binnen die door de beweging van de schep uit de aarde naar boven kwamen.

Met z'n drieën werden ze een attractie in de buurt. Roosje zag Tobias en Gaby als haar vader en moeder en waggelde overal achter hen aan. Hun ouders hadden het beestje inmiddels ook ontdekt. Binnen het gezin werd het eendje gedoogd, maar toch waren ze bang dat hun vader het dier iets zou aandoen. Zonder het naar elkaar uit te spreken, fietsten ze na school hard naar huis, in de hoop haar levend in de schuur aan te treffen.

Ze hoort het haar vader nog zeggen: 'Dat beest is te groot. We kunnen hem niet houden.'

'Het is een meisje,' sputterde Gaby tegen, 'en ze hoort bij ons.'

Vader stond erop dat ze Roosje wegbrachten naar de kinderboerderij. In haar herinnering was het de enige keer dat ze samen met hem op stap gingen.

De vrouw met het vlassige haar en de zwarte laarzen pakte Roosje over en plantte haar achter het hek. Het eendje rende in paniek tegen het gaas op. Ze klapperde met haar vleugels, maar was nog te jong om te kunnen vliegen.

'Jullie mogen altijd komen om haar te zien,' zei de vrouw.

Tobias maakte geen geluid, maar Gaby zag de tranen over zijn wangen lopen, ook al poetste hij ze driftig weg met de mouw van zijn trui. Als wraak spraken ze twee weken lang met geen woord tegen hun vader, om tot de ontdekking te komen dat het geen effectief middel was om hem te straffen omdat hij hun toch nooit iets vroeg.

De volgende dag gingen ze samen bij Roosje kijken, maar ze vonden haar niet. De vrouw kon hun niets vertellen. 'Misschien wilde ze toch vrij zijn.'

Gaby voelt aan haar wang. Haar vingertoppen zijn nat.

Deze keer belt ze netjes aan. Als Tobias al verbaasd is, laat hij het niet merken. Het heeft bijna iets galants, zoals hij een stap naar achteren doet in de krappe gang om haar binnen te laten.

'Wist je dat ik het was?' vraagt ze bezorgd. 'Je moet uitkijken voor wie je opendoet.'

Voor hetzelfde geld was ze een fotograaf geweest die hem zonder waarschuwing in het gezicht flitste, waarna zijn pafferige hoofd met stoppelbaard bij elk artikel zou verschijnen. Dat zou zijn zaak geen goed doen.

Hongerige journalisten voor de deur sluit ze ook niet uit. Of nog gevaarlijker: gewone burgers die maar wat graag hun eigen frustraties willen botvieren op iemand als hij.

Gaby doet haar jas uit, kijkt om zich heen en bij gebrek aan een kapstok kiest ze het haakje aan de kastdeur. Ze schrikt van dat onverwacht huiselijke gebaar. Met haar tas onder de arm geklemd stapt ze de kamer in waar Tobias op haar wacht.

De zithoek bestaat uit een versleten bank van zwart leer met een onhandig lage tafel ervoor. Ze beeldt zich in hoe Tobias daar zit met de glazen asbak voor zich. Bij het raam staat een vierkante tafel met twee klapstoelen. Geen kleed, geen planten of andersoortige pogingen er iets gezelligs van te maken.

'Je naam wordt online genoemd.'

'Dat zat er aan te komen.'

'Wist je dat al?'

'Hm.'

Zijn gelatenheid irriteert haar. Ze legt haar hand op haar buik en houdt haar adem een paar tellen vast. 'Ik wilde je waarschuwen. Ze leggen een verband tussen de vermissing van Nina en de dood van Yvette. Iedereen zal op je duiken. De media, maar ook mensen uit dit gebouw. Een steen door de ruit zal me niets verbazen.'

Tobias staat bij het raam en duwt de grauwe vitrage opzij. 'Als het zo gevaarlijk is, moet jij dan wel hier zijn?'

Hun ogen ontmoeten elkaar.

'Toch ben ik er,' antwoordt ze. Het klinkt minder zelfverzekerd dan ze wil.

Hij heeft zoveel gemist. Hij weet niet dat Mette sinds twee weken op balletles zit en een driftbui krijgt als ze haar balletpakje 's avonds niet aan mag in bed. Dat Boris het liefst elke dag spaghetti eet en dat zijn voorste haartjes oranje kleuren van de tomatensaus. Toen Tobias haar gister de deur uit duwde, zei hij iets over haar bedrijf. Heeft hij haar op internet opgezocht?

Haar broer draagt dezelfde zwarte trainingsbroek. Gaby moet zich inhouden om niet naar zijn slaapkamer te lopen, iets fatsoenlijks uit de kast te trekken en dit smoezelige geval in de wasmachine te gooien met een flinke scheut wasmiddel.

Het gebrek aan spullen in de flat intrigeert haar. Alsof hij op deze anonieme plek uit de lucht is komen vallen. Wie weet voelt dat ook zo, als je na zo veel jaar uit de gevangenis komt. Zonder rondslingerende tijdschriften, een gitaar in de hoek of neergekwakte sportspullen is het lastig om een indruk te krijgen van waar hij zich mee bezighoudt.

'Ik denk dat het beter is als je weggaat.'

Ze voelt paniek opkomen. Dit mag niet. Niet nu ze heeft besloten om hem te helpen.

Hij doet een stap naar voren. 'We hebben ieder ons eigen leven, Gabriëlla. Het is goed zo. Ik red me wel.'

Opeens begrijpt ze waar hij mee bezig is. Hij doet zich voor als hork, een wrak dat zich wentelt in zelfmedelijden, om haar weg te duwen, zoals hij dat eerder ook deed. Hij wil haar behoeden voor alle drama als het lichaam van Nina wordt gevonden. De arrestatie, de pers, de roddels, de pijn. Zijn depressie in de gevangenis was een toneelstuk. Zodat zij verder zou gaan en niet aan hem zou blijven hangen. Hij kent haar. Als ze nog ergens een sprankje hoop koesterde dat ze hem kon redden, was ze nooit naar Amsterdam verhuisd.

Niet eerder heeft ze het zo bekeken.

'Ik word achtervolgd.' Het is eruit voor ze er erg in heeft. 'Ik weet het niet zeker,' voegt ze er vlug aan toe, 'maar er is steeds een man.'

Het voelt fijn om iemand over de jogger te vertellen. Voor het gemak negeert ze de gedachte dat ze deze ontboezeming gebruikt om hem naar zich toe te trekken. In hun vertrouwde rolverdeling beschermde hij haar, niet andersom.

'Een man? Wanneer was dat?' Hij doet een paar stappen haar kant op. Zie je wel, het werkt.

'Tijdens het joggen liep hij tegen me op en ik viel. Hij zei iets. En vanmorgen zag ik iemand staan, in het park. Misschien is het niets. Maar ik heb er geen goed gevoel bij.'

'Wat zei hij?'

'"Je gaat eraan." Ik weet het bijna zeker.'

Hij schudt zijn hoofd. 'Je moet niet meer in je eentje gaan rennen. Oké?'

Zijn bevel ergert haar, maar stelt haar ook gerust.

Hij loopt naar de bank en laat zich zakken. 'Ik dacht echt dat het voorbij was. Dat het genoeg voor hem zou zijn. Fucking naief. Dat zie ik nu ook in.' Hij wrijft over zijn kin.

'Waar heb je het over?' Gaby zet haar tas neer en gaat naast hem zitten.

'Iemand heeft het op mij gemunt. Hij wil me opgesloten zien. Het is een slimmerik, hij laat geen sporen achter.'

'Hij?'

'De man die dit doet.'

Tobias grijpt naar zijn shag om een peuk te rollen. 'Hij weet dat ik weer de schuld zal krijgen.' Hij lacht spottend. 'Ik herinner me dat ik haar heb toegedekt, Yvette, toen ik naar mijn werk ging. Ze had de dekens helemaal weggetrapt. Ik zag haar lichaam.' Even kijkt hij verward opzij, alsof hij verbaasd is dat Gaby er nog zit. 'Ze was naakt, maar ik voelde geen lust, ik wilde alleen niet dat ze het koud kreeg. Hij is daarna de caravan binnengedrongen, dat moet wel.'

Ondanks het onheilspellende beeld dat hij schetst, voelt Gaby een warme gloed door haar lichaam trekken. Eindelijk praat hij met haar.

'Dat was bij Yvette. Maar jij kent Nina niet,' zegt ze zachtjes. 'De politie zal geen DNA van jou op haar vinden.' Ze schrikt van haar eigen woorden. 'Als ze inderdaad dood is, dat weten we natuurlijk niet.'

Tobias houdt het vloeipapier tussen duim en middelvinger en strooit de tabak erin.

'Ik heb het gisteren gevraagd en ik hoop dat je nu wel antwoord geeft. Heb je een alibi voor dinsdagochtend?'

Zijn duimen schuiven over de gedraaide sigaret. Hij trekt een lade in de tafel open en pakt een aansteker. 'Dat is het nu net.'

Na drie keer klikken schiet er een vlammetje omhoog. Hij neemt een diepe hijs. Bij de uitademing zakken zijn schouders.

'Wat?'

'Hij is slim, dat zeg ik toch?'

Een sliert rook kringelt omhoog. Hoe gaat ze deze geur thuis uitleggen? Gelukkig heeft ze altijd een flesje parfum in haar tas.

'Het was dinsdagochtend.' Gaby probeert Tobias op weg te helpen. 'Ze is om halfzeven thuis vertrokken en voor het laatst gezien door haar moeder.' Ze denkt aan de vrouw die samen met haar dochter is opgestaan om het ontbijt te maken. Dat deed ze altijd, stond in de krant. Een moeder die voor haar kind zorgde, zonder te weten dat ze haar na dat ontbijt misschien nooit meer zou zien. 'Nina was onderweg naar de manege waar ze voor schooltijd werkte.'

Tobias staart voor zich uit.

'Hallo?' Ze wappert met haar handen voor zijn gezicht. 'Ik ben hier om jou te helpen. Maar dan moet je wel meewerken.'

'O, pardon.' Hij kijkt haar woedend aan. 'Moet ik me vereerd voelen? Dat je wat tijd hebt vrijgemaakt in je drukke agenda? Sorry als ik uw kostbare tijd verdoe, mevrouw.'

'Dat bedoel ik niet,' zegt ze zacht, 'ik wil je echt helpen.'

Hij grijpt de asbak. 'Het was de enige plek waar ze niet om papieren vroegen. Ik kon direct beginnen en had dringend geld nodig. Dit lijkt misschien niets,' hij gebaart om zich heen, 'maar deze flat is niet goedkoop, kan ik je vertellen.' Hij neemt een nieuwe hijs. 'Er was daar veel achterstallig onderhoud. Kasten maken, de nieuwe stallen een lik verf geven.'

'Stallen?' Het duurt een paar seconden voordat ze het begrijpt. Ze wordt duizelig. 'Zeg me alsjeblieft dat het niet waar is.'

'Ik sprak bijna nooit met haar, ik had het druk.'

'Jij deed klussen op die manege?' Gaby kreunt. 'Tobias, je weet dat dit er allesbehalve goed uitziet?'

'Ben ik me zeer van bewust.' Dan draait hij zich naar haar toe, zijn ogen staan fel. 'Hij wéét dat ik daar werk. Daar heeft hij dat meisje op uitgekozen.'

Gaby loopt naar het raam om haar gedachten te ordenen. Door de kier van het gordijn kijkt ze uit op het park tegenover het flatgebouw. Ze wil niets liever dan geloven dat er ergens een gek rondloopt die het leven van haar broer probeert te verwoesten. Wie is tot zoiets in staat?

Weer denkt ze aan Roosje, met haar donzige veertjes en snaveltje. En aan alle keren dat haar broer haar heeft getroost. Ze zal hem niet meer in de steek laten. Hij kan op haar vertrouwen. De klok tikt. Alleen als ze Nina levend vinden, kunnen ze zijn onschuld bewijzen.

Als Tobias even later naar de wc gaat, loopt ze naar de kleine keuken.

De currylucht is weggetrokken. Ze meent groene zeep te ruiken, iets wat haar verbaast. Ze beseft dat ze niets weet over het huidige leven van haar broer. Hoe laat hij opstaat, wat hij in de ochtend eet, of hij vrienden heeft.

Uit haar tas pakt ze een kartonnen doosje met daarop het logo van Hemelse Taarten, een balpen en een blok post-its. Op het roze papiertje krabbelt ze: *Stroopwafelcupcakes. Goed tot 28 november.*

Ze zet het doosje in de ijskast, naast een tube mayonaise, felgele mosterd in een potje en een fles wodka.

Ze schenkt voor zichzelf een glas water in. Nu ze heeft besloten haar broer te helpen, voelt ze nieuwe energie door haar lichaam stromen.

'Ik wil graag een kop koffie,' zegt ze als ze hem achter zich hoort binnenkomen. 'Ook al is het zo'n Senseo-ding...'

Hij zegt niets over het gezicht dat ze trekt, te verrast over haar opgewekte verzoek en plagerige opmerking, en hij pakt gehoorzaam twee pads uit een van de kastjes.

'We gaan het vanaf nu anders aanpakken.' Tevreden recht Gaby haar rug, blij dat ze eindelijk iets kan doen. 'Je scheert je baard af en doet normale kleren aan. Heb je geen overhemd? Een spijkerbroek? Het lijkt bijna alsof je wilt dat mensen je als gek gaan zien.'

'Ik heb me de afgelopen tijd niet enorm beziggehouden met de laatste mode.'

Ze hoort hem maar half. 'Beeldvorming is alles. Begrijp je dat niet?' Ze pakt haar telefoon erbij. 'Wat heb je nodig? Twee nette broeken, een wit overhemd en een paar truien?'

Hij knikt.

Ze is al bezig met de bestelling. 'Je maat? En wat is de postcode van hier?'

Er komt een bericht binnen van David. Hij wil weten of ze op tijd thuis is voor het avondeten. Vlug stuurt ze hem een antwoord: Kom om in het werk, wordt weer laat. Sorry! Maar... Binnenkort Parijs! Oesters. Wijn. Heel veel seks!

Het koffieapparaat bromt. Gaby vindt een geel doekje in de wasbak en haalt dat over het aanrecht. Dan legt ze haar notitieblok neer. 'We gaan een lijst maken.'

'Een lijst?'

'Met namen van verdachten. Mensen die jou achter de tralies willen zien verdwijnen.'

Hij reikt haar een kopje aan, dat ze bewust niet al te goed bestudeert. Ze neemt een slokje van de hete drank. 'Ik geloof erg in lijstjes. Ik ben goed in lijstjes.'

'Dat geloof ik direct.'

Daar is het, die licht spottende blik. Mette lijkt op haar oom.

'Ik heb geen vijanden. Dat weet jij ook.'

'Je moet beter nadenken,' zegt ze streng.

Voor haar staat een gebroken man en toch ziet ze iets van hoop flikkeren in zijn ogen.

'We hebben geen tijd te verliezen,' zegt ze. 'We beginnen bij de lagere school.'

20

Gaby stuurt Anniek een bericht, met een foto van zichzelf, in een hoek bij de Italiaan. Monterosso, weet je nog?

Op zoek naar een bijbaantje fietsten ze als vijftienjarigen op een middag naar het restaurant aan de Voorheuvel in Zeist. Ze mochten een avond op proef meedraaien als serveerster.

Binnen is weinig veranderd. Aan het plafond hangen nog steeds rijen traditionele chiantiflessen en op tafel wachten rode servetten, gevouwen in de vorm van een waaier, op de eerste gasten.

Toen ik dat tafeltje bijna in de hens zette, bedoel je? appt Anniek terug. Doordat ik met een bierfiltje de brandende sambuka omverstootte? Dat ik niet direkt ontslagen ben...

Ze bestelt een halve liter rode wijn, een bord antipasti en haar lievelingspizza, een calzone.

Tijdens het wachten, denkt ze aan de lijst die ze in de flat van haar broer heeft opgesteld. Klasgenoten, jongens van tennis, leerkrachten, buren, mensen uit de slagerij waar hij werkte. Bij niemand kon ze zich voorstellen dat ze zouden moorden om het leven van Tobias te verwoesten. Haar broer was geliefd. Of is dat juist het probleem? Populaire mensen wekken afgunst. Zoende hij ooit per ongeluk het verkeerde meisje? En zo verschenen er toch wat mensen op het papier.

Acht namen om precies te zijn.

De serveerster brengt de wijn en het voorgerecht. Gaby's hand glijdt in haar tas om de trillende telefoon te pakken. Het is Yasmine. Bij het wegdrukken van de oproep valt haar oog op het tellertje van de binnengekomen e-mails en gemiste oproepen. Ze is niet goed bezig, dat weet ze heus wel. Haar vlog had gisteravond online moeten komen, maar ze heeft de opnames afgeblazen. Ze kan het niet opbrengen om met een vrolijke lach haar volgers te vertellen over fluffy marshmallows als er levens op het spel staan.

Ze stopt haar telefoon weg en kijkt uit over de kale binnenplaats. Halverwege haar voorgerecht staat Anniek voor haar neus. 'Max belde me en vertelde wat er is gebeurd. Hoe voel je je?' Ze houdt haar jas aan en gaat tegenover Gaby zitten. 'Ik ben direct in de auto gesprongen.'

Gaby denkt terug aan het moment in het bos achter het hotel. Als zonnebloemen naar de zon draaide het ene hoofd na het andere zich naar haar om, het gefluister zwol aan tot een luid gegons in haar hoofd. Wat moet zíj hier?

'Het was even schrikken.' Ze houdt de karaf wijn in de lucht. 'Wil jij ook? Of iets anders te drinken?'

Anniek schudt haar hoofd. 'Waarom ben je naar Oud London gegaan? Je zei dat we geen gekke dingen moesten doen. Rustig nadenken. Je hebt gewoon zitten liegen.'

'Helemaal niet. Ik werd nieuwsgierig toen ik een bericht over de zoekactie voorbij zag komen op Facebook.' Het irriteert haar dat ze haar keuzes moet rechtvaardigen, vooral omdat de logica achteraf inderdaad ver te zoeken is.

'Je had geluk dat Max daar toevallig was om je weg te halen.'

'Nou, toevallig... jij hebt hem gestuurd.'

'Ik heb hem de oproep laten zien, ja. Hij was in de buurt en besloot even te gaan kijken.' Anniek pulkt aan het servet dat voor haar ligt. 'Heb je nieuwe informatie kunnen achterhalen?'

'Ik kwam de moeder van Yvette tegen.' De zware wijn maakt

haar rozig. 'Ze liet me foto's zien, ik schrok ervan hoe jong Yvette eruitzag.'

Toen het meisje vermist raakte, waren Anniek en zij vijftien jaar en leek iemand van zeventien bijna volwassen. 'Ze is er nog steeds kapot van, dat was moeilijk om te zien. Het komt harder binnen als je zelf moeder bent.'

Geschrokken stopt ze met praten. Ze vergeet dat Anniek geen medestander is op dit vlak. Na het passeren van de dertig blijkt het plotseling lastig navigeren in gesprekken met andere vrouwen: elke uiting over samenwonen, het huwelijk of kinderen kan worden geïnterpreteerd als een directe aanval op de levensstijl van de ander. Snel gooit ze het over een andere boeg. 'Weet je dat niet alle spullen van Yvette zijn teruggevonden? Ze droeg die nacht een ketting en die is verdwenen.'

'Misschien heeft Tobias die? Dat heb ik wel eens gezien in een truecrimeserie. Daders bewaren graag een trofee. Nóg een reden om in zijn appartement rond te gaan kijken.'

'Of de ketting ligt nog ergens in het bos.'

Haar fantasie neemt het over. Wie weet is de sluiting losgesprongen toen de moordenaar haar versleepte en staan zijn vingerafdrukken op het bedeltje. Stel dat ze het sieraad vindt en naar de politie brengt? Gaby beseft hoe kansloos die gedachte is. Verder dan wat amateuristisch speurwerk komt ze niet.

De pizza wordt gebracht.

'Wil je echt niets drinken?' vraagt Gaby.

'Doe mij ook maar een glas rode wijn,' zegt Anniek en ze steekt haar hoofd samenzweerderig naar voren. 'Is het trouwens niet riskant om hier te zitten? Omdat de mensen nu weten dat je de zus bent van... Straks wordt het drukker in de zaak.'

Gaby glimlacht en snijdt een stuk pizza af. Haar vriendin begrijpt niet dat alles is veranderd. Ze moet haar nodig bijpraten. 'Ik ben niet meer bang en ik zal je uitleggen waarom.' Langzaam kauwt ze op haar eten. 'Ik heb veel nagedacht over de vermissing van Yvette, er zitten te veel gaten in het verhaal.'

'Wat bedoel je?'

'De forensisch patholoog, of hoe zo iemand ook heet, heeft vastgesteld dat Yvette niet lang dood was toen ze werd gevonden. De dader heeft haar meerdere dagen in leven gehouden en gemarteld. Tobias ging naar school, naar tennisles, naar zijn werk. Ik heb hem steeds gezien. En jij ook. Wanneer had hij dit moeten doen?' Ze neemt een slok wijn. 'En waar? De politie heeft nooit een locatie kunnen vinden waar hij Yvette mee naartoe zou hebben genomen.'

'Hij heeft ons allemaal om de tuin geleid,' antwoordt Anniek. 'Misschien sloop hij 's nachts uit huis als jullie sliepen.'

'Er klopt meer niet,' gaat Gaby door. 'Niemand kan hem met Yvette gezien hebben die nacht, want ze zijn niet samen uit het café vertrokken. Jullie kwamen haar pas tegen in het bos. Ze had een lekke band en was haar sleutel kwijt. Dat klopt, toch?'

'Ja, daarom durfde ze niet naar huis. Ik denk dat ze haar moeder niet wakker wilde maken. Ik begrijp alleen niet waar je met deze reconstructie naartoe wilt?'

'Hoe kwam de politie bij Tobias uit? Ze hebben sporen gevonden in de caravan. Maar waarom zijn ze überhaupt daar gaan zoeken? Er zijn maar drie mensen die wisten dat ze daar is geweest. Yvette, Tobias en jij. Yvette is dood. En Tobias had er geen belang bij om die informatie bekend te maken.'

'Wat wil je zeggen?'

Een nieuwe ingeving komt bovendrijven, waardoor ze afwijkt van haar oorspronkelijke betoog. Ze schuift haar bord opzij. 'Heb jij de politie soms getipt?'

Anniek kijkt haar aan. 'Natuurlijk niet. Ik heb je toch verteld hoe hij op me inpraatte? Ik durfde niemand iets te vertellen.'

'In het begin, ja. Maar er kwam vast een moment dat je begon te twijfelen. Dat het schuldgevoel te groot werd en je naar de politie bent gestapt.' Wie eens verraad pleegt, zal het nog eens doen. Gaby is niet vergeten hoe Anniek haar in de kledingwinkel heeft afgedankt.

'Was ik maar zo dapper geweest, dan had Yvette misschien nog geleefd.' Met trillende vingers reikt Anniek over het bord met de half opgegeten pizza naar Gaby's hand. 'Niet doen dit. Ik voel me al zo schuldig over hoe ik het toen heb aangepakt. Ik ben trouw geweest aan de verkeerde persoon. Ik had het jou moeten vertellen.' Ze laat haar hand los. Er zitten restjes tomatensaus aan haar pols. 'Laten we elkaar nu geen verwijten maken, oké? Jij bent de enige met wie ik hierover kan praten. Natuurlijk heb ik Max, maar hij begrijpt het niet echt. Vaak zegt hij net de verkeerde dingen.' Er loopt een traan over haar wang.

'Rustig maar. Ik geloof je. Ik wilde je alleen maar testen.' Ze staart naar de afgekloven nagels van Anniek. Ze heeft haar nodig, nog wel. 'Wat ik alleen wil zeggen: er moet dus iemand anders zijn geweest die de politie heeft getipt. Iemand die jullie die nacht heeft gezien. Zou dat kunnen?'

'Geen idee.' Anniek dept haar ooghoeken droog. 'Het was laat.'

'Denk even goed na. Zijn jullie mensen tegengekomen onderweg naar de caravan? Hebben jullie met iemand gepraat?'

'Nee, niemand.'

'Jullie zijn van café Ladada in één keer doorgefietst totdat jullie Yvette zagen met haar lekke band, midden in het bos?'

'Ja.' Anniek duwt haar wijsvinger in het hoopje versnipperde servet. 'Nu ik erover nadenk... we zijn nog even gestopt bij een café aan de Steynlaan voor sigaretten.'

'Welk café?'

'Ik weet niet hoe het heet. Zo'n poolcafé. Aan het einde links.'

'Dat is hier dichtbij.' Gaby schuift haar stoel naar achteren.

De poten krassen over de stenen vloer. 'We kunnen net zo goed meteen gaan kijken.'

'Wat gaat dat opleveren? Ik volg je totaal niet.'

'Jij wilde toch actie? Nu kunnen we iets doen.'

Bij gebrek aan enthousiasme van Annieks kant laat Gaby zich in haar stoel zakken. 'Hebben jullie daar iemand gesproken?' Ongeduldig tikt ze met haar vingers op de rand van de tafel.

'Tobias ging naar binnen, ik bleef buiten.'

'Iemand zag jullie en is erachteraan gegaan. Of er was iemand in het bos...' Ze laat een dramatische pauze vallen. 'En dat is de échte dader.'

'Gaby.'

Ze is op dreef en wil zich de mond niet laten snoeren. 'De deur van de caravan heeft hij niet op slot gedaan. Toen Tobias naar zijn werk vertrok, zou er iemand anders naar binnen kunnen zijn geslopen.'

'Zijn sperma zat ín haar. Onder zijn nagels vond de politie sporen van haar bloed en huidschilfers. Hoe duidelijk wil je het hebben?'

'Daar is een logische verklaring voor, ze hebben seks gehad.'

Anniek slaakt een diepe zucht. 'Er zijn geen andere DNA-sporen op of in het lichaam gevonden.'

'De dader kan een condoom en handschoenen hebben gebruikt.' Triomfantelijk kijkt Gaby haar vriendin aan. 'De politie zocht donderdagochtend in alle vroegte bij de caravanstalling na het krijgen van een anonieme tip. Hij moet haar daar 's nachts heen hebben gebracht, want ze was nog geen twaalf uur dood. De persoon die de politie heeft ingelicht, is de dader, daar ben ik van overtuigd.'

'Ah, nu snap ik het.' Langzaam schudt Anniek haar hoofd. 'Je hebt hem gesproken.'

'Wat?'

'Tobias heeft op je ingepraat. Je klinkt zo anders. Was hij gister wél thuis toen je poolshoogte ging nemen?'

'Er komen steeds meer dingen terug die ik vergeten was. Waardoor ik alles anders zie. Herinner je je Roosje nog? Ons eendje? Tobias was zo voorzichtig met haar.'

'Gaby, je moet je er niet opnieuw in laten zuigen.' Ze ziet iets nieuws in de ogen van Anniek. Medelijden. 'Heb je niet door dat hij je in zijn macht heeft? Zo ging het vroeger ook.' Ze duwt het bestek opzij, zodat ze dichterbij kan komen. 'Je wilt natuurlijk zijn onschuld bewijzen, dat snap ik. Je bent zijn zusje. Maar hóór je zelf wel hoe gek dit klinkt?'

'Je hoeft me de les niet te lezen.' Gaby veegt een pluk haar uit haar gezicht. Haar wangen gloeien door de rode wijn. Ze kijkt naar de hand van Anniek. 'Je hebt daar tomatensaus zitten.'

Anniek negeert haar opmerking. 'Hij wist iedereen te bespelen. Mij ook. Je moet afstand houden, hij is gevaarlijk.'

Gaby grijpt haar tas en zoekt haar pinpas. Laat ze zich door Tobias inpalmen, waardoor haar zicht op de werkelijkheid mistig wordt? Ze trekt de mouw van haar colbertje over haar hand en knijpt de stof tussen duim en wijsvinger. 'Hoe ben jij hier trouwens zo snel gekomen? Vanuit Terwolde is het meer dan een uur rijden.'

'Ik... ik was al in de buurt.'

Als Gaby haar blijft aankijken, slaat ze haar blik neer. 'Ik ben naar de middelbare school van Nina gegaan. Om rond te vragen met wie ze omging en op welke plekken ze vaak kwam. Dat soort dingen.' Ze brengt het glas naar haar mond en drinkt. 'Ik wilde iets dóen. Jij gaat maar door over Yvette. Maar zij is dood, al twintig jaar. Het gaat nu om Nina. Zij leeft misschien nog. We hebben helemaal geen tijd...'

'Je begrijpt het nog steeds niet,' valt Gaby haar in de rede. 'Nina is een willekeurig slachtoffer, net als Yvette. Het gaat de dader om Tobias, hij wil mijn broer kapotmaken. En we moeten weten waarom.' Ongeduldig wiebelt ze heen en weer. 'Ik moet gaan. Terug naar kantoor.' Ze permitteert zich een superieur toontje. 'Ik heb verantwoordelijkheden. Mensen rekenen op mij.' Ze neemt het Anniek kwalijk dat er niets meer over is van de vechtlust die ze daarnet nog voelde. Ze moet alleen verder. 'Ik ben hier al te veel tijd aan kwijt.'

Anniek trekt een velletje van haar onderlip. In haar legerjas met daaronder een grijze trui met capuchon ziet ze er studentikoos uit.

Gaby komt overeind en zegt geen gedag. Staand aan de bar geeft ze een belachelijk grote fooi en het meisje dat zij ooit zelf was, staart haar aan, te verbouwereerd om 'dankjewel' te zeggen.

Buiten schemert het. Onderweg naar de auto voelen haar benen slapjes. Ze moet haar voeten hoog optillen om niet te struikelen. Hoeveel glazen heeft ze gedronken? Twee? Drie?

Ze denkt aan Tobias. Wat zou hij nu doen? Ze stelt zich voor hoe hij in zijn flat languit op de bank ligt, met zijn zak shag binnen handbereik. Morgen wordt de nieuwe kleding bezorgd die ze voor hem heeft besteld.

Het is tijd om naar huis te gaan, terug naar haar leven in Deventer. Daar wacht er werk. Een vlog, e-mail, vragen van klanten. Haar man en kinderen.

In de auto zet ze het raam open en zoekt op de radio naar muziek die haar tijdens de rit wakker zal houden. Langzaam voelt ze spijt opkomen. Anniek heeft het beste met haar voor, waarom reageerde ze zo heftig?

De foto's van Yvettes gemartelde lichaam staan op haar netvlies gebrand en op rustige momenten, wanneer ze tijd heeft om na te denken, komen de beelden terug, in alle hevigheid.

Bij de oprit naar de snelweg ziet Gaby haar denkfout.

De dader ging uiterst secuur te werk. De naaldenprikken zagen er bijna uit als een kunstwerk, zo precies waren ze aangebracht. Dit was geen daad van agressie. De moordenaar nam alle tijd en genoot van de klus.

Tobias en zij mogen een vrouwelijke dader niet uitsluiten.

21

Op het dashboard van de auto verschijnt de naam van haar uitgever Clarissa van Griethuijsen. ‘Heb jij contact met de krant gehad?’ klinkt de stem via de speaker als Gaby het gesprek accepteert.

‘De krant? Nee. Hoezo?’ Ze geeft een tik tegen de richtingaanwijzer om links in te voegen.

‘Ze hebben de tekst van het interview ge-e-maild. Je hebt het nog niet gelezen?’

‘Ik zit in de auto.’

‘Je had me moeten waarschuwen.’ Clarissa klinkt gejaagd. ‘Dit is niet goed, Gaby. Allemachtig. Wat heb je tegen haar gezegd?’

Yasmine kijkt ook altijd mee met alle e-mails, maar heeft niets laten weten. Dan herinnert ze zich het telefoontje van haar assistent in het restaurant, ruim anderhalf uur geleden, dat ze bewust niet opnam.

‘Wat staat erin?’ Haar handen zweten, het stuur voelt glibberig. ‘Schrijft ze over mijn ouders?’

‘Luister, een beetje verknipte familie kan geen kwaad. Sterker nog: er zijn auteurs bij wie een vader met losse handjes, of een moeder die stevig drinkt in hun voordeel werkt. Omdat het veel media-aandacht oplevert. Na een valse start gunnen lezers hun het succes.’ Clarissa ratelt door. ‘Een criminele neef, soit. Maar dit. Dit is te veel. De dood van dat baby’tje en je broer die jonge meisjes vermoordt. Dit is een stinkende beerput die nooit meer dichtgaat.'

Annegreet Langeveld heeft niet alleen het incident met Mimi op de crèche van haar ouders verwerkt in het krantenartikel, maar blijkbaar in haar verslaggeverswoede ook ontdekt dat ze het zusje is van Tobias van L.

Een nieuwe naam, een nieuwe stad, andere vrienden, een eigen gezin. Ondanks Gaby's pogingen de sporen van haar verleden uit te wissen, heeft deze overambitieuze journalist via een kruimelspoor de weg teruggevonden. Haar oude schoolgenoot Mark kon het natuurlijk niet laten om met de media te babbelen.

Op de autorit verschijnen dikke druppels, het lijkt wel ijzel. Ze zet de ruitenwissers aan.

'Het artikel zou over mijn succes gaan. Toen kwam Annegreet opeens met het verhaal over dat kindje. Ze had een of ander oud artikel opgeduikeld uit het archief. We hebben het over iets wat meer dan twintig jaar geleden is gebeurd. Ik had daar niets mee te maken, ik was zelf nog een kind.'

'Je dacht niet: dat moet ik even melden bij de uitgeverij? Dit straalt niet goed op ons af.'

Gaby moet zachter rijden om zicht op de weg te houden. Ze is inmiddels in Deventer aangekomen en rijdt langs de speeltuin waar Mette en zij vroeger vaak heen fietsten, nog hoort ze het hoge stemmetje galmen door de tunnelglijbaan. Tegenwoordig kent ze de favoriete plekjes van haar dochter niet meer.

'Ze zou me de tekst e-mailen.' Gaby voelt dat ze boos wordt. 'Weet je wat ik denk dat het is? Die Annegreet is gefrustreerd omdat ze als politiek verslaggever weg moest uit Den Haag. Met deze zogenaamde scoop probeert ze indruk te maken. Het is wraak.' Nu ze haar theorie uitspreekt, klinkt het zwak. 'Ik heb afgesproken dat ik de tekst vooraf mocht lezen. Ze komt haar afspraken niet na.'

'Nalezen op feitelijke onjuistheden, ja. Dat is het standaardprotocol,' zegt Clarissa. 'Maar ik ga ervan uit dat deze dingen waar zijn. Dat bronnen het bevestigen.'

Gaby begrijpt dat ze nu niet moet beginnen over haar vermoeden dat iemand haar broer probeert kapot te maken. 'Wat nu?' Ze krimpt ineen van haar eigen hulpeloosheid. 'Zwijgen als het graf, of bij een talkshow gaan zitten? Ik zou vanavond naar Renate Westenveld kunnen gaan om mijn kant van het verhaal te vertellen. We hadden een klik.'

'Het artikel komt vanavond online en ik ben bang dat we niets kunnen doen.'

'Je snapt dat ik hier zelf niets mee te maken heb?'

'Schat, dat maakt niet uit,' antwoordt haar uitgever. 'Je hebt je bedrijf opgebouwd rondom het idee van volmaakte gebakjes voor moeders die het allemaal hebben in het leven: werk, kinderen, lol, tevredenheid met hun lichaam. Ik kan je vertellen dat deze verhalen het niet goed zullen doen bij moeders.'

Uit frustratie geeft Gaby een extra dot gas op de kruising, net nadat een fietser is overgestoken. De man in regenpak kijkt verschrikt om en schreeuwt iets.

'Shit.' Ternauwernood geeft ze een ruk aan het stuur, zodat ze niet de stoep op schiet.

Pas nu merkt ze de achtergrondgeluiden aan de andere kant van de lijn op. 'Ben je uit eten?'

'Ik ben op een première van een bevriende regisseur,' zegt Clarissa. 'Iedereen komt altijd tegelijk aan. Ik sta te wachten totdat we de rode loper op mogen. Kun je het je voorstellen? Dit is de Nederlandse polderglamour ten voeten uit.'

Gaby weet niet precies waarom, maar de vriendelijk bedoelde smalltalk klinkt als een afscheid. Ze voelt zich dom. Natuurlijk heeft Clarissa op vrijdagavond iets op het programma staan. Dit lastige telefoontje is haar laatste werkverplichting voordat ze zich kan omringen met andere succesvolle mensen. *Het was zo'n veelbelovend kind.* Gaby hoort de teksten die Clarissa zal uitkramen op etentjes waarvoor zij niet meer wordt uitgenodigd. *Jammer van haar gestoorde familie.*

Bij het stoplicht laat ze met gevoel voor drama haar voet hard neerkomen op de rem. Ze moet accepteren dat ze er weer alleen voor staat. Haar uitgever, die zich opstelde als vriendin, heeft haar handen van haar afgetrokken. Precies om die reden wil ze zich niet binden aan mensen – het leidt altijd tot teleurstelling.

'Houd je gedeisd, oké?' zegt Clarissa. 'Even geen tweets, geen posts op Instagram, nergens op reageren. Morgen hebben we contact.'

Gaby drukt op het rode icoontje om op te hangen.

Ze ziet zichzelf van een afstandje in haar veel te dure auto zitten, met in het dashboardkastje een vrachtlading Engelse drop, voor het geval dat. Ze wacht op de tranen, op de behoefte om keihard te schreeuwen en met haar vuisten ergens op te timmeren. Het stuur, haar eigen hoofd. Ze blijft zwijgend zitten.

Van een Amerikaanse podcast heeft ze geleerd dat er een chic woord bestaat voor de strategie die ze altijd hanteert in crisissituaties: compartimenteren. Grofweg komt het erop neer dat je handelingen opdeelt in aparte vakjes in je brein om het overzicht te houden.

Vak 1: naar de garage rijden.

Vak 2: afspreken met Yasmine.

Vak 3: David inlichten.

Het heeft geen enkel nut om tijdens vakje 1 al te piekeren over vakje 3. Op het moment dat het in de podcast ging over de schaduwzijde van dit afweermechanisme, namelijk dat het wordt gebruikt om emoties en gedachten te onderdrukken, was ze gestopt met luisteren.

De regenplas op straat kleurt groen. Ze stuurt haar auto langs de voet van de Wilhelminabrug naar het centrum. Verderop tekent een rij luifels zich af tegen een rode gloed, met daaronder de enkele peeskamers die de stad nog telt. De weg buigt af naar rechts, onder de brug door, naar de Emmastraat. Het blijft een vreemd idee dat waar nu de grote weg loopt vroeger het water van de IJssel de stad in stroomde en dat kooplieden met hun boten aanmeerden om stokvis, dierenhuiden en wol aan de man te brengen.

Ze probeert de positieve energie van eerder terug te halen. Er is een lijst met namen die haar zal helpen de echte dader op te sporen. Ze weet alleen niet waar ze moet beginnen. Waar wonen ze? Wat doen ze in het dagelijks leven?

De gordel schuurt over haar schouder die nog steeds beurs aanvoelt. Met het tandwieltje in haar stuur scrolt ze langs haar gemiste oproepen totdat ze de juiste naam vindt.

'Sorry, sorry, sorry.' Het gesnik van Yasmine vult de ruimte. 'Annegreet had me ge-e-maild, vanmiddag al, maar ik heb eroverheen gelezen. Ik snap niet hoe het kan. En nu kan er niets meer worden aangepast aan het artikel. De krant is al naar de drukker en over twee uur komt het interview op de website te staan. Ik heb net gebeld en... Het spijt me zo.' Luidruchtig snuit Yasmine haar neus.

'Rustig aan. Het is niet erg.' Dat is een leugen, maar Gaby wil dat haar assistent kalmeert. 'Het artikel zou toch pas over drie weken in het weekendmagazine komen?'

'Vanwege de nieuwswaarde willen ze morgen al publiceren. Het staat in de e-mail.'

'Lukt het jou om over tien minuten in de winkel te zijn? We moeten praten.'

Nadat ze de auto heeft geparkeerd, grijpt Gaby haar telefoon. Ze klikt de e-mail aan en begint te lezen. Het is een lang artikel. Als ze klaar is, stapt ze uit. Haar adem maakt wolkjes in de koude lucht van de ondergrondse garage. Door het rooster boven haar hoofd ziet ze de stadstuin liggen, verderop maken poezen ruzie. Ze duwt de zware ijzeren deur open en loopt de stenen trap op.

In haar hoofd vormt zich een monument van alles wat waarschijnlijk niet doorgaat: een nieuw boek, het tv-programma, de experimentele fotoshoot van het modeblad waarbij ze naakt zou poseren, slechts bedekt met een paar bloemen van marsepein.

Boven aan de trap duwt ze opnieuw een hek open en loopt de steeg in, een lantaarnpaal geeft een zacht schijnsel. Ze scrolt door haar adressenlijst tot ze de naam tegenkomt.

Annegreet neemt direct op.

'Gaby, fijn dat je belt. Dicht op de deadline, dat wel. Heb je nog feitelijke onjuistheden die je aangepast wilt zien in het onlineartikel? Voor print zijn jullie helaas te laat.' De precieze formulering ontgaat Gaby niet. Feitelijke onjuistheden, niet meer dan dat.

'Nee. Ik wil alleen één ding weten. Hoe wist je van de mazelenuitbraak op de crèche van mijn ouders? Hoe kwam je aan die informatie?'

'Uit het archief, zoals ik al zei.'

'Onzin. Je komt dat stuk nooit tegen als je niet weet waarnaar je moet zoeken. Onze namen staan er niet in.'

Het blijft stil aan de andere kant van de lijn.

'Nou?'

'Goed. Het was een anonieme tip.'

'Heeft iemand je gebeld?'

'Ge-e-maild.'

'Die persoon wist dus dat jij bezig was met een artikel over mij. Wie was de afzender?'

'Hoor eens, Gaby. Ik kan geen bronnen onthullen. En ik zit hier met een deadline. De eindredacteur hijgt in mijn nek en ik kan haar niet langer aan het lijntje houden. Dus als je geen wijzigingen hebt, dan ga ik hier door, als je het niet erg vindt.'

'Het is belangrijk voor mij.' Ze wrijft in haar ogen. 'Ik doe verder niet moeilijk over dat artikel, hè? Terwijl mijn uitgever woedend is. Je weet wat je met dit stuk aanricht. Ik kan ook de hoofdredactie bellen om te zeggen dat ik het niet eens ben met jouw werkwijze.'

De stilte duurt enkele seconden. 'Het was zo'n anoniem e-mailadres. Speciaal aangemaakt voor dit doel. Ik zal het even opzoeken. Iets met cijfers. Ja, hier heb ik het. Edwin007@hotmail.com.'

'Dank je.'

'Ik weet niet precies hoe ik je hiermee geholpen heb, maar graag gedaan.'

Gaby diept de sleutelbos op uit haar jaszak en schakelt bij binnenkomst het alarm uit. Ze loopt om de toonbank heen en smijt haar tas op de tafel naast het chromen espressoapparaat. In de stilte van haar zelfgecreëerde paradijs pakt ze het aanrecht beet. Ze laat haar hoofd hangen. Blaast haar longen leeg.

Vakje 2: met haar assistent praten en een plan maken.

Achter haar rinkelt de winkelbel, Yasmine verschijnt in de deuropening. Gaby verwacht een opmerking over het ongezellige donker, maar als er niets komt, drukt ze zelf op de lichtknop.

Ze schrikt. Yasmine draagt een stijlvolle hoed die niet kan verbergen dat haar ogen gezwollen en roodomrand zijn.

'Wat is er met je gezicht?'

'Niets.' Yasmine trekt de zachte flap beschermend naar beneden.

'Jawel. Je huid is helemaal vlekkerig. En je lippen zijn dik.'

Gaby drukt haar buik tegen de toonbank en trekt de hoed van Yasmines hoofd. 'Laat me kijken.'

'Ik heb iets verkeerds gegeten.' Yasmine zet een stap achteruit. 'Maar ik heb het onder controle. Maak je geen zorgen. Je hebt genoeg aan je hoofd.'

'Vertel het me nou.'

'Het was een vergissing. Tanja had koekjes gebakken en er ook een paar in mijn kantoor neergelegd. Ze wist niet dat ik allergisch ben voor fruit en zuivel en ik was zo dom om het niet te checken voordat ik ze at.' Yasmine kamt met haar lange vingers een pluk haar voor haar gezicht, alsof ze zich schaamt.

'Wat gek,' antwoordt Gaby. 'Ik zou zweren dat jouw allergie onderwerp van gesprek was tijdens de brainstorm laatst. Tanja zat erbij. Kennelijk lette ze niet goed op.'

Na een tik op de knop begint de koffiemachine te grommen.

'Jij ook?' Ze houdt de zak met verse bonen als een baby tegen zich aan.

Yasmine knikt. 'Het spijt me dat ik de tekst van het artikel niet op tijd heb doorgestuurd. Ik doe mijn best om het hier te regelen, maar het is best lastig als ik je nooit kan bereiken. Je bent er de laatste dagen veel minder.'

Gaby stapt op de kruk en strooit de bonen in het vakje. Niet veel later volgt het bekende gesis en druppelt de koffie uit het tuitje.

'Pas nu begrijp ik waarom je zo druk was. Op het moment dat het meisje verdween, kwam alles natuurlijk boven.'

'Ik had je eerder moeten inlichten. Sorry.'

'Het is niet jouw schuld. Dat weet je toch? Het moet afschuwelijk zijn om te ontdekken dat je broer iemand anders is dan je dacht.'

Gaby speurt naar tekenen dat Yasmine afstand neemt, door haar niet aan te kijken, de armen over elkaar te slaan. Want zo ging het vroeger ook. Bij Anniek in de kledingwinkel. *Ik kan niet meer met je omgaan. Ik moet ook aan mezelf denken.*

'Ik begrijp het volledig als je ergens anders wilt gaan werken,' zegt Gaby. 'Weg van dit zinkende schip.'

'Doe niet zo gek. Ik ga nergens heen.'

'Weet je het zeker?'

'Absoluut.' Yasmine zet haar kopje in de spoelbak en pakt haar telefoon. 'Het is bijna zeven uur. Even kijken of het artikel al online staat.'

'Volgens mijn uitgever moet ik me stilhouden. Even geen social media.'

Yasmine pikt de twijfel op in haar stem. 'Maar jij denkt daar anders over?'

'Ik heb me lang genoeg verstopt.'

'Ik ken jou. Je hebt een plan.'

'Het wordt tijd dat ik mijn kant van het verhaal vertel. Ik heb een half miljoen volgers. De aanval is de beste verdediging. Dat zeggen ze toch altijd?'

22

Misschien is het de tegenzin die ze voelt om met David te praten, maar onderweg naar huis is Gaby nog meer dan anders bereid om de schilderachtige kant van haar woonplaats te zien. Op een donkere avond als deze doet het centrum van Deventer denken aan een charmant Engels stadje, met fonkelende lichtjes en cottageachtige huisjes, waar in een van de huiskamers een houtkachel brandt en een geruite plaid over de luie stoel hangt. Er zijn winkels waar je overdag zuurstokken kan kopen en met een beetje geluk loop je een oude man tegen het lijf die eruitziet alsof hij bij het krieken van de dag op vossenjacht gaat.

Ze blijft staan en kijkt om zich heen. Naar de knusse winkeltjes, naar de verlichte kerstbomen. Net wanneer ze haar getreuzel op straat overdreven begint te vinden, dwarrelt er een sneeuwvlok naar beneden. En nog een, precies op de plek waar ze met contourmake-up graag de indruk van een scherp jukbeen wekt. Met haar vingertoppen tast ze naar de natte plek. Ze kan goed tegen zichzelf liegen als het uitkomt. Met haar neus in de lucht, verrukt door de eerste sneeuw van het jaar, probeert ze het appje van zojuist te vergeten.

Het bericht kwam van Clarissa. Ze zien af van jouw deelname als jurylid in het tv-programma. Krijg het net te horen. Het spijt me.

Uit het Doedel Café op de hoek van de Walstraat klinkt het soort Hollandse muziek waar ze zich nooit voor heeft geïnteresseerd. Een man in beschonken toestand waggelt naar buiten zonder jas. Als de beslagen deur in het slot valt, keert de stilte terug.

Nog voordat ze haar debuut als jurylid heeft gemaakt, is ze afgeschreven. De tv-bazen durven het niet aan, en hoewel ze de verontwaardiging over het onrecht van die beslissing in zich voelt opborrelen, begrijpt ze hun keuze. Het artikel staat online, iedereen kan het lezen, en morgenvroeg ligt de krant op de mat bij duizenden huishoudens. Andere media zullen het nieuws overnemen. Haar foto en haar naam zullen voor altijd geassocieerd worden met een meisje dat van de aardbodem verdween om vervolgens dood en zwaar verminkt te worden teruggevonden in het bos.

Ondanks haar weerzin stapt ze iets later de royale hal binnen van het door haar gekochte pand aan de Brink. In de woonkamer is de temperatuur behaaglijk. David zit op de bank voor de televisie met zijn benen languit gestrekt. Er hangt een geur die verraadt dat hij dacht nog wat langer alleen te zijn.

'Het sneeuwt,' meldt ze, bij wijze van groet.

'Ik zag het op de weerapp, ja.' Alsof hij nu pas doorheeft dat ze voor hem staat, komt hij half overeind en zet het geluid zachter. 'Ik weet niet waar de slee is. In de gangkast boven of in de garage?'

'Zo'n vaart loopt het niet. Het zijn maar een paar vlokken.'

Voordat ze de moed verliest of te moe wordt, of voordat haar man de kans ziet uit te weiden over de documentaire op Discovery Channel die zo machtig interessant is, gaat ze naast hem zitten. 'Het tv-programma gaat niet door.'

'O, balen.' Hij pakt haar schouders kort beet. 'Ik weet hoe belangrijk het voor je was.'

Hij realiseert zich niet dat deze teleurstelling slechts het topje van de ijsberg is, en dat weldra alles zal afbrokkelen waar zij beiden hard voor hebben geknokt – ook hij, door thuis de honneurs waar te nemen, dat geeft ze direct toe.

Hij begint zijn repertoire van geruststellingen af te draaien, want hij is wel wat gewend. Alle drama komt van haar kant: gemiste deadlines, overwerk, gedoe met leveranciers, sociale afspraken waar ze toch niet bij kan zijn.

'Ik weet zeker dat er snel een andere kans op je pad komt.'

Zijn gesus heeft ze altijd bestempeld als zorgzaam. Nooit geeft hij blijk genoeg te hebben van een van haar onverwachte plotwendingen, laat op de avond gebracht, als hij eindelijk rust heeft omdat de kinderen op bed liggen. Of is het desinteresse?

'Wil je niet weten waarom?'

Verward kijkt hij op. 'Eh ja, natuurlijk wel.'

Op de leuning van de bank staat een leeg bierflesje, gevaarlijk overhellend naar een kant door de zachte ondergrond. In één klap beseft ze hoe verschillend hun levens zijn.

'De reden is een artikel over mij. Over mijn familie.' Ze pakt haar telefoon. 'Het stuk is tien minuten geleden online geplaatst. Ik stuur je nu de link door.' Ze legt een van de kussens op haar schoot. 'Het interview was bedoeld als profiel van mij en mijn bedrijf, maar de journalist had andere plannen.'

David loopt naar de boekenkast waar zijn telefoon aan de oplader hangt. Ze kan niet toekijken hoe hij de tekst leest.

'Ik ga theezetten.' Ze loopt naar de keuken.

Uit de doos met de vakjes kiest ze een zakje kamillethee, in de hoop dat het de belofte van ontspanning waarmaakt. Terwijl ze de porseleinen kruidenpotjes in de vensterbank herschikt, houdt ze angstvallig het donkere raam in de gaten, waarin ze weerspiegeld kan zien of David achter haar de keuken binnenkomt.

Ze laat het zakje als een jojo in de mok op en neer gaan.

Een onzichtbaar lijntje verbindt haar met haar telefoon, die ze met een duidelijk doel aan de andere kant van het aanrecht heeft gelegd, bij de blikken met beschuit en rijstwafels. Wordt er al getwitterd over het artikel? De verleiding is groot om op social media te kijken naar lelijke reacties over haar persoon. Ze klemt haar kaken op elkaar. Niet doen, niet kijken.

'Ik heb het gelezen.' David heeft zijn handen in de zakken van zijn joggingbroek en maakt een verslagen indruk. 'Waarom heb je nooit iets gezegd? Ik heb zo vaak naar je familie gevraagd.'

'Nu snap je waarom ik dat moeilijk vond.'

'Nee, dat snap ik niet.' Hij haalt zijn telefoon tevoorschijn en zwaait ermee door de lucht. 'Je hebt een paar nogal essentiële dingen voor me verborgen gehouden.' Nog steeds kijkt hij haar niet aan. 'Terwijl ik dat artikel las, dacht ik: ik ken jou helemaal niet. Ik dacht dat ik wist wie mijn vrouw was, maar ik heb werkelijk geen idee. Kennelijk bestaat er een geesteszieke broer en ben je opgegroeid in een soort rare sekte.'

Ze moet hem laten uitrazen. Het hoort erbij. Op kousenvoeten strekt ze zich uit om een glas uit de vitrinekast te pakken, dat ze vult met water. Over het keukenblok schuift ze het glas naar hem toe. Dat hij dit gebaar van haar accepteert en een slok neemt, beschouwt ze voorzichtig als een goed teken.

'Welk voorbeeld geef jij onze kinderen?' bijt hij haar toe.

Hij is gekwetst, ze ziet het aan zijn vertrokken gezicht.

'Ik schaamde me, nou goed? Ik schaam me nog steeds.' Ze schuift de mok thee van zich af. 'Dat kun jij je niet voorstellen, want jij komt uit het perfecte gezin.' Omdat het aanvallend klinkt, neemt ze gas terug. 'Ik was blij dat ik met jou opnieuw kon beginnen. Ik wilde het zo graag allemaal vergeten dat het me nog lukte ook. Tot nu.'

Hij lijkt haar niet te horen. 'Wat was het ook alweer?' Hij kijkt schuin omhoog naar de kroonluchter die zij ondanks zijn veto heeft aangeschaft, alsof hij hard nadenkt. 'O ja. Je zei dat je oudere broer in het buitenland zat.'

'Zo voelde het voor mij ook.'

'Alsjeblieft zeg.' Hij spuugt de woorden uit. 'Hij heeft jarenlang vastgezeten voor moord.' Hij hapt naar adem. 'En met je ouders had je niet zoveel.' Met zijn vingers maakt hij aanhalingstekens in de lucht. 'Dat waren absolute gekken, zoals ik net heb gelezen, freaks.'

David mag zojuist een duizelingwekkende hoeveelheid nieuwe informatie te verstouwen hebben gekregen, ook Gaby begeeft zich op onontgonnen terrein: ze komt tot de ontdekking tot welke minachting haar echtgenoot in staat is.

'Al die dagen heb ik naar het nieuws gekeken over dat vermiste meisje, net als de rest van het land. Ik dacht aan onze dochter en wat haar zou kunnen overkomen. En jij wist al die tijd dat je broer het had gedaan.'

'Hij is geen verdachte. Niet officieel.'

David lacht. 'Reken maar dat hij wordt gearresteerd na dit artikel. De politie kan hem niet vrij laten rondlopen. Dit gaat voor veel onrust zorgen.' Hij wrijft over zijn kin en legt zijn telefoon op het keukenblok. Met een veeg van zijn wijsvinger wekt hij het scherm tot leven.

Gaby voelt hoe haar hart sneller begint te kloppen.

'Ik heb het gevoel dat ik getrouwd ben met een vreemde.' Hoofdschuddend staat hij over het toestel gebogen. 'Wie ben jij?'

Al die tijd heeft ze het verkeerd ingeschat. Het gebrek aan ruzie zegt niets over de kwaliteit van een huwelijk. In hun geval was het slechts een tikkende tijdbom.

'Ik ga naar boven.' Ze pakt haar telefoon en loopt naar de deur. 'Als je rustig bent, kunnen we praten.'

Elke traptrede voelt als een beproeving, haar ledematen zijn als lood. Boven aangekomen valt haar oog op een verdwaalde sok bij de luie stoel en de stekker van de schemerlamp die niet in het stopcontact zit.

Ze wil naar haar kinderen, maar geeft niet toe aan dat verlangen. Eerst moet dit worden opgelost. In de slaapkamer gaat ze op de rand van het bed zitten. Op haar telefoon tikt ze een bericht aan Tobias.

Er staat een artikel online. Ik heb het niet kunnen tegenhouden. Sorry. De politie zal misschien actie ondernemen. Laat je me even weten of je oké bent?

Ze drukt op versturen en wacht op de blauwe vinkjes die aangeven dat hij haar woorden heeft gelezen. Voetstappen op de gang. Gauw schuift ze het toestel onder haar kussen.

'Nu weet je het,' zegt ze als David in de deuropening verschijnt. 'Vraag maar raak. Ik zal op alles eerlijk antwoord geven.'

'Ik weet niet waar ik moet beginnen.'

Voor de eerste keer probeert ze zich David en Tobias in één ruimte voor te stellen. Hoe ze elkaar de hand schudden en praten over iets alledaags als een onverwacht warme dag, een belangrijke voetbalwedstrijd of de kinderen, die altijd gespreksstof bieden. Het lukt niet om die twee werelden tot één geheel te kneden.

'Ik ben hier niet blij mee.' Ook David gaat zitten, met zijn rug naar haar toe.

'Mijn oudste broer heet dus Tobias,' zegt ze. 'Mijn jongere tweelingbroertjes heten Arthur en Sebastiaan. Ze zijn een poos geleden geëmigreerd naar Oostenrijk en geven daar les op een school, ik spreek ze nooit. Mijn vader is oud en ligt in het ziekenhuis. Mijn moeder...'

'Hopelijk waait het snel over.'

'Tobias kan heel goed tekenen. Op dat vlak hebben jullie iets gemeen...' Ja, dat is het. Hun interesse in kunst zal voor een band zorgen.

'We laten het gewoon rusten, oké?' David staat op, slaat het dekbed open en stapt in bed. 'Het is al laat.'

'Wil je niets over hen weten?'

'Dat heb ik geprobeerd. Er zijn letterlijk honderden gelegenheden geweest, maar jij koos ervoor om mij buiten te sluiten.'

Gaby kijkt naar de stapel boeken die achter hem staat, op de rand van het hoofdbord van het bed. Indrukwekkende titels. Tijdens etentjes met vrienden pretendeert hij ze elk jaar te herlezen. Bestaat een goede relatie niet ook uit het gedogen van elkaars leugens?

'Misschien moeten we met het gezin weg,' zegt hij.

'Weg?'

'Tot de storm is gaan liggen. En we terug kunnen naar hoe het was.'

Hij draait zich half om. 'Mensen gaan hierover praten. Op de tennisbaan, op het schoolplein. Ik heb geen zin in al die vragen, snap je? We kunnen een huisje boeken. Spanje. Portugal.'

'Ja, misschien is dat beter.' Ze vecht tegen de tranen. David wil haar niet beter leren kennen, hij wil dat hun goede naam niet wordt besmeurd.

'Als mensen ernaar vragen, wil ik dat je niets zegt. Kunnen we dat afspreken? Om nog iets van waardigheid voor ons als gezin te behouden?' Hij schuift de wekkerradio recht. 'Ben ik boos? Ja. Omdat je hebt gelogen tegen me. Maar kennelijk vond jij dat nodig en dat snap ik ergens ook wel. Dit soort mensen heb je liever niet in je leven. Niet iedereen heeft iets met zijn familie. Niet iedereen heeft geluk, zoals ik.'

Gaby kan hem niet meer aankijken. 'Ik heb wel iets met mijn familie,' roept ze uit. 'Dat is het nu juist. Ik heb me altijd geschaamd voor waar ik vandaan kom, maar nu weet iedereen het. Gek genoeg voel ik me bevrijd, want mijn grote angst is al werkelijkheid geworden.' Ze staat op. Haar voeten landen op het koude parket naast haar bed, slechts de topjes van haar grote tenen raken het schapenvachtje. 'Mijn broer was mijn beste vriend. Ís mijn beste vriend. En hij heeft al die tijd ten onrechte vastgezeten. Iemand wil hem erin luizen.'

David zit daar in zijn witte slaapshirt, het dekbed opgetrokken tot zijn oksels met een blik die ze nog niet eerder heeft gezien. Alsof hij twijfelt aan haar geestelijke gezondheid.

'Iemand wil wraak,' verduidelijkt ze. 'Ik ben bezig om het uit te zoeken.'

Hij steekt zijn handen voor zich uit, in een afwerend gebaar. 'Eén ding tegelijk, goed? Ik heb net vernomen dat je broer een zware crimineel is. En nu blijkt hij toch een engeltje dat vals beschuldigd wordt?'

Ze heeft David uitgekozen omdat hij in alles anders is dan het nest waar ze vandaan komt. Wat blijft er van hun liefde over als ze haar wortels omarmt? 'Je kunt me ook steunen. Maar nee, je maakt je alleen maar druk om wat andere mensen van ons vinden.'

Hoe feller zij zich opstelt, hoe meer hij zal inbinden. Dat weet ze van de kleine conflicten die ze in het verleden hebben gehad. Deze keer heeft hij zonder enige twijfel het gelijk aan zijn kant en dat maakt hem standvastiger; het is te zien aan de manier waarop hij zijn onderkaak vooruitsteekt. Het staat hem niet.

'Neem een oxazepam, schat. Je doet hysterisch.' Hij sjort aan het donkergrijze dekbedovertrek. 'Laten we gaan slapen. Morgen worden de kinderen weer vroeg wakker.'

'Ik ga niets innemen om rustig te worden,' zegt ze. 'Ik ga uitzoeken wie Nina gevangenhoudt.'

'Gaby. Doe even normaal.'

'Ik moet dit doen. Ik kan Tobias niet wéér in de steek laten.'

Ze loopt de gang in, twee deuren verder, naar haar inloopkast. Draaiend om haar eigen as kijkt ze hoe de satijnen blouses langs haar blikveld glijden. Rood, zwart, roze. Mijn wulpse bibliothecaresse, noemde David haar vroeger, vanwege haar strakke rokken, sjaaltjes, rode lippenstift, de haren in een Franse chignon.

Hijgend wurmt ze zich uit haar zwarte pantalon. De tailleband laat een ribbelige afdruk achter op haar buik, die na twee kinderen altijd zacht is, hoe vaak ze ook hardloopt. Ze trekt haar witte blouse uit. Net iets te ruw, een knoopje springt los en stuitert op de vloer. In haar ondergoed knielt ze en kijkt naar beneden. De lak op haar teennagels bladdert en op haar enkel ontwaart ze stugge zwarte haartjes. Wanneer is het onderhoud van haar lichaam zo veel tijd en geld gaan kosten? Rennen, harsen, scheren, lakken, verven, trimmen, epileren, bijtekenen, stiften, smeren. Het voelt niet meer als een keuze.

Ze graait in de plooien van de jurken die keurig aan hun hangertjes bungelen. De koffer moet hier ergens staan. Haar hand stuit op iets hards en ze trekt het tevoorschijn. De weeïge geur van vroeger slaat haar in het gezicht.

De stof is tot haar vreugde mooi gebleven. Ze aait over het blauwe stiksel waarmee het logo van Tommy Hilfiger op de trui is genaaid en trekt het kledingstuk aan.

Ze klimt de trap op naar de kamer van Mette, die op zolder slaapt. Vlug werpt ze een laatste blik op haar telefoon. Nog steeds prijkt er slechts een grijs vinkje bij het bericht aan Tobias.

Naast het bed ligt een setje kleding klaar: een spijkerbroek en een gele trui met een glittermuis die van kleur verandert als je de pailletten de andere kant op strijkt. Waarschijnlijk is het klaarleggen een nieuw ritueel, door David bedacht om gedoe tijdens de ochtendspits te voorkomen.

Mette ligt met haar gezicht naar de muur gedraaid, een hand boven het hoofd. De lattenbodem kraakt onheilspellend als Gaby erbij kruipt en haar neus in het nekje van haar dochter drukt.

Morgenochtend zal ze Anniek een bericht sturen om haar excuses aan te bieden voor haar plotselinge vertrek uit het restaurant.

Ze begint te tellen, van honderd terug naar nul.

100, 99, 98...

Ze kent de oefening uit een slaapapp die ze een poos geleden heeft gedownload. Ze wil verdwijnen in een diepe slaap, net als haar dochter, die ongetwijfeld droomt over Chase of een van die andere PAW *Patrol*-hondjes.

97, 96, 95, 94...

Morgen moet ze een bericht plaatsen op haar socialmedia-accounts om uitleg te geven aan haar fans. Annegreet heeft een podium bij de grootste kwaliteitskrant van Nederland, maar zij heeft haar eigen kanalen. *Beeldvorming is alles.* In het keukentje van haar broer kon ze niet bevroeden dat die les zo snel van toepassing zou zijn op haarzelf. Kies een schattige foto samen met de kinderen, opperde Yasmine. Je fans moeten je zien als zorgzame moeder.

93, 92, 91...

ZATERDAG

23

Zelfs weggedoken in haar lammycoat en met haar muts tot over de oren voelt Gaby hoe de kou bezit van haar neemt.

Parkeer je auto aan het begin van de weg. Ik wacht bij de slagboom van de kanovereniging.

De door Anniek gestuurde instructies zijn niet erg duidelijk, een weinig verrassende constatering. Toch meent Gaby dat ze goed zit en dat dit smalle tegelpad leidt naar de plek waar ze het water in zullen gaan. Een hek met rollen prikkeldraad vormt de afscheiding met een braakliggend terrein, waar verdwaalde struiken door de wind te grazen worden genomen. Aan de linkerzijde passeert ze een witgekalkt gebouw, volgens het bord zit er een bedrijf in autobanden.

Straks zal ze uitleggen waarom ze gisteravond zo plotseling wegging uit het restaurant. Op de app deed ze een voorzet, vanwaaruit dit gekke plan ontstond.

Ga anders met me mee winterzwemmen in de IJssel? stuurde Anniek.

Ook toen dacht Gaby: wat is er mis met een simpel kopje koffie? Lafjes reageerde ze met een summier: Waar moet ik zijn?

Anniek lijkt er nog steeds van overtuigd dat Tobias een gevaarlijke seriemoordenaar is die zijn kans schoon ziet nu hij vrij rondloopt. Het is Gaby's missie om haar in deze vrieskou op andere gedachten te brengen. Het moet. Alleen met haar hulp kan ze Tobias' onschuld bewijzen. Ergens in haar goed begraven herinneringen ligt het antwoord verscholen over wat twintig jaar geleden precies heeft plaatsgevonden. En met die informatie kunnen ze Nina redden.

Vanaf de kale takken van een boom tjilpt een mussenkolonie. Hoewel ze zich op een steenworp afstand van haar kantoor bevindt, is het de eerste keer dat Gaby voet zet op dit rommelige stukje Deventer, ingeklemd tussen een fabriek en de snelweg. Het Havenkwartier, waar haar bedrijf zetelt, geldt als *up-and-coming*: het ene na het andere hippe bedrijf ziet er het levenslicht en er liggen plannen voor een restaurant in Ibizastijl met een overdadig wit interieur en een tapaskaart, maar dan niet de standaardsoort. En dit hier? Het geldt als beloftevol voor een ander type mens. Verderop staan twee witte joerten en een oud camperbusje.

Nog steeds geen teken van Anniek.

Sommige dingen veranderen nooit. Gaby zal altijd de braafste van het stel zijn. Het meisje dat schichtig om zich heen keek in de winkel terwijl haar vriendinnen hun jaszakken volstouwden met colaflesjes, gomballen en felroze staafjes die aan lippenstift deden denken. Degene die haar zaken keurig op orde heeft, maar daardoor aan het kortste eind trekt als het gaat om onbezonnen lol.

Ze loopt voorbij de slagboom en klimt de steile helling op. Het is er glibberig en ze steekt haar armen opzij om niet onderuit te gaan. Wat als Anniek het laat afweten?

Toen ze vanmorgen om halfzes gedesoriënteerd ontwaakte naast haar slapende dochter is ze naar beneden geslopen en gaan liggen op haar koude deel van het matras. Even voelde het als vroeger, toen ze net verkering hadden en ze voortijdig uit bed glipte en haar tanden poetste en mascara op deed zodat ze David in al haar frisheid kon begroeten. *Het begint en eindigt met leugens.*

Tijdens het ontbijt wisselden ze alledaagse opmerkingen uit

over een nieuwe pot pindakaas die gekocht moest worden en wie er geld klaar zou leggen voor de werkster die altijd op zaterdag komt. David doet de pindakaas, zij de cash.

Ergens is ze trots dat ze nog niet heeft toegegeven aan de zeurende drang om op social media rond te kijken hoe men reageert op het artikel. Wordt ze weer over één kam geschoren met haar broer? *De appel valt niet ver van de boom.* Misschien is het verstandiger wél op Twitter te kijken, voordat haar fantasie op hol slaat.

Tobias heeft niet gereageerd op haar bericht. Ze is bang voor wat ze zal aantreffen, maar toch neemt ze zich voor straks langs zijn flat te rijden.

Boven op de heuvel aangekomen, is het uitzicht adembenemend. Het land lijkt op dit punt bijna volledig te worden opgeslokt door het grijze water. Van de brede struiken zijn slechts nog de toppen zichtbaar, dapper proberen ze zich staande te houden in de oprukkende rivier. Ze hoort de auto's verderop over de snelweg razen.

'Hé, je bent er al.' Met grote stappen komt Anniek zijwaarts de heuvel opgeklommen. Uit haar rugzak trekt ze een lila yogamat, die ze uitrolt op de bank van de picknicktafel. Ze ploft neer en steekt een been in de lucht om haar skeeler uit te trekken. 'Ik ga niets over het artikel zeggen, tenzij jij dat wilt.'

'Dank je.' Gaby is verbaasd over de fijngevoeligheid van haar vriendin. 'Ben je helemaal uit Terwolde komen skeeleren?' Onwennig blijft ze naast haar staan. Winterzwemmen valt in dezelfde categorie als groene smoothies met selderij en spinazie: het is ongetwijfeld gezond, maar het voelt als een regelrechte marteling.

Anniek lijkt haar gedachte te raden. 'Als je één keer het koude water in bent geweest, wil je nooit meer anders. Je voelt je als herboren, alsof je echt leeft.'

'Ik voel ook zonder kou dat ik leef,' antwoordt Gaby. 'Ik ga nu juist een klein beetje dood.'

'Niet zo zeuren.'

Door de inham blijft dit stuk water vanaf de kade verborgen. Geen pottenkijkers, dat scheelt. 'Even wat belangrijke dingen vooraf. Je zult zien dat je lichaam door de kou straks een stressreactie geeft, alsof er gevaar dreigt. Je wilt weg. Vluchten. Maar jij kunt zelf je zenuwstelsel beïnvloeden. Onze geest is veel krachtiger dan we denken. Nu doen we eerst een korte warming-up met wat *jumping jacks*.'

Anniek begint op en neer te springen. Met een tevreden blik kijkt ze in de verte over de uiterwaarden. Gaby ziet Elske voor zich die haar bodywarmer aantrekt om de honden uit te laten. Vreemd hoe alle vrouwen uiteindelijk op hun moeder gaan lijken. Komt dat bij haar nog, of is het proces al in gang gezet zonder dat ze het zelf doorheeft? Heel soms voelt ze hoe de vrouw die haar op de wereld zette in haar kruipt, wanneer Mette haar het bloed onder de nagels vandaan haalt en ze niet boos wordt maar zich in zichzelf terugtrekt als een martelares. 'We doen ons best om het anders te doen dan onze ouders, maar wanneer je kwaad bent, grijp je terug op wat je kent,' zei een vriendin laatst.

Gaby trekt haar jas uit en volgt Annieks voorbeeld. Ze houdt haar ellebogen strak langs haar lijf en klemt haar handen voor haar borsten om het gebrek aan een sportbeha te compenseren. 'Heb je nog iets ontdekt op de school van Nina?' vraagt ze.

'Nu ben je opeens geïnteresseerd? Gister dacht je nog dat ik daar niets zou vinden.'

'Had ik ongelijk?'

'De meeste leerlingen wilden niet met me praten.'

'Misschien dachten ze dat je van de pers was en kregen ze van school instructies om niets te zeggen.'

'In de fietsenstalling zag ik een jongen staan,' zegt Anniek hijgend. 'Zo'n loner, weet je wel? Zwart lang haar, leren jack, onbegrepen door de rest van de wereld.' Ook Anniek stopt met springen. Ze laat haar hoofd vooroverhangen en beweegt langzaam van links naar rechts. 'In onze tijd zou hij naar Nirvana hebben geluisterd. Nina vertelde hem iets interessants vlak voordat ze verdween.'

'Nina was bevriend met deze loner?' vraagt Gaby verbaasd. Afgaand op de foto in de krant leek ze een populair meisje. Iemand die de aandacht trok van de knapste jongens van de school, zelfs uit hogere klassen. 'Wat moest zij met zo'n alto?'

'Weet ik veel,' antwoordt Anniek. 'Mooie meisjes hebben vaker jongens om zich heen die hun een goed gevoel geven.'

'Wat zei Nina tegen hem?'

'Hij vertelde dat Nina de laatste dagen het gevoel had dat ze door iemand werd gevolgd.'

'Door wie?'

'Dat wist ze niet. Maar het was iemand in een auto.' Anniek trekt ondertussen haar kleding uit.

'Tobias heeft geen auto.'

'Voor zover je weet.'

Ze probeert de nieuwe informatie te verwerken. 'Heeft Nina iets gezegd over de auto? Merk? Kleur?' vraagt ze.

Anniek schudt haar hoofd.

'Misschien moet je nog eens met die jongen praten.' Ze zwijgt, ze wil niet bazig klinken. 'Hoe heet hij?'

'Casper.'

'Casper hoe?'

'Niet gevraagd.'

In alleen een verwassen roze onderbroek staat Anniek voor haar.

'Sorry trouwens dat ik zo reageerde gister,' zegt Gaby. 'Ik ben gestrest, maar dat moet ik niet op jou afreageren.' Even vraagt ze zich af hoeveel spijtbetuigingen er over en weer nodig zijn om hun vriendschap te repareren tot wat die was voor de verdwijning van Yvette.

'Het maakt niet uit.'

Anniek wandelt naar het water, en zoals altijd bij magere vrouwen zoekt Gaby gretig naar tekortkomingen. Ook bij vriendinnen. Júist bij vriendinnen. De schouderbladen die ietwat scheef staan, de talloze moedervlekken waarvoor ze echt eens naar de huisarts moet: het zijn geen noemenswaardige gebreken. De rug is smal, de billen zijn putloos. Hoe is het mogelijk?

'Ik ga niet naakt, hoor,' roept Gaby haar achterna. Ze trekt haar wollen trui uit en legt die met de rest van haar kleding netjes gevouwen op de yogamat. Ze blijft achter in haar bruine badpak met het gouden stiksel dat een fortuin heeft gekost. Haar muts houdt ze op.

Anniek loopt behoedzaam en toch zelfverzekerd de rivier in. Vroeger was ze jaloers op haar vriendin vanwege het grote huis en haar deftige ouders, nu imponeert haar onbezorgdheid. Ze zet een eerste stap op het natte zand. Stukjes rijp plakken aan de bladeren. De pijn is hevig. Duizend mesjes prikken in haar voet.

'Blijven ademen,' zegt Anniek. 'De grond is bevroren. Hier in het water is het warmer dan daar.' Ze steekt haar hand uit.

'Ik kan dit niet.' Gaby hoort de paniek in haar stem en toch beantwoordt ze het gebaar. De oever loopt geleidelijk af. Haar adem blijft hoog in haar keel hangen. Straks vat ze kou. Ze mag onder geen beding ziek worden, iedereen rekent op haar. Toch loopt ze door. Met haar tenen wiebelt ze in de drassige ondergrond. Voor de regenval was dit gedeelte weiland.

'Zie je wel dat het goed gaat? Omarm het proces. Geef je eraan over.'

Normaal gesproken zou Gaby lachen om dit soort zweverige

teksten, maar de kilte is zo allesomvattend dat ze bibberend het idiote gezever accepteert, helemaal als Anniek haar hand loslaat en door haar benen zakt, tot haar kin het water raakt.

'Argh.' Haar oerkreet zweeft over hun hoofden en vervliegt in de mist die komt opzetten. Door de kou kleuren haar lippen paars.

Gaby denkt aan het lichaam van Yvette op de snijtafel. Als jong meisje heeft ze op foto's de gekuiste versie gezien. Zonder de korrels zand onder de nagels, zonder vegen modder op haar huid, zonder flinters herfstblad in haar haren. Niets verraadde dat ze onder de grond had gelegen. Gewassen en schoongepoetst lag ze daar, waardoor haar verminkingen nog bruter leken.

Vannacht is Yvette bij haar geweest. Haar lippen glansden vuurrood en ze droeg haar haar los. Soepel deinde ze op en neer, als een vrijgevochten amazone. Het plaatje werd doorbroken door de handen op haar ronde billen, de nagels klauwden zich in het bleke vel.

Door een kier tussen de oranje gordijnen van de caravan keek Gaby toe hoe een jongen grommend op het matras lag, de ogen halfdicht. Zo zag anonieme lust eruit, Anniek had niets om jaloers op te zijn. Gaby hapte naar adem. Het was maar een droom, stelde ze zichzelf gerust. Zij lag op die bewuste nacht met hoofdpijn in bed, een teiltje naast zich. Te veel Passoã-jus. Toch twijfelde ze. De beelden leken levendiger dan ooit.

Triomfantelijk springt Anniek op en ze draait een sierlijke pirouette. 'Nu kan ik de dag aan.' Druppels druipen als diamantjes langs haar schouders. Haar roze tepels, die nooit een baby hebben gevoed, wijzen fier omhoog. En dan ziet Gaby het. Een glinstering in het ochtendlicht. Ze doet een paar stappen naar voren. Vanwege het slaapgebrek vertrouwt ze zichzelf niet.

'Wat heb je daar?'

Een vragende blik. Gaby wijst. 'Je ketting.'

Anniek tast naar haar nek en trekt haar kin iets in. 'Dit?'

'Ja, hoe kom je daaraan?'

Even kijkt Anniek angstig. Ze knijpt ongeduldig het water uit haar haren. 'Jij bent er nog niet,' zegt ze met een zogenaamd strenge blik. 'Je moet je laten zakken en je helemaal aan de kou overgeven, dat voel je pas echt het effect. Vertrouw je me?' Voordat Gaby kan antwoorden, legt Anniek twee handen op haar schouders.

'Hoe kom je aan die ketting?' vraagt Gaby opnieuw, deze keer harder.

Het bedeltje is geen schildpad, geen tor, het is een scarabee. In het bos bij Hotel Oud London, in de nabijheid van Yvettes moeder, kon ze er niet op komen, maar nu schiet de naam van het beestje haar te binnen. De mestkever werd in de Egyptische mythologie als een heilig dier beschouwd, heeft ze ooit ergens gelezen. Het snoer is bij Anniek langer dan op de foto bij Yvette, het beestje bungelt tussen de aanzet van haar borsten. Dat is de reden waarom ze het bedeltje niet eerder heeft gezien, verscholen onder Anniekss trui.

Haar hart begint sneller te kloppen. Wat betekent dit?

'Kom, ik help je.' Anniek duwt hard op haar schouders. Door de druk zakt Gaby door haar benen, de IJssel in, en de pijn is overweldigend. Ze zit opgesloten in de kou en kan geen woord meer uitbrengen. Ze probeert na te denken. Waarom draagt Anniek de ketting van Yvette?

Ze slikt moeizaam en probeert haar lippen stijf te houden om het klappertanden tegen te gaan. Als vanzelf gaan haar gedachten terug naar de nacht van 22 op 23 november 2002. Anniek stormde de caravan uit, maar niemand kan bevestigen dat ze daadwerkelijk naar huis is gegaan. Haar ouders, broer en zus sliepen.

Die avond zou Tobias haar eindelijk kussen. In haar fantasie was ze stappen verder. Vaste verkering. Hand in hand naar de bioscoop. Cadeautjes met Valentijnsdag. Het liep anders. In de smoezelige caravan, waar het naar natte hond rook, degradeerde hij haar tot toeschouwer toen hij het gezicht van Yvette voorzichtig in zijn handen nam en vooroverboog. Gaby kent de maniertjes van haar broer, zo zachtaardig, zo soepel. Voor hem maakten de meisjes uit Zeist een uitzondering. Vaak genoeg had Gaby hem van een afstandje bekeken; in de hoek van het café, op de stoep voor een huis, wachtend tot hij klaar was met zijn volgende verovering, zodat ze samen naar huis konden fietsen. Met zijn vierkante kaken, gladde jongenshuid en fluweelzachte wimpers kon hij zo worden gecast als de hunk in een reclame die zijn puisterige broertje Clearasil aanraadde.

'Laat. Me. Los.' Het bloed in haar aderen stolt en de woorden komen moeizaam over haar lippen. Haar huid lijkt te krimpen en vormt zich strak om haar botten. Ze wil wegrennen en een warme handdoek omslaan. Ze voelt een steek in haar buik, alsof iets binnen in haar protesteert, en ze boort haar blik in die van Anniek, smekend, zoals ze dat ook heeft gedaan bij de verloskundige tijdens de bevalling van Mette, toen ze in een weeënstorm terechtkwam.

'Het is genoeg zo.' Anniek laat haar los. Als een dirigent die het koor gebiedt om op te staan, gebaart ze dat Gaby omhoog moet komen. 'Ik ben trots op je. De meeste mensen komen de eerste keer niet verder dan hun heupen.'

'Je liet me niet echt een keuze.'

Ze was vergeten hoe eenvoudig Anniek over bepaalde dingen heen kon stappen. Stelen uit de winkel, vriendinnen inruilen, hoe ze op school de ritalinpillen verhandelde die ze door haar vader kreeg voorgeschreven. Haar morele kompas stond nooit scherp afgesteld, hoe spiritueel ze zich nu ook probeerde voor te doen.

Nog steeds is er geen antwoord gekomen op haar vraag over de ketting. De haartjes op haar onderarm staan rechtovereind. Misschien is er een andere manier om de waarheid te achterhalen. Yvette danste die avond voor Tobias. Kylie Minogue. *I just can't get you out of my head.*

Zachtjes begint Gaby te zingen. Ze wil zien welke herinneringen er bij Anniek boven komen drijven.

I just can't get you out of my head
Boy, your lovin' is all I think about
I just can't get you out of my head
Boy, it's more than I dare to think about

Anniek, normaal gesproken altijd in voor een dansje, blijft roerloos staan, haar schouders hoog opgetrokken. 'Waarom zing je dat?' vraagt ze.

There's a dark secret in me
Don't leave me locked in your heart

'Weet je nog, dit nummer?' beantwoordt Gaby glimlachend haar verwarring. Iedereen heeft een geheim, denkt ze, maar dat van jou is net wat duisterder.

'We moeten het water uit,' zegt Anniek. 'Voordat je onderkoeld raakt.' Ze is weer haar fladderige zelf en laat ongeduldig het elastiek van haar onderbroek tegen haar heup klappen. De stof schijnt door en op de plek van haar schaamhaar zit een donkere vlek. 'Je lippen zijn helemaal paars, ik denk dat we je snel warm moeten inpakken. Ik heb gemberthee meegebracht.'

Ze loopt naar de kant, maar Gaby laat haar niet ontsnappen. Ze moeten terug naar dat pijnlijke moment. 'Je was niet verdrietig toen je die avond de caravan verliet, je was woedend.' Ze kiest haar woorden voorzichtig en merkt dat haar stem trilt. 'Je vond dat je recht had op Tobias omdat je al zo lang op hem wachtte. Yvette kwam pas net kijken. We zagen haar wel eens met andere jongens, weet je nog? Ze was...'

'Yvette was een hoer,' zegt Anniek bruusk. Tot aan hun enkels staan ze nog in het koude water. 'Je hoort dat niet te zeggen over iemand die dood is, maar ik zeg het gewoon. Want het is waar.' Ze kijkt dwars door Gaby heen. 'Ik begreep niet waarom Tobias zo'n afgelikte boterham wilde. Het zou me niets verbazen als er nog sperma in haar zat van de vorige kandidaat.'

'Jij was nog maagd,' fluistert Gaby. 'Dacht je die avond dat hij met jou naar bed zou gaan?'

'Ik wilde hem. Al heel lang.'

Herinneringen raken vertekend door de tijd, weet Gaby uit ervaring. Om verder te kunnen, geef je een draai aan vervelende gebeurtenissen zodat ze te behappen zijn, misschien zelfs logisch klinken. Om jezelf vrij te pleiten. *Ik kon niet anders.* Anniek greep in toen iemand haar liefde voor Tobias in de weg stond.

Er ligt een sluier van nevel over het omringende grasland en ook de IJssel wordt langzaam toegedekt.

Anniek aarzelt. 'Wil je de waarheid horen? Toen ze haar lichaam vonden, voelde ik me vies. Want die dagen ervoor... was ik blij. Haar vermissing gaf me een goed gevoel. Alsof ze werd gestraft voor haar sletterige gedrag. Had ze maar niet moeten meegaan met een onbekende jongen.'

Instinctief weet Gaby dat ze zichzelf in veiligheid moet brengen. Ze haast zich op het droge en loopt naar de picknicktafel, achter haar hoort ze Anniek. 'Waar ga je heen?'

Ze moet hier weg, zo snel mogelijk. Ze bukt om haar spullen bijeen te pakken, schuift haar voeten in haar gympen en begint in haar natte badpak al glibberend aan de afdaling naar het paadje.

'Je vat zo kou,' schreeuwt Anniek haar na.

Eenmaal in de veilige cocon van haar auto blaast ze haar lang ingehouden adem uit. Ze vergrendelt de deur, geeft de verwarming een zwiep en slaat een trui om haar schouders.

Ze rijdt weg. Op de parkeerplaats van een tankstation zal ze straks discreet droge kleren aantrekken.

Wat is er zojuist gebeurd? Kan Anniek Yvette hebben omgebracht uit jaloezie? In sneltreinvaart gaat Gaby de afgelopen dagen en uren af. Uit het niets dook Anniek op in Deventer met de mededeling dat ze Nina wilde vinden. Ze had met haar charme David bewerkt en was zo haar huis binnengedrongen. Wat zei ze ook alweer, met een glas wijn in haar hand, de hand met de afgekloven nagels? *Nu ik je te pakken heb laat ik je niet zomaar gaan.*

Is ze nog steeds verliefd op Tobias en werd ze opnieuw jaloers toen ze hem zag praten met een jong meisje op de manege? Of is de woede van een onbeantwoorde liefde zo groot dat ze nogmaals wraak wil op Tobias? Gaby weet niet meer wat ze moet denken.

De ketting is bewijs dat Tobias niets te maken heeft met de moord op Yvette. Een nieuw spoor voor de politie om te onderzoeken. Een rilling trekt over haar rug als ze de hoofdweg op rijdt. Het is een kleine overwinning die ze snel met Tobias wil delen. Toch voelt het alsof ze iets is verloren. Een vriendin.

24

Op de parkeerplaats van het tankstation, naast een onbemande vrachtwagen, wurmt Gaby zich in een rode wollen jurk als er een pushbericht binnenkomt op haar telefoon:

Verdachte opgepakt in vermissingszaak Nina Geers

Ze smijt haar natte badpak op de achterbank en klikt het nieuwsbericht aan om verder te lezen:

> In Zeist is vrijdagavond laat een man aangehouden die wordt verdacht van betrokkenheid bij de verdwijning van de 15-jarige Nina Geers. Dat meldt de politie. Agenten arresteerden de verdachte in de vermissingszaak om 22.10 uur. De man is aangehouden in zijn woning. De zoektocht naar de jonge vrouw gaat onverminderd door.

Dus toch. David had gelijk. Tobias is opgepakt, alweer.

Het is zinloos om langs zijn flat te rijden. Tot haar spijt heeft ze niet om een sleutel gevraagd. Ze start de motor en voegt in op de A1. Op de snelweg kan ze beter nadenken, door het repeterende karakter van langstrekkende verkeersborden en weilanden en ze hoopt op een eurekamoment zodat ze weet wat haar volgende stap moet zijn.

Opeens moet ze rekening houden met het scenario dat haar vriendin een moordenaar is, vanwege de ketting en de haat die ze in Anniekѕ ogen zag toen het over Yvette ging.

Toch klopt er iets niet. Een dader houdt zich koest, wil niet ontmaskerd worden. Anniek daarentegen biedt zichzelf constant aan, op het wanhopige af. Eerst door David in te palmen en zich op haar bank neer te vlijen, zogenaamd in voor een avontuurtje.

Een dag later bekende ze dat ze met Tobias was, in de nacht dat Yvette verdween. Was het een schreeuw om aandacht? Kwam alles van vroeger naar boven door de vermissing van Nina en werd de gewetenswroeging over die verschrikkelijke daad haar te veel? Gaby wrijft over haar voorhoofd om de opkomende hoofdpijn te doen verdwijnen. Ze probeert het te begrijpen, maar het lijkt alsof haar hersenen niet meewerken.

Ze kijkt tussen haar knieën door naar de brokken klei die aan de zool van haar gympen kleven. Het is een optie om naar het politiebureau in Zeist te rijden. Misschien kan ze de naam achterhalen van de rechercheur die de zaak destijds behandelde en haar vertellen over de verloren ketting. De vrouw met de spottende ogen. Ze had een korte naam. Pien? Lien?

Ze heeft geen enkel bewijs. Geen foto van de ketting, niemand die het kan bevestigen, alleen haar eigen getuigenis. Anniek, die hoogstwaarschijnlijk onraad ruikt, zal proberen het sieraad weg te werken, zodat niemand het ooit zal vinden. Het blijft vreemd waarom ze de ketting überhaupt droeg. Was het slordigheid? Opzet?

Voor nu stelt ze een bezoek aan de politie uit. Eerst wil ze aan de slag met de namen op de lijst in haar notitieblok. Anniek vertelde dat Nina het gevoel had dat ze werd gevolgd. Wie van de namen woont in de buurt en is in het bezit van een auto?

Een paar mensen vallen af: Kelvin, de jongen van de tennisclub die altijd in competitie leek te zijn met Tobias – om het clubkampioenschap, meisjes, looks – blijkt al drie jaar in Los Angeles te wonen, waar hij een bedrijf in sportdrankjes runt.

Mo, een van de afwassers van restaurant Monterosso die ooit door Tobias is bedreigd omdat hij Gaby lastigviel, kan het ook niet zijn. Door een ongeluk is hij in een rolstoel terechtgekomen. Er blijven nog een paar mensen over en ze neemt zich voor iedereen een voor een na te trekken.

Dan is er nog de alternatieve jongen met wie Anniek op Nina's school gesproken heeft: Casper. Weet hij meer dan hij vertelde? Gaby heeft Yasmine aan het werk gezet om hem na te trekken, alsof de arme meid om klusjes verlegen zit. Waar heeft ze haar loyaliteit aan verdiend? De zoektermen Casper in combinatie met zijn school, het Jordan-Montessori Lyceum Utrecht, leidden haar assistent uiteindelijk naar een Instagram-account.

Ze rijdt Zeist binnen en wachtend bij een stoplicht tikt Gaby een privébericht: Hoi Casper, we kennen elkaar niet, maar ik moet je spreken over Nina. Het is dringend. Kan ik je bellen? Ze trekt op en volgt de Bergweg, langs een kantoormeubelzaak met schreeuwerige borden waarop fikse kortingen vermeld staan, naar haar oude buurt.

Voordat ze met haar onderzoek begint, moet ze nog bij iemand langs.

Zodra ze de straat in rijdt, slaat een gevoel van beklemming op haar keel.

Het hondenpoepveldje, zoals ze het vroeger noemden, heeft plaatsgemaakt voor cementkleurige blokken met nieuwbouwhuizen. Aan de andere zijde herkent ze gelukkig de krappe huisjes van rood baksteen. Met één hand aan het stuur speurt ze door het raampje naar vertrouwde elementen. Naast de huisnummers hangen nog steeds gekleurde vlinders, zoals gebruikelijk in volkswijken.

Op de lagere school realiseerde Gaby zich niet hoe armoedig haar buurt was. Ze fietste de straat in en uit met dezelfde vanzelfsprekendheid waarmee ze 's zomers rode torretjes over haar hand liet lopen die ze vond in het dorre struikgewas. Nu vindt ze beestjes vies en weet ze dat dit soort buurten vooral opduiken in tv-programma's over obesitas en mensen in de schuldsanering van wie de kijker niet begrijpt waarom ze ondanks hun geldproblemen drie katten en een poedel hebben.

Het hoekhuis van haar ouders vormde een uitzondering, vanwege de uitbouw en de ruime tuin. Een paleis in een krottenwijk is nog steeds een krot, denkt Gaby.

Ze slikt twee keer, maar de prop slijm zakt niet. Als de motor afslaat, pakt ze haar grijze muts uit het handschoenenvakje. Roddelende buren kan ze nu niet gebruiken en ze weet hoe dat gaat, onder de noemer van 'attentie attentie, buurtpreventie'.

Een ogenblik blijft ze zitten in haar verwarmde stoel. Een halfjaar geleden raakte ze nog opgewonden van de hitte die zich langzaam verspreidde over haar buik en heupen, aangespoord door haar geheime r&b-playlist met vunzige nummers, waarna ze baalde dat David er nooit was op die momenten. Nu is het gewoon comfortabel warm.

Ze kijkt naar buiten. Aanbellen bij de voordeur of achterom? Ze schopt haar besmeurde gympen uit en trekt haar zwarte laarzen met hoge hak aan. Altijd bewaart ze een paar reserveschoenen in haar auto.

De klink van de poort beweegt soepel omlaag en ze loopt het tegelpad af naar de keukendeur. Ze heeft nog geen mens gezien, maar het is al bijna te veel: de terracotta bloempot met een of ander kruid erin, de roestige schommel bij de heg, het gras dat te lang niet gemaaid is. Ze staat niet zo onverschillig tegenover deze berg rotzooi als ze zou willen.

Ze dwingt zichzelf op de vieze ruit te kloppen, met een kinderlijk verlangen dat er niemand reageert zodat ze weer mag verdwijnen. Nee, maant ze zichzelf, ik heb een doel.

Met een geschrokken uitdrukking op haar gezicht verschijnt haar moeder achter het glas. Snel trekt Gaby haar muts af. De deur gaat open. 'Gabriëlla?'

Binnen ruikt het naar kringloopwinkel en ze voelt de misselijkheid opkomen.

Haar moeder is grijs geworden, op het witte af, maar haar kapsel is hetzelfde: net te lang voor een bob, met een scheiding in het midden. De wortels zijn vet. 'Ik had je niet verwacht. Heb ik de telefoon niet gehoord?' Verward kijkt ze achter zich, naar het kastje.

'Ik heb niet gebeld.'

Besluiteloos blijft haar moeder staan, in haar eeuwige tenue van een paarse grofgebreide trui en een wollen rok, alleen het zijden sjaaltje ontbreekt.

'Kan ik binnenkomen?'

Het mag, en haar moeder doet een onhandige dans: een stap naar het fornuis, waar een pan pruttelt op het vuur, en weer terug. 'Ik heb abrikozensap,' zegt ze.

Als Gaby knikt, doet ze de deur van de ijskast open, verdwijnt en komt tevoorschijn, de fles in haar hand. 'Ik weet niet of het nog goed is. En het is meer een siroop, geen sap. Je moet het met water aanlengen.'

'Prima.'

Even later loopt Gaby naar de huiskamer, het glas in de hand. Met de scherpte van een nieuwkomer registreert ze het verval: de vochtplekken op het plafond, elektriciteitsdraden die uit de muur steken, het spinnenweb in de hoek tussen de bank en de muur, de melkvlek op het zitgedeelte.

Alsof het een Noord-Koreaanse leider betreft, hangt het portret van Rudolf Steiner nog steeds aan de muur. *Vluchten*, schreeuwt een stem in haar.

Aangespoord door de boeken van de Oostenrijkse filosoof is

haar vader zich ooit gaan verdiepen in de antroposofie. Vroeger, toen haar ouders als gastouder werkten en het huis vol was met kinderen en hun luidruchtige ouders, voelde het dagelijkse leven luchtig. De buitenwereld kwam binnen. Dat veranderde toen ze stopten met de crèche aan huis. Haar ouders hadden geen vrienden en Gaby en haar broers leerden snel genoeg dat het beter was om bij klasgenoten te spelen. In dat gesloten fort kon haar vader, die toen in de zestig was, in alle rust radicaliseren.

Er mocht steeds minder. Geen felle kleuren, geen plastic, geen radio, geen televisie, geen make-up, geen kranten of tijdschriften, geen suiker, geen kleurstoffen. In zijn zoektocht naar een zuiver leven dronk het gezin op een zeker moment alleen nog water en brandnetelthee, getrokken van planten die ze langs de weg oogstten; soms dreven er insecten in. De maaltijden bestonden uit onbespoten groente, geserveerd met zilvervliesrijst of gerst.

Verzorgingsproducten als deodorant of douchegel golden als chemische troep. Tobias en zij vormden een tandem van stille rebellie, ze moesten wel: als puber geen deodorant gebruiken gold als sociale zelfmoord.

Ze deed het altijd verkeerd. Ook nu, naast haar moeder, voelt ze zich een buitenstaander in haar felrode jurk. Volgens haar vader richtte ze zich te veel op de uiterlijke, materiële wereld en dat was een doodzonde. Hij zocht naar puurheid, en zij leek niet te begrijpen welke opofferingen daarvoor nodig waren.

Gaby's weerstand om zijn ideeën te omarmen, wees erop dat er in een vorig leven iets grondig verkeerd was gegaan, beweerde hij. Hij zou haar helpen om haar astrale lichaam te herstellen. Vaak begrepen Gaby en haar broers niet wat hun vader bedoelde, maar ze wisten dat ze hem moesten gehoorzamen. Dat lukte haar niet altijd. Soms stelde ze vragen: waarom was hout beter dan plastic? Waarom mocht je alleen met grove potloden tekenen en niet met stiften? Waarom mocht haar pop geen gezicht hebben? Er volgde straf. Omdat de duivel in haar zat. Op zondag moest ze oefeningen met hem doen in de huiskamer, vormen lopen, zoals de lemniscaat, voor haar gevoel soms uren achter elkaar. En ze werd opgesloten in haar kamer. Ze mocht alleen nog blauwe kleding dragen, om rustig te worden, en haar mond werd met zout water gereinigd. Pas na haar twintigste besefte ze dat dit niet normaal was. Als kind ken je alleen je eigen opvoeding, in die zin waren het de eenvoudige jaren.

Ze draait zich om naar haar moeder. 'Ik kom eigenlijk wat ophalen,' zegt ze. 'Waar zijn onze spullen? Ik heb veel meegenomen toen ik uit huis ging, maar Tobias natuurlijk niet.'

'In je kamer.'

'Ik ben zo terug.'

De wenteltrap leidt naar de verdieping van haar ouders, daarna volgt een steile trap naar zolder. Ze loopt over de vliering naar de rechterdeur, waar naast de klink de gaatjes zichtbaar zijn op de plek waar ooit het slot zat dat van buitenaf dicht kon.

Het bed tegen de muur lijkt gekrompen. Verbaasd streelt ze de paarden, verbleekt door het zonlicht. Het dekbed won ze ooit met een prijsvraag in een tijdschrift uit de bibliotheek. Ze was ervan uitgegaan dat haar moeder alles in dozen had gestopt. Kwam ze soms boven om vertederd naar de spulletjes te kijken, zoals zij dat doet in de kamer van Mette?

Het hoofdeinde van het bed zit vol ovale noesten, waar ooit een zijtak groeide. 's Avonds, als ze niet kon slapen, zag ze er allerlei dieren in: het wakende oog van een pauw, een schattig beertje en daar helemaal links een walvis.

Ze bindt haar loshangende haren in een knot, een gebaar om zichzelf in beweging te zetten, en duikt onder het bed. Trauma verbergt zich in het lichaam. Als ze met haar neus op de vloer ligt, overvalt haar vanuit het niets een intens somber gevoel, zoals wanneer ze ongesteld moet worden. Vroeger verborg ze hier haar bakjes, haar verdriet. Met vlakke hand slaat ze zichzelf in het gezicht om bij de les te blijven. Er is geen tijd voor gedoe. Het branderige gevoel op haar wang helpt.

Ze trekt de rieten mand naar zich toe. Onderin vindt ze het rechthoekige tinnen doosje waarin Tobias zijn tekenmateriaal opborg. Ze wrikt het deksel los en bekijkt het rommeltje van potloden, stompen krijt, houtskool en hard geworden kneedgom. Hij had duidelijk de gewoonte om het slijpsel gewoon op de bodem te laten vallen. Ze doet de doos in haar tas. Het is onduidelijk wanneer ze hem zijn spullen kan overhandigen, maar voor nu voelt het als een daad van hoop: binnenkort zal hij weer tekenen.

Ze wil de mand terugschuiven als iets haar aandacht trekt. De kaart staat rechtop tegen de zijkant en is makkelijk te missen. Op het dikke karton prijkt een getekend engeltje.

Je keert terug naar de hemel, veel te snel. Tot later, lieve schat.

Op de achterkant leest ze de sierlijke roze letters: Mimi Russo.

Wat doet deze rouwkaart hier? Ze laat de woorden op zich inwerken. Zo jong. Verzwolgen door het immense verdriet hebben haar ouders keuzes moeten maken voor deze kaart, de tekst, de begrafenis. Hoe krijgen mensen dat voor elkaar? Ze ziet het vrolijke gezichtje van Mimi voor zich.

Onderaan staan haar geboorte- en sterfdatum. Ze heeft haar eerste verjaardag nooit kunnen vieren, nooit een kaarsje uitgeblazen, haar ouders hebben nooit een foto kunnen nemen van hun dochter met een toet vol slagroom. Gaby legt de kaart terug, maar pakt hem weer op, om er zeker van te zijn dat ze het goed heeft gezien.

Mimi's sterfdatum is 22 november. De dag waarop Nina vermist raakte. De laatste avond dat Yvette levend werd gezien. In haar borst voelt Gaby een gemene steek en even is ze bang een hartaanval te krijgen. Ze spreekt zichzelf toe. *Kalm nu. Er is een verklaring, je moet haar alleen nog zien te vinden.*

Ze stopt de kaart in het voorvakje van haar designertas, staat op en trekt de deur achter zich dicht.

Beneden zit haar moeder bleekjes op haar stoel bij het raam, ze heeft haar sjaaltje omgeknoopt. Gaby neemt plaats op de bank tegenover haar. De vraag zoemt rond in haar hoofd, steeds in dezelfde cirkel, als een irritante bromvlieg. Wat hebben Yvette, Nina en Mimi met elkaar te maken?

'Ik vond de rouwkaart van Mimi boven,' zegt ze.

'Daar kom ik nooit meer.'

Gaby voelt zich dom omdat ze daarnet op zolder dacht een betekenis te zien in de bewaarde spullen. 'Hoe komen we aan die kaart? Haar ouders hadden een hekel aan ons.'

'Die heb ik gekregen van Olga. Haar man wist er niets van.' Rond de mond van haar moeder verschijnt de plooi van een zwakke glimlach. 'Een lieve en prettige vrouw. Ze was hier pas komen wonen en kende nog maar weinig mensen. Ik heb haar leren breien.'

Gaby kijkt naast zich, naar de plek die haar moeder aanwijst. Op deze bank heeft Mimi's moeder zitten zwoegen met naalden en een bolletje wol, wanhopig op zoek naar contact. Nu is ze herenigd met haar baby in de hemel.

'Olga heeft zelfmoord gepleegd. Die lieve en prettige vrouw. Wist je dat?' vraagt ze.

'Het is niet makkelijk om je kind kwijt te raken. Ik weet hoe het voelt.'

'Jouw kinderen zijn niet dood.'

'Maar ze zijn ook niet bij mij.'

Gaby kiest ervoor niet in te gaan op de laatste opmerking. 'Voel je je niet schuldig? Mimi is dood omdat de andere kinderen op de crèche geen vaccinatie kregen.' Ze denkt aan het krantenartikel dat Annegreet haar liet zien. 'Haar ouders waren woest.'

'Haar vader was boos, ja.' Gaby's moeder strijkt een grijze lok achter haar oorschelp. 'We hebben nooit iets verborgen. We waren een natuurlijke opvang. Bij ons kwamen ouders die ervoor kozen geen onnodige rommel in de lichamen van gezonde kinderen te stoppen.'

'Als alle ouders zo denken en geen prik meer halen, dan hebben we straks weer talloze epidemieën waardoor kinderen doodgaan.'

Haar moeder kijkt bedroefd naar haar, de domme dochter die het licht nog niet heeft gezien. 'Kinderen kunnen die ziektes makkelijk aan,' zegt ze. 'Jullie ook. Nachten ben ik met jullie opgebleven, een verkoelend yoghurtkompres op de borst, en daarna was het over. Jullie werden er sterker van.'

'Dat geldt niet voor kinderen die al een zwakke gezondheid hebben. En niet voor baby's, zoals Mimi, die geen inenting hebben gekregen omdat ze te jong zijn.'

'Dat zijn er maar weinig. De natuur regelt het zo en dat moeten we accepteren.' Ze lijkt te ontwaken door haar eigen betoog. 'Het overwinnen van ziektes is nodig om karmische tekorten te compenseren. Slechte dingen uit vorige levens kun je goedmaken. Die kans moet je je kind gunnen.'

Het kost Gaby moeite rustig te blijven. Altijd zag ze haar vader als de bron van het kwaad, maar misschien was dat onterecht en vond hij in zijn vrouw een goede medestander. Ze wendt haar hoofd af. Het is onbegrijpelijk dat haar moeder deze onzin kan verkondigen nadat er een baby is gestorven. Ze rilt als ze bedenkt wat hier eigenlijk wordt gezegd: door een vorm van natuurlijke selectie blijven alleen de sterke mensen voortleven.

'Een bijzondere vrouw, Olga,' gaat haar moeder verder. 'Ze

had goed in de gaten dat zij niet de enige was die het moeilijk had, ook wij werden gestraft.'

'Gestraft?'

'De lelijkste dingen werden hier buiten op de muur gekladderd.' Ze herschikt de sjaal om haar nek. 'Ouders haalden hun kinderen bij ons weg.'

'Dat was alleen in het begin.'

'Veel hebben we van jullie weggehouden. De overlast ging jaren door. Dode dieren hier op de stoep. Hij heeft zelfs een keer brand gesticht in de schuur.'

'Hij? Heeft de vader van Mimi dat gedaan?' vraagt Gaby.

'Er werd gezegd dat hij na de dood van zijn vrouw naar Egypte vertrok, hij kwam daar vandaan. Maar dat kan niet kloppen, want we hebben heel lang overlast gehad.'

'Dus hij woont nog in Nederland? Dat wist ik niet.'

Darius. Gaby herinnert zich de man met de pluizige bos haren, de boze blik. Hij staat niet op de lijst met verdachten, maar in gedachten zet ze hem bovenaan.

'Jullie waren nog kinderen.' Haar moeder wrijft in haar ogen en de kreukels blijven in het vel van haar ooglid staan.

Voor het eerst kijkt Gaby echt naar haar moeder, alsof ze een vreemde is, en ze voelt een vleugje mededogen. Dagen achtereen zit ze eenzaam in dit huis.

Er was een tijd dat ze haar hersenen pijnigde op zoek naar een herinnering die genegenheid bevatte. Een hand op haar voorhoofd toen ze ziek was, vingers door haar haren om een vlecht te maken, een kus bij het slapengaan. Is ze ooit drooggewreven met een handdoek? Niets kwam bovendrijven. Toch kan het niet anders dan dat haar moeder haar als baby vasthield en voedde. Het hield op zodra ze kon praten. Haar moeder deed het goed met de allerkleinsten, ze kon hen verzorgen zonder zichzelf te laten zien.

'Niet alles was slecht.'

Gaby kijkt op, twijfelend of ze het goed heeft gehoord.

'We hebben heus ook dingen goed gedaan. Met Tobias. Met jou. We vierden alle jaarfeesten met elkaar. Advent. Pasen. Sint-Jan.'

Nu pas ziet ze dat haar moeder trilt en hoe ze dit probeert te verbergen, ze houdt haar rok vast, of plukt aan haar sjaal.

Sint-Jan. Gaby ziet een vuurzee voor zich en de vlammen die zich omhooglikken, vlak voor haar blote voeten. Het Sint-Jansfeest werd groots gevierd op de vrije school, herinnert ze zich, met een picknick in het Panbos, bij Bosch en Duin. Traditiegetrouw aten ze kersen, waardoor de witte kleding die de kinderen droegen binnen een mum van tijd vol vlekken zat door het paarsrode sap. Boven het vuur bakten ze hun eigen broodjes.

'Dat was in de zomer, toch?'

'Altijd op 24 juni. Dan vierden we het midzomerfeest en de eenheid tussen onszelf en de elementen,' vertelt haar moeder. 'Jij droeg een krans van wilde bloemen in je haar. Ik zie het nog voor me. Maagdenpalm, rode klaver, boterbloem en zwart knoopkruid.' Haar verstrengelde vingers vallen bij de herinnering open in haar schoot. 'Kinderen uit de zesde klas mochten over het vuur springen. Als overgang van de basisschool naar de middelbare school, en om het kwaad te weren.'

'Ik had een lange witte jurk aan en was bang dat de stof vlam zou vatten.'

'Door over het vuur te springen, lieten de kinderen het oude leven los. De vlammen gaven kracht.'

Gaby knikt afwezig. De handen van haar moeder trekken opnieuw haar aandacht. Zijn het zenuwen, of speelt er meer? Ze vraagt zich af of ze iets moet met de trillerigheid. Een doktersbezoek regelen, medicijnen halen bij de apotheek, hulp inschakelen voor het huishouden. Ze is vrijgesteld van alle zorgplichten die zich bij haar leeftijdsgenoten langzaam beginnen op te stapelen. Na jaren van ongelimiteerde oppasservice door opa en oma draaien de rollen om, ze verwacht dat straks ook bij haar schoonouders.

Ze klemt haar tas tegen zich aan en staat op.

'Dank voor het sap,' zegt ze. Het glas staat onaangeroerd op de grond bij de bank.

Haar moeder loopt mee naar de keukendeur.

Gaby neemt zich voor om niet om te kijken aan het einde van het tuinpad. Ze doet het toch. Haar moeder staat er niet meer.

25

Voordat ze haar auto instapt, draait ze haar gezicht naar de roze hemel. Zo vlak voor de schemer doet de kou, vermengd met frituurlucht van de buren, haar denken aan vroeger, als ze aan het einde van een dag terugkeerde naar huis met haar rugzak vol schoolboeken. Dat moment stelde ze altijd zo lang mogelijk uit. Vaak bleef ze eten bij Anniek, of een ander vriendinnetje.

De eikenboom staat er nog. Dit eenzame stukje groen, verdwaald tussen de straatstenen, was lange tijd haar uitzicht. Starend uit het zolderraam fantaseerde ze over later. Een groot huis met een balkon waarover ze de dekbedden zou luchten, zoals ze zag in de straat van Anniek. In de gang een bak met hockeysticks van de kinderen. Een eigen garage met zo'n rolluik. Een kaptafel met spiegel en tien potjes met dure crèmes. Zijden blouses. Met haar man en kinderen zou ze dineren in een mooi restaurant. Met terugwerkende kracht bekruipt haar het gevoel dat haar dromen nogal materialistisch van aard waren. En wat dan nog? Ze zeggen dat je terug moet naar je kindertijd om te weten wat je echt wilt. In dat geval waren haar wensen niet oppervlakkig. Eronder zat een diep verlangen om de controle over haar leven terug te krijgen.

Ze schrikt op van het gekrijs. In een wolk van suizende vleugels en blikkerig geschetter trekt er een zwerm kauwen voorbij. Op zoek naar een slaapplek strijken ze neer in een hoge boomtop verderop.

Gaby ploft neer achter het stuur en pakt haar telefoon. Ze zoekt naar Darius op internet, maar ze vindt geen informatie die haar verder helpt.

Dan ziet ze dat Casper heeft geantwoord op Instagram. Stuur maar een bericht.

Ze kauwt op de binnenkant van haar wang en schrijft terug: Ik zou liever willen bellen. Dan kan ik het beter uitleggen.

Direct begint hij te typen: Nee, alleen via Insta. Wat wil je weten?

Ze gaat overstag: Je hebt een vriendin van mij verteld dat Nina gevolgd werd door iemand in een auto. Heeft ze ook gezegd wie het was (man/vrouw)? Of welke kleur de auto had? Het is van essentieel belang, want zo kunnen we je vriendin misschien vinden. Ik hoop dat je me vertrouwt.

Het duurt een minuut voordat zijn reactie op het scherm verschijnt: Het was een blauwe bestelbus.

Zag Nina wie er achter het stuur zat? vraagt ze.

Ze hoopt op meer, maar het blijft stil aan zijn kant. De radertjes in haar hoofd beginnen te draaien. Blauwe bestelbus, blauwe bestelbus. Deze nieuwe informatie roept een beeld op, maar ze kan het niet direct plaatsen.

Op de Steynlaan is het druk met mensen die boodschappen hebben ingeslagen voor de week, ze herkent de gestreepte plastic tassen van de markt.

In een rustige zijstraat parkeert ze de auto. Onderweg klonken er twee piepjes. Ze bekijkt de berichten op haar werktelefoon, beide afkomstig van Yasmine.

Heb je die Casper al gesproken?

En: Er is een aantal mediaverzoeken binnengekomen. Wil je een interview geven aan een krant? Of aanschuiven bij een talkshow komende week? En heb je al kunnen kijken naar de tekst die ik je stuurde voor Instagram? We moeten snel met iets komen.

Haastig geeft ze een reactie, over Casper en de blauwe bestelbus, en ze zegt dat de tekst er bijna aankomt, wat een regelrechte leugen is. Het ontbreekt haar aan rust om een goedlopend verhaal te componeren om de mensen voor zich te winnen. Diep in haar hart gelooft ze dat elke poging bij voorbaat kansloos is. Niet voor niets heeft ze haar geheim jarenlang voor de buitenwereld verborgen gehouden. Zodra het gaat over de dood van kinderen en jonge meisjes worden mensen huiverig. Wantrouwend. Naast zo'n verhaal is er weinig ruimte om nog een eigen persoon te zijn.

In het spiegeltje in de zonneklep inspecteert ze haar vale huid. Ze doet wat extra rouge op en stapt uit. De wind trekt aan en jaagt de najaarswolken door de lucht. Gaby beent naar het café, met het hengsel van haar tas in het geultje van haar elleboog geklemd, haar vuist strijdvaardig omhoog.

Hier is Tobias die nacht gestopt om sigaretten te halen, vlak voordat hij Yvette tegen het lijf liep. Café Bommel is haar enige aanknopingspunt.

Binnen knippert ze met haar ogen om te wennen aan het duister.

Achterin staan twee gokautomaten, op een van de krukken zit een gebochelde figuur in een vormloos grijs shirt.

Ze loopt naar de bar, omvat de stang met beide handen en ademt de geur van verschaald bier in. Het is een lucht die alleen opvalt in een leeg café, nooit als je er gezellig iets komt drinken. Boven de drankflessen die in houders op hun kop hangen, prijkt een bord. DE HELE MAAND NOVEMBER ICE TEA GREEN MET MALIBU, WODKA OF BACARDI VOOR 6.50. PROOST!

'Kom eraan.' De stem hoort niet direct bij iemand. Dan verschijnt er een man, hij wrijft met een verwrongen gezicht over zijn onderrug. 'Ik was aan het bijvullen. Jongedame, wat mag het zijn?'

‘Doe maar een cola.’

Met een zwierig gebaar verwijdert hij de dop van het flesje en schenkt de drank in een glas.

‘Dank je.’ Ze hijst zich op de barkruk, neemt een slok en komt ter zake. ‘Mag ik iets vragen? Ken je deze jongen? Hij kwam hier vroeger wel eens.’

Ze strekt haar arm uit en toont hem een oude foto van Tobias op haar telefoon. Ze hoopt vurig dat hij het nieuws niet volgt.

De man leunt iets naar achteren. ‘Zegt me niets.’

‘Hij is hier twintig jaar geleden sigaretten komen halen, op een vrijdagavond. Ik moet weten of...’

Ze hoort hoe belachelijk het klinkt en verwacht dat hij in lachen uitbarst, maar hij lijkt serieus na te denken. ‘Twintig jaar geleden, zeg je? Dat kan ik je niet zeggen, wijfie . Toen zat ik nog bij Jan.’

Gaby heeft geen idee wie Jan is, waarschijnlijk een vorige werkgever. ‘Oké. Geen probleem.’

Dit schiet niet op.

‘Probeer hem anders.’ Met zijn gebruinde hoofd knikt de man in de richting van de deur. ‘Hij komt hier al jaren.’ Hij buigt zich vertrouwelijk naar haar toe. ‘En hij is net bij Rivia geweest zo te zien, dus dan zit-ie lekker op zijn praatstoel.’

Rivia is de coffeeshop aan de overkant.

De man die binnenkomt neemt plaats aan de bar, in de hoek bij de muur.

‘Hey man. Alles goed hier?’ Hij heeft donker haar, borstelige wenkbrauwen die elkaar boven zijn neus raken en hij draagt een bril met een dik montuur, waardoor hij iets weg heeft van een stripfiguur. Zijn leeftijd is moeilijk in te schatten. Eind dertig, begin veertig?

‘Doe me toch maar een biertje.’ Gaby verlangt naar de nevel die drank biedt. Niet zoals vroeger, toen ze nog naar feestjes ging, maar om dit gesprek door te komen.

Ze knikt naar hem, staat op en gaat op de kruk naast hem zitten. Hij schrikt van de onverwachte toenadering.

'Hey man,' herhaalt hij. Leunend op de bar doet hij zijn best om nonchalant over te komen. Toeschietelijk en vijandig tegelijk, alsof hij bereid is haar beste vriend te zijn, maar de stemming ook zomaar kan omslaan als hij het gevoel heeft dat ze hem belachelijk maakt. Hij heeft geblowd, ze ruikt het.

'Ik ben Mia,' liegt ze terwijl ze haar hand uitsteekt. Zijn ogen lichten op, natuurlijk. 'Net als zij.' Ze knikt naar zijn zwarte shirt waarop Uma Thurman verleidelijk poseert met een sigaret in de hand.

'Rachid,' stelt de jongen zich voor.

'Ben je fan van Tarantino?' vraagt ze.

Het glas bier wordt voor haar neergezet en ze neemt een grote teug. Haar tong prikt. Ze schudt haar haren los en lacht hem bemoedigend toe. Vanaf nu is alles geoorloofd om informatie los te peuteren.

'Ja, man. Tarantino is *the best*.' Hij begint te vertellen dat *Pulp Fiction* niet zijn beste werk is en noemt titels van films waar zij nooit van heeft gehoord, maar waarvan hij vindt dat ze die echt moet kijken zodra ze de kans krijgt. Hij struikelt over zijn woorden. Zou dat door het blowen komen? 'Ik ben zelf ook bezig met een filmscript,' vervolgt hij. 'Western, beetje film noir, weet je wel. Het verhaal zit al vet lang in mijn hoofd.'

'Wat goed.' Voordat hij dit als een aanmoediging opvat om uit te weiden over dit bij voorbaat kansloze project, pakt Gaby haar telefoon. 'Wil je me ergens mee helpen? Je lijkt me iemand die veel mensen kent.'

Hij recht zijn schouders, duidelijk gevleid.

'Heb je deze jongen hier ooit gezien?' Ze houdt hem de telefoon voor.

Rachid neemt de tijd om de foto te bestuderen. Ondertussen gorgelt het espressoapparaat dat in de kast achter de bar staat, naast de radio.

'Nee. Sorry, man.'

Hij wil graag indruk op haar maken, dus ze gelooft hem. Nog een slok, het bier smaakt bitter.

Laat maar. Het heeft geen zin. Ze trekt aan haar vingerkootjes om zichzelf te kalmeren. De allesoverheersende schaamte nu iedereen weet uit welk nest ze komt, de stress in elke vezel van haar lichaam, het totale gebrek aan controle: het heeft iets vertrouwds, alsof er oude vrienden op bezoek zijn.

Misschien is dit haar ware ik. Niet de georganiseerde zakenvrouw en moeder met haar strakke planning, maar het meisje dat hier op zaterdagmiddag aan het bier zit in een bijna uitgestorven café, op zoek naar de persoon die het leven van haar broer verwoest.

Ze duwt haar nagels in haar handpalm om zichzelf wakker te schudden. Dan krijgt ze een idee.

'En deze vrouw? Ken je haar?'

Hij inspecteert het gezicht van Anniek op de foto. 'Ze lijkt op de vriendin van Leo. Allies? Anneke?'

'Anniek?'

'Ja. Dat is het.'

De barman slaat zijn koffie achterover, loopt naar haar toe. 'Ja, dat is 'r. Ik ken haar alleen van foto's, heb dat meiske nooit hier gezien.'

Anniek heeft niets gezegd over een ex-vriend die Leo heet, maar natuurlijk waren er andere mannen in haar leven voor Max. Ze is vijfendertig.

Opnieuw duikt Gaby in haar telefoon. Op Instagram zoekt ze nog een foto van Anniek om de ultieme bevestiging te krijgen. 'Dit is haar, toch? Ze kwam hier dus nooit?'

Het is een story die Anniek drie uur geleden plaatste, toen ze terugkwam van het zwemmen in de IJssel. Ze staat voor de boerderij in Terwolde met haar duim omhoog. De begeleidende tekst luidt: 'Een goed begin is het halve werk.' Met haar wijsvinger op het scherm zorgt ze ervoor dat de foto zichtbaar blijft.

'Ja, dat is 'r.' De barman grinnikt. 'Typisch Leo.'

Niet-begrijpend kijkt Gaby hem aan. 'Wat bedoel je?'

'Als hij niet bezig is met een klus ergens in het land, dan sleutelt hij aan zijn auto.'

Gaby draait haar pols, bekijkt nogmaals de foto. Achter Anniek is een stuk oprit zichtbaar en daar staat Max, naast zijn auto.

'Nee, dat is Max. De huidige vriend van Anniek.'

'Dat is Leo.' Zijn toon is beslist. 'Die kop, niet te missen. Wist je dat hij vroeger turnkampioen was? Vandaar die joekels van armen.'

Ze gebruikt Rachid voor een second opinion. 'Is dit de Leo over wie jij het had?'

Hij knikt bevestigend. 'Ja, man. Niet te missen.'

Gaby begrijpt er niets van. Misschien lijkt Max op iemand die deze twee mannen kennen. 'Weten jullie het zeker?' De afbeelding is korrelig, ze kunnen het verkeerd hebben.

Rachid lijkt zich iets te herinneren. 'Wacht, ik heb ergens een foto.' Zijn brillenglazen flikkeren als hij door zijn telefoon scrolt. 'Hier. Oudejaarsavond.'

Aan de bar in ditzelfde café staat Max, zijn arm om twee andere mannen geslagen, in een staat van ontluikende dronkenschap met zijn overhemd half uit zijn broek.

Hij is het, geen twijfel mogelijk.

Gaby knikt langzaam om de nieuwe informatie te verwerken. Max is niet zijn echte naam. Hij heet in werkelijkheid Leo. Of precies andersom. Waarover liegt hij nog meer?

'Leo en jij kennen elkaar al een hele poos, zo te zien.'

'Ja man. *We go way back.* Hij komt hier al twintig jaar. Je praat wat af met elkaar, weet je wel. Zo gaan die dingen.'

Haar mond is kurkdroog. Max of Leo komt hier al twintig jaar. De kans bestaat dat hij hier aan de bar zat op het moment dat Tobias die fatale nacht binnenwandelde. Misschien heeft Tobias iets verkeerds gezegd, hem boos gemaakt.

Het beknellende gevoel in haar borst is terug. Ze grabbelt in haar tas en drukt twee tabletjes uit een strip met pijnstillers. Met een slok uit haar glas slikt ze de pillen weg.

'Ik moet gaan.' Ze staat op en legt een briefje van 10 euro neer.

Rachid kijkt gekwetst.

'Dank je voor je informatie, je hebt me enorm geholpen,' zegt ze snel.

Hij knikt weemoedig. Waarschijnlijk helpt hij vaker mensen om daarna afgedankt te worden.

Ze rent terug naar haar auto. Waarschijnlijk is het de cola in combinatie met het bier, maar haar geest is opeens glashelder, alsof ze op een groot kleed alle brokjes informatie heeft uitgestald en ineens een patroon ontwaart dat, eenmaal zichtbaar, niet meer te missen is.

Casper had het over een blauwe bestelbus.

Die ochtend op de spoorbrug, toen ze in paniek wegrende nadat de jogger haar opzij had geduwd, zag ze een auto staan, daar waar de landerijen begonnen. Een blauwe bus.

En nog belangrijker: toen Max haar oppikte bij Hotel Oud London reed hij in een blauwe bestelwagen.

26

'Is hij thuis?' fluistert ze, half verscholen achter de dennenboom die op een meter van de voordeur staat.

'Wie? Max? Nee, hij is aan het werk.' Anniek zet een stap naar buiten. Ze is op haar sokken. 'Ben je je nou aan het verstoppen?' Langs Gaby kijkt ze naar de weg. 'Wat is er aan de hand? Je gedraagt je superraar.' Met een driftig gebaar trekt ze het vestje van schapenbont dichter om haar lichaam. 'Kom alsjeblieft even binnen. Deze kou is niet te harden.'

Ze gaat Gaby voor door de smalle gang. Een slordige knot wiebelt op haar achterhoofd. Het huis is krapper dan Gaby van buiten had gedacht. Ze is er vaak langsgereden en toen vroeg ze zich af wie er in hemelsnaam in een huis zou willen wonen dat pal aan de weg stond. Er is maar één beschonken automobilist nodig die 's nachts de scherpe bocht mist en je hebt een rokend autowrak op het kleed naast de salontafel staan.

'Weet je wanneer hij thuiskomt?'

'Ik kan hem even bellen als je hem wilt spreken.' Annieks hand glijdt al naar beneden, over haar glitterbroekpak, naar de plek waar haar telefoon aan een hip paars koord tegen haar zij bungelt.

'Nee,' roept Gaby en direct heeft ze spijt. Het is belangrijk dat ze rustig blijft. Ze kan zich geen blunder veroorloven bij het overbrengen van deze boodschap. 'Ik bedoel, je verwacht hem niet straks al thuis?'

‘Hij ging een vriend helpen met klussen,’ antwoordt Anniek. ‘Iedereen doet altijd een beroep op hem omdat hij handig is, heel vermoeiend. Ik verwacht hem pas over een paar uur.’

Och, de zalige onwetendheid die Gaby straks moet torpederen.

De huiskamer doet oubollig aan. In een hoek brandt een houtkachel en op de rand van de schouw prijkt een rij koperen borden. Verdorde rode geraniums staan in bruine potten op de vensterbank.

‘Hoe komen jullie eigenlijk aan dit huis?’ vraagt ze.

‘Via kennissen van Max. Het is een fijne uitvalsbasis voor zijn werk.’

‘Maar hij coördineert toch een groot bouwproject in Soesterberg?’

‘Nu wel, maar hierna heeft hij een opdracht in het oosten.’

Opeens realiseert Gaby zich dat het project in Soesterberg een verzinsel is. Een excuus om vaak in de omgeving van Zeist te zijn.

‘Jij dacht: ik trek vandaag mijn glitterkostuum aan?’ zegt ze in een poging wat tijd te rekken. Het lukt haar niet om Anniek direct te confronteren met alles wat ze weet.

‘Ik zit vandaag niet zo lekker in mijn vel,’ kreunt Anniek, alsof die mededeling een logische verklaring is voor haar flamboyante outfit. Met haar kin op de borst sjort ze aan haar broekpak, dat bestikt is met zilveren driehoekjes. ‘Geen oog dichtgedaan vannacht door de jeuk,’ gaat ze verder. ‘Ik dacht: het zijn toch geen wormen?’

‘Wormen?’

‘Hebben jouw kinderen die nog niet gehad? Wees blij. Die van mijn zus wel. Witte kleine wormpjes in de ontlasting. ’s Nachts als je op bed ligt, komen ze uit je anus gekropen en dat kriebelt als een gek.’

‘Hè bah, Anniek...’ roept Gaby vol walging. ‘Dit zijn van die dingen die normale mensen voor zich houden.'

'Maar goed, toen ik terugkwam van het zwemmen, heb ik rode lippenstift opgesmeerd en dit aangetrokken.' Ze trekt haar schouders op, steekt haar billen naar achteren in een bevallige houding en tuit haar lippen, waardoor Gaby ondanks de vermoeidheid en stress in haar lijf hardop moet lachen.

'*Fake it till you make it.*'

Door die aanmoediging gooit Anniek haar hoofd naar achteren, zet een arm in haar zij en poseert als een supermodel voor een denkbeeldige fotograaf. Gaby glimlacht, maar ze ziet iets anders: de witte schilfertjes bij haar slapen en de bleke mondhoeken die ze is vergeten te stiften, waardoor ze iets weg heeft van een aan lagerwal geraakte geisha. Is dat vriendschap? Elkaars gebreken zien, erdoor ontroerd raken, zozeer dat het zelfs een beetje pijn doet – en dat vervolgens verzwijgen?

Ze voelt zich schuldig over het feit dat ze haar vriendin heeft verdacht van de moord op Yvette. Anniek ploft neer op de versleten bank van donkerbruin leer. 'Waarom rende je weg vanmorgen bij de IJssel? Ik zat te drammen, hè? Ik wilde zo graag dat jij ook zou ervaren hoe fijn het koude water is dat ik over je grenzen heen ben gegaan.'

'Dat was het niet.' Gaby gaat naast haar zitten.

'De eerste keer is zo heftig. Daar had ik rekening mee moeten houden. Moet ik nog leren. Wist je trouwens dat ik me heb ingeschreven voor een cursus...'

'Het ging me om de ketting,' valt Gaby haar in de rede. Als vanzelf gaan haar ogen naar beneden, alleen het snoer is zichtbaar. 'Yvette droeg een ketting toen ze verdween, die nooit gevonden is.'

'Dat zei je al, ja.'

'Het was er een met een zilveren bedeltje in de vorm van een scarabee.'

Anniek gaat iets verzitten en de kleur uit haar wangen trekt weg.

'Yvette had precies dezelfde ketting die jij nu draagt. Haar moeder heeft me de foto's laten zien. Dat probeerde ik je te vertellen toen we in de IJssel stonden.'

'Dat moet toeval zijn.' Anniek staat op en kijkt vijandig op Gaby neer. 'Die bedeltjes kun je overal kopen. Er zijn er vast meerdere van.'

'Jij hebt de ketting van Yvette om.'

'Nee,' roept Anniek. Haar brede mond blijft iets openhangen. 'Het was een cadeau.'

'We weten snel genoeg of ik gelijk heb.' Gaby houdt haar hand op, als een kommetje. 'Ik wil even iets checken.'

Geen beweging.

'Ik zeg dit ook voor jouw veiligheid.'

Die woorden maken blijkbaar indruk, want Anniek brengt haar handen achter het hoofd om de sluiting open te doen. Ze houdt de ketting tussen haar duim en wijsvinger en laat hem in Gaby's handpalm vallen.

Ze draait het hangertje om. Hoewel ze zich erop heeft voorbereid, voelt het toch als een klap in haar gezicht om de sierlijk gegraveerde letter te zien.

'Heb je je nooit afgevraagd waar die letter voor stond?'

'De F van Forever. Dat zei hij.'

'Haar moeders noemden Yvette Fröbeltje. Dat was haar koosnaam. Vandaar die F.'

Als bevroren blijft Anniek op haar plek staan. 'Ik moet het zien.' Ze grist de ketting uit Gaby's hand en brengt het bedeltje tot vlak onder haar neus, betast het doffe zilver alsof ze het voor de eerste keer ziet.

'Max heeft de ketting aan jou gegeven,' zegt Gaby behoedzaam. 'Wanneer was dat?'

Paniekerig kijkt Anniek haar aan. 'Heeft hij...' Ze zakt terug op de bank, pakt een roze pen van tafel en begint er driftig aan te zuigen. Met de rook die uit haar mond ontsnapt, verspreidt zich een zoete geur door de ruimte. Perzik.

'Hij gaf me de ketting in Zeist, een paar maanden geleden. We woonden nog niet samen.' Met een druk op een zwart knopje inhaleert ze opnieuw. 'Op een avond trok hij een doosje uit zijn broekzak. Omdat ik zijn meisje was. We hadden die avond een goed gesprek over alles waar we mee worstelden. Ik had het gevoel dat ik stilstond in het leven. Alle mensen om me heen kregen promotie op hun werk, kochten huizen en werden zwanger. En ik tapte biertjes.'

Ze kijkt naar het raam waar een stuk van de weg te zien is. Zo nu en dan raast er een auto langs. 'Hij begreep mij en vond niets van wat ik zei raar. De meeste mannen schrikken van zulke verhalen. Die willen het hebben over vakanties, spullen, seks. Max wilde juist meer horen over mijzelf, hij vroeg door. Een man die vragen stelt, weet je hoe zeldzaam dat is?'

'Waar vroeg hij op door?'

'Mijn jeugd, hoe ik me vroeger voelde, wat ik had meegemaakt.'

'Ook over die avond in de caravan?'

'Hij was de eerste aan wie ik het vertelde.'

'Omdat hij de juiste dingen vroeg. Omdat hij voorkennis had.'

Anniek laat de e-sigaret op de grond vallen. 'Heeft Max Yvette vermoord?' Ze snuift. 'Dat wil je toch zeggen?'

Gaby legt een hand op Annieks schouder. 'Ik weet het ook pas net.' Even zitten ze daar samen in stilte. 'Max is niet wie hij zegt dat hij is. Ik ben langsgegaan bij Café Bommel in Zeist. Daar kennen ze hem als Leo, hij komt daar al ruim twintig jaar.' Er schiet haar nog iets te binnen. 'Daarom wilde hij met jou zo snel mogelijk weg uit Zeist. Mensen herkennen hem.' Ze wacht niet op een reactie. 'Ik weet dat dit rauw op je dak valt.' Het klinkt belachelijk badinerend. 'Maar we hebben nu geen tijd om hier lang bij stil te staan. Je moet alles wat je nu voelt even parkeren. Lukt dat?'

Anniek staart in het niets en knikt.

'Casper vertelde dat Nina werd gevolgd door een blauw busje. Max rijdt in een blauwe bestelbus,' vervolgt ze. 'De mannen in het café vertelden dat Leo vaak in het café zat waar Tobias die nacht sigaretten ging halen, dus er bestaat een kans dat ze elkaar daar getroffen hebben. Misschien is hij jullie gevolgd naar het bos.'

'Maar waarom? Ik snap het niet. Wat heeft Max met Tobias te maken?'

'Dat weet ik ook nog niet. Dat komt later. Nu gaat het om Nina. Waar kan hij haar verborgen houden?'

'Ik weet het niet,' roept Anniek.

'Dat weet je wel. Denk goed na. Hij werkt in Soesterberg, zei hij. Ben je daar wel eens geweest?'

'Ik kom daar nooit.'

'Het moet iets in de buurt van Zeist zijn. Ik kan me niet voorstellen dat hij met haar het hele land door rijdt. Heeft hij het nooit gehad over een ander huis? Een opslagplaats? Kelderbox? Garage?'

Anniek ademt zwaar. 'Je moet ophouden met al die vragen. Zo kan ik niet nadenken.' Ze wrijft over haar mond terwijl ze nadenkt, waardoor ze de rode lippenstift op haar wangen smeert. Bijna onmerkbaar knikt ze. 'Ik herinner me opeens iets. De garage. Voor zijn motor.'

Voordat Gaby iets kan zeggen, haast Anniek zich naar de keuken. Naast de waterkoker staat een schaal met rommeltjes: elastiekjes, een kurk van een wijnfles, een doosje punaises.

'Hier.' Anniek houdt een sleutel omhoog. 'Hij heeft een reservesleutel laten maken.'

'Waar is die garage?'

'In Zeist... dat heeft hij ooit gezegd. Maar het adres weet ik niet.'

Ze laat haar hand met de sleutel erin langs haar zij zakken alsof alle energie uit haar vloeit.

Gaby kijkt door het keukenraam naar buiten. Het is donker. Ze werpt een blik op haar telefoon. Tien over zes. 'Hoe laat komt hij thuis, zei je?'

'Hij is vaak rond vijven klaar in Soesterberg, maar hij ging dus naar die vriend.'

Hun blikken ontmoeten elkaar en ze weten dat ze hetzelfde denken. Die vriend bestaat niet. Er zijn geen mensen die klusjes van hem verlangen. Hij is bij Nina.

'Misschien zijn we al te laat. Heeft hij haar...'

'Zo moeten we niet denken.' Gaby zegt het vooral tegen zichzelf, want dit is precies de gedachte die in haar hoofd rondgaat. Als Leo volgens een vast patroon handelt, dan is dit de dag waarop hij Nina zal doden.

'Wacht, ik kan iets proberen.' Via de gang loopt Anniek naar de trap en Gaby volgt haar naar boven. Links achter een deur bevindt zich een kleine kamer, met onder het raam een plank getimmerd die dienst doet als bureau. Ze gaat op de stoel zitten en zet de computer aan.

'Wat doe je?' vraagt Gaby.

'Hij ging de motor verkopen en had contact met iemand via Marktplaats.' Anniek zoekt het bericht op. 'Bingo. Dit is het adres. Johannes Postlaan 28.'

Gaby kijkt over haar schouder mee. Iets komt haar bekend voor, maar ze weet niet wat. 'Als hij dat adres zomaar aan een wildvreemde geeft, dan zal hij daar toch niet Nina vasthouden?'

'Hij moest de motor nog opknappen. De man zou pas over een week komen.'

Gaby denkt hardop na. 'Hij gaat er dus van uit dat ze daar al weg is. Omdat...'

Nu is het Anniek die haar berispt. 'Niet zeggen.' Ze houdt haar telefoon omhoog en maakt een foto van het computerscherm. Daarna klikt ze de browser weg.

Achter elkaar aan rennen ze de trap af. Ze hebben geen tijd te verliezen. Anniek trekt haar jas van de kapstok. Als Gaby de klink van de voordeur vastpakt, trekt er een schaduw langs het matglas. Voordat ze begrijpt wat er gebeurt, zwaait de deur open.

'Gaby.' Zijn lichaam blokkeert de uitgang. 'Ik wist niet dat jij langs zou komen.' Wantrouwend kijkt Max van Anniek naar haar. Zijn leren jas kraakt bij de kleinste beweging. Ze denkt aan de woorden van de barman. *Turnkampioen.* Dat betekent dat hij sterk is. Sterk genoeg om een lichaam te verslepen.

Zijn kaken staan strak. Alles aan zijn lijf ademt alertheid. Ze voelt de walging. Hoe kan ze normaal doen tegen deze man, die het leven van haar broer kapotmaakte? Ondanks de weerstand die ze voelt, tovert ze een glimlach op haar gezicht. 'Ja, een spontaan bezoekje.' Ze knikt bemoedigend naar Anniek, die haar tandpastalach overneemt. Haar ogen doen niet mee.

Vlug, verzin iets. 'We kregen een uitnodiging van een vriendinnetje van vroeger. Superleuk. Een minireünie in een café in Zeist.'

'Nu? Daar heeft Anniek niets over gezegd.'

'Nee, die vriendin appte ons net. Het is een lastminuteplan.' Ze houdt de uitleg bewust kort. Mensen die liegen proberen dat vaak te verhullen met een scala aan details. Maar hij let niet meer op haar.

'Ik dacht dat we vanavond samen thuis zouden blijven.' Hij

zet drie stappen en pakt Anniek beet, zijn hand omsluit haar bovenarm. Anniek houdt haar ogen op de grond gericht. Met een tik tegen haar kin dwingt hij haar om hem aan te kijken. 'Dit lijkt me geen goed idee. Zeg maar dat een andere keer beter uitkomt.'

Nu komt het op haar aan.

'Max.' Gaby wurmt zich tussen hen in, haar schouders zelfverzekerd naar achteren. Haar keel is dichtgeknepen van angst. 'We hebben alle twee een ladies' night nodig. Een drankje. Even bijpraten. Een goede partner begrijpt dat.' Ze weet er een knipoog uit te persen.

Zijn schedel glimt in het zwakke ganglicht. Ze ruikt zijn adem, een scherpe pepermuntgeur. Ze speurt naar tekenen van uitputting. Bewijs dat hij met Nina bezig is geweest. Bloedspetters, restjes aarde. Zijn nagels zijn schoon. Natuurlijk draagt hij handschoenen om zijn sporen uit te wissen. Deze man gaat zorgvuldig te werk. Ze heeft Boris in de auto bij hem achtergelaten. Ze wil niet denken aan alles wat er had kunnen gebeuren.

Anniek schiet voor haar langs. 'Gaby brengt me thuis.' Ze werpt hem een handkus toe. 'Doei, tot straks.'

Als ze haar rug naar hem toe draait om weg te lopen is Gaby zich bewust van haar kwetsbaarheid. De haartjes in haar nek staan overeind en haar rug tintelt. In de spiegel met de gouden lijst die aan de wand hangt, ziet ze zichzelf voorbijflitsen. Ze houdt haar pas in, het mag niet te haastig overkomen.

Tot haar grote opluchting valt de deur in het slot.

'Misschien komt hij ons achterna,' zegt Anniek als ze de weg op draaien. 'Omdat hij het niet vertrouwt.'

Gaby drukt het gaspedaal in op de dijkweg en zoekt haar blik. Door wat ze net zag, heeft ze duizend vragen. Hoe gaat het tussen die twee achter gesloten deuren? Slaat hij haar? Heeft hij Anniek gedwongen om contact met haar te zoeken? Het is duidelijk dat Max zijn vriendin gebruikt om dicht bij haar en Tobias te komen.

'Laat me dat adres nog eens zien,' zegt ze.

Anniek ontgrendelt het scherm en houdt haar telefoon omhoog. Gaby's ogen dwalen over de foto van het computerscherm. Opeens begrijpt ze wat haar bekend voorkwam.

Voor het account op Marktplaats gebruikt Max een anoniem e-mailadres: Edwin007@hotmail.com.

Het is hetzelfde account waarmee de anonieme tip naar journalist Annegreet is verstuurd. Zie je wel, ze stelt zich niet aan. De dreiging die ze al die tijd voelde, is terecht. Max wil niet alleen Tobias kapotmaken, maar ook haar.

27

Gaby kijkt nogmaals op haar telefoon. Klopt dit adres? Aan het begin van de oprit, half verscholen in de bosjes, staat een bord met daarop de namen van de bedrijven die op het terrein gevestigd zijn: H. VAN LAAN STUCADOORS. PARSON PAINT. TOTAAL SERVICE voor de verhuur van steigers, hoogwerkers en aanhangers. Niets verwijst naar Max of zijn werkzaamheden. *Leo*, corrigeert ze zichzelf.

Voorzichtig loopt ze verder. Links ligt een onbestemd graslandje met een container waar een complete huisraad in is gekieperd. Een blauwe bank, ronde tafel, plastic stoelen, een matras waar de veren uit steken. Wat is dit voor plek? Met elke stap wordt het schijnsel van de straatlantaarns aan de hoofdweg zwakker.

In de auto naar Zeist is het plan ontstaan. Anniek trommelde twee kennissen op voor een drankje in het café waar ze vroeger werkte. Als Leo hen inderdaad achterna zou komen en hij het clubje vrouwen zag zitten achter hun glazen witte wijn, zou er niets aan de hand zijn. Na een halfuur ging Gaby naar het toilet, om vervolgens via de achterdeur te ontsnappen.

Nu is ze hier.

Haar zintuigen staan op scherp. Elke wiebelende tak registreert ze vanuit haar ooghoeken. De steentjes onder de zolen van haar gympen lijken oorverdovend te kraken, ook al wikkelt ze haar voeten langzaam af. In de verte trekt een motor op. Van de zenuwen peutert ze een stuk nagelriem los. Het voelt vochtig.

Een hoog metalen hek snijdt haar de pas af. Ze knipt de zaklamp op haar telefoon aan. Achter de tralies, op minstens 15 meter afstand, staat een langgerekt gebouw dat is opgedeeld in aparte loodsen, elk met een rode deur naast het rolluik. Ze richt de bundel licht op het handgeschreven bordje dat met touw aan de tralies is bevestigd.

VANMIDDAG GESLOTEN. MORGEN 06.30 OPEN.

'Fuck,' zegt ze binnensmonds.

De sleutel is voor de loods. Ze heeft geen rekening gehouden met een hek. Met haar telefoon tussen haar tanden geklemd tast ze in haar jaszak. Hoewel ze niet in God gelooft, prevelt ze iets wat op een gebed lijkt. *Please, help me, laat dit lukken.* Onverwacht soepel glijdt de sleutel in de opening en met een beetje wrikken schiet het slot open. Kennelijk is het een sleutel voor beide sloten.

Vlug sluipt ze naar het gebouw. In het bericht op Marktplaats noemde Leo het algemene adres van het bedrijventerrein, niet het nummer van de loods. Welke moet ze hebben? Een zonder naambordje, gokt ze. Ergens in haar achterhoofd zweeft een gedachte. Gaat dit niet te gemakkelijk? Wat als dit een val is? Kan ze Anniek vertrouwen?

Met trillende handen probeert ze de eerste loods, nummer 3. De punt van de sleutel komt niet ver. Loods 6 dan maar. Weer mis. Wat als de sleutel op geen enkele deur past? Ze probeert de paniek te onderdrukken. Nummer 10 ligt in de verste hoek. Ze steekt de sleutel in het slot. Met ingehouden adem registreert ze onmiddellijk het gebrek aan weerstand. Voor de zekerheid kijkt ze een laatste keer over haar schouder.

'Ik ga nu naar binnen,' appt ze aan Anniek.

De onderkant van de deur schraapt over de grond. Een zweem van benzine bereikt haar neus. Ze weet dat ze zich moet voorbereiden op een verschrikkelijke vondst. Het levenloze lichaam van een jong meisje. Verminkt en eenzaam achtergelaten. Ze wil er niet aan. Liever klampt ze zich vast aan de methode die haar altijd redt, bij recepten en de rest van het leven: stap voor stap, vooral niet te ver vooruitkijken. Haal de boter uit de ijskast, zeef de bloem, mix de eiwitten tot je stijve pieken krijgt. En dus houdt ze haar smartphone in de lucht en schijnt op de werkbank met gereedschap, langs een kast met rijen witte emmers en zakken cement – een gewone werkplek kortom. Hebben ze een verkeerde inschatting gemaakt? Nee, er klopt iets niet. Het is de geur. Die doet haar denken aan een zwerver in een vuile portiek.

Ze sluit de deur. Haar lijf voelt onnatuurlijk licht. Bij hoge uitzondering heeft ze haar tas in de auto achtergelaten. Ze wil zich vrij kunnen bewegen. Vluchten als het nodig is. Vechten.

Ze loopt verder naar achteren. Het is er een troep. Oude meubels zijn op elkaar gestapeld, bedekt met doeken en vuilniszakken.

'Nina,' fluistert ze. 'Nina?' Er komt geen antwoord, natuurlijk niet, wat had ze verwacht?

Haar teen botst tegen iets aan. Het is een emmer met een stuk hout erop. Als ze de plank optilt, slaat een ammoniakgeur haar in het gezicht. Uitwerpselen drijven in een gele drab. Achter haar hand moet ze bijna kokhalzen. Snel schuift ze de plank op zijn plaats.

Dan draait ze langzaam haar hoofd en ziet een knipperend rood lampje boven de deur. Het is een camera. Ze begrijpt direct wat dit betekent. Hij kijkt mee. Hij weet dat ze hier is.

Ze wil net een bericht aan Anniek sturen, als er gerinkel klinkt. Er is iemand bij de deur. Ze veegt over het scherm van haar telefoon om de zaklamp uit te schakelen. Het is ineens pikkedonker. Haar hart lijkt op hol te slaan achter haar borstspier. Instinctief laat ze zich zakken en kruipt op de tast onder het laken dat over de meubels hangt. Ze trekt haar knieën zo dicht mogelijk tegen zich aan, haar armen er stevig omheen geslagen.

De knoop van de broek die ze in de auto snel heeft aangetrokken snijdt in haar buik. Ze herkent het schrapende geluid van de deur. Een luchtstroom strijkt langs haar blote enkels. Opnieuw klinkt er gekras over de betonnen vloer, gevolgd door een doodse stilte. Hij is binnen.

Ze hoort zacht geschuifel; de behoedzame passen van iemand op jacht.

Laat hem weggaan. Laat hem alsjeblieft weggaan. Ze knijpt haar ogen stijf dicht, zoals Boris dat altijd doet als ze verstoppertje spelen. *Als ik hem niet zie, ziet hij mij ook niet.* Ineengedoken met haar neus tussen haar knieën ruikt ze haar eigen angstzweet.

Ze probeert een inschatting te maken van waar in de ruimte Leo zich bevindt. Op tien passen afstand? Vijf? Elke beweging brengt hem dichter bij haar. Ineens klinkt het gekraak van zijn leren jas vanuit de verte. Gaat hij weg? Een paar seconden staat ze zichzelf toe te denken dat hij niet voor haar komt.

Het licht floept aan. Geschrokken maakt ze zichzelf nog kleiner, vurig hopend dat haar voeten niet onder het laken uit piepen. Het gaat snel. Boven haar, tegen de dunne stof, tekent zich een silhouet af. Als vanzelf gaat haar blik naar beneden. Onder de rand van het laken verschijnen twee werkschoenen. Bruin met zwarte veters, vol verfspetters.

'Daar zit ze. Verstopt als een klein kind.' De minachting druipt van zijn stem.

Er valt kletterend iets om. Het licht is ineens zo fel dat ze een hand boven haar ogen brengt.

'Sta op, trut.'

Hij kijkt op haar neer, met in zijn geheven hand het laken dat hij ruw heeft weggetrokken. Het is dezelfde man, maar ze bekijkt hem nu met andere ogen. De zwarte stoppels. De hoekige kop. De ogen die net iets te dicht bij elkaar staan. Hij verbergt zijn haat niet langer.

Ze komt omhoog en doet alsof ze duizelig is. Met alle kracht die ze in zich heeft, richt ze zich op en haalt uit met gebalde vuist. *Fight or freeze.* Dit keer zal ze vechten.

Een steek schiet in haar oksel doordat haar vuist geen doel treft en wild door de lucht schiet. Voordat ze beseft wat er gebeurt, volgt de dreun. Het is alsof haar gezicht door een bliksemschicht in tweeën wordt gekliefd. Tranen schieten in haar ogen. De pijn overspoelt haar als een vloedgolf en werpt haar op de zanderige bodem, waar ze spartelt en hapt naar zuurstof. Ze proeft bloed.

Als ze met haar ogen knippert, trekt het waas iets weg.

Ze is nog nooit door iemand geslagen. Haar keel loopt vol. De smaak van ijzer vult haar mond. Ze spuugt om niet te stikken. Dikke klodders bloed belanden op de vloer. In verwarring kijkt ze naar Leo. Het heldere rood vermengt zich met de roestkleurige vlekken op de betonnen vloer.

'Is dat bloed van Nina?' schreeuwt ze. 'Wat heb je met haar gedaan? Leeft ze nog? Waar is ze?' Een nieuwe pijnscheut maakt dat ze haar handen als een kom om haar neus vouwt.

'Ze is niet hier.' Grijnzend bekijkt hij zijn vuist. Het laken ligt in een prop aan zijn voeten. 'Niet meer van die gekke dingen doen. Je maakt jezelf alleen maar belachelijk.' Hij strijkt zijn openhangende jack opzij, waardoor ze een glimp opvangt van een vuurwapen.

Anniek weet waar ik ben, probeert Gaby zichzelf te kalmeren. Ze zal de politie inschakelen als ik niets meer van me laat horen.

'Benen uit elkaar.' Haar hele lichaam schokt als hij zijn vingers onder haar trui steekt en ze over haar buik strijkt. Tergend langzaam over haar schaambeen en heupen. Naar boven. Hij port in het vel boven haar broekrand. Ze knijpt haar ogen stijf dicht. 'Je bent altijd gulzig geweest. Op zoek naar meer, meer. Nooit is het genoeg.' Hij rukt haar jas open. Knijpt in de kwabjes bij haar oksels, laat zijn hand over en tussen haar borsten glijden.

Tegenstribbelen heeft geen zin. Gaby merkt dat ze wegzweeft van de situatie, naar een fijne plek. Met Mette zit ze op het grote bed tussen de voorleesboekjes over scheten latende spinnen en slapende tijgers. De warme handjes van haar dochter kneden zacht haar schouders. 'Zo goed, mama? Nu mag jij eindelijk even lekker ontspannen.' Het is confronterend hoe kinderen het vocabulaire van hun ouders overnemen. Er klinkt gegiechel. 'Het is net een blote kont, mama,' proest ze terwijl ze de plooien in haar rug samenknijpt.

'Deze is voor mij.' Abrupt keert ze terug in de kille loods. Leo zwaait met haar telefoon, zet hem uit en steekt hem in zijn broekzak. 'We willen natuurlijk niet dat je gaat proberen iemand te bellen.'

Gaby slikt. Nu het licht aan is, ziet ze dat de wanden zijn afgedekt met schuimrubber. Gillen is zinloos. Niemand zal haar horen. Zoals niemand Nina heeft gehoord.

'Opeens was je daar, Gabriëlla.'

De manier waarop hij haar naam uitspreekt, bezorgt haar de rillingen. Gabriëlla. Alleen mensen van vroeger noemen haar zo. 'Ik zag je foto online, in een of ander artikel. Het is me een metamorfose hoor, dat moet ik je nageven. Dure kleding. Een andere naam. Maar mij houd je niet voor de gek. Ook als Gaby Bouman herkende ik je.' Hij wrijft over zijn kruis. 'Helemaal het vrouwtje. Met je dure bak en je grote huis. Je laat het lekker breed hangen. Iedereen moet het zien.' In zijn hals verschijnen rode vlekken. Zijn gezicht glimt van het zweet. 'Jij gaat door met je leven alsof er nooit iets is gebeurd.'

Waar heeft hij het over?

'Jij bent een roofdier, Gabriëlla. Ik zie dat. Jij gaat over lijken. Je hebt je spullen gepakt en bent uit Zeist vertrokken. En je liet je bloedeigen broer in zijn sop gaar koken. Omdat hij je niet meer verder kon brengen. Ja toch? Jij droomde van succes. Had het altijd al hoog in je bol. Niemand houdt je tegen.'

'Dat is niet waar.' Woedend doet ze een stap naar voren.

Hij grijpt haar bij de haren en trekt haar hoofd naar beneden. 'Ik heb toch gezegd dat je geen gekke dingen moet proberen.' De huid rond haar keel staat pijnlijk strak. Slikken lukt niet meer. Hij laat los, ze stort op de grond. Haar stuitje vlamt van de pijn.

'Je kent mij helemaal niet,' gilt ze. Zijn woorden schieten door haar hoofd. Wordt ze gestraft omdat ze Tobias in de steek heeft gelaten? Omdat Leo haar een slecht mens vindt? Het is niet logisch. Ze krabbelt overeind en trekt haar blouse omlaag.

Wie is deze man? Ze begrijpt niet waarom hij woedend op haar is. Telkens heeft ze het gevoel dat ze ergens aan voorbijgaat. Alsof er iets ligt te smeulen in de krochten van haar brein, maar ze kan er niet bij.

'Verwacht je iemand?' Hij heeft haar blik gevolgd naar de deur. 'Reken maar niet op Anniek, zeg ik je alvast.'

'Wat heb je met haar gedaan?'

'Rustig maar. Waar zie je me voor aan? Ze zit rustig te kwebbelen, zoals je haar hebt achtergelaten.' Hij snuift. 'Het is een schat, hoe ze voor me heeft gezorgd, maar ook een stuk onbenul. Dat weet jij ook.' Hij lacht schamper.

'Je hebt haar gebruikt,' fluistert Gaby. 'Waarom?'

'Ze heeft zeker haar nut bewezen. Ze bracht me met jou in contact.' Hij leunt achterover tegen de muur, met een onuitstaanbaar triomfantelijke blik in zijn ogen.

'Toen ik na jaren in het buitenland terugkeerde in Zeist, zag ik haar achter de bar staan in het café. Vrouwen van boven de dertig zijn wanhopig. Ze geloofde dat ik haar prins op het witte paard was. Ik kon die prins zijn, want ik kende haar.'

'Wat bedoel je?'

'Zij was het meisje dat die nacht huilend wegfietste bij de caravan. Ik had haar ook kunnen pakken, maar dat was te makkelijk.'

Leo was die verschrikkelijke nacht ook in het bos. *Iemand heeft het op mij gemunt.* De woorden van Tobias galmen na in haar hoofd.

'Jij hebt Yvette vermoord.' Ze doet voorzichtig een stap bij hem vandaan. Ogenblikkelijk spannen zijn kaken zich aan. Wantrouwend knijpt hij zijn ogen samen. Blijf kalm, blijf doorvragen, brengt ze zichzelf in herinnering. Zolang ze praten, is ze veilig. Ze moet tijd zien te rekken, zodat Anniek hulp kan inschakelen. 'Waarom wil je Tobias en mij kapotmaken? Ik snap het niet.'

'Jij weet niet hoe het voelt om iemand te verliezen.' Hij wrijft met ongecontroleerde bewegingen over zijn voorhoofd, dat opvallend groot is door zijn wijkende haargrens. 'In het begin vroegen mensen hoe het met ons ging. Ik had een hekel aan die aandachttrekkers met hun blikken vol medelijden. Maar het was beter dan wat erna kwam. Ze deden alsof er niets was gebeurd. Wij bleven achter met het verdriet, mama en ik. Tot zij...'

Zijn stem breekt. Omdat hij naar de grond kijkt, kan ze zijn gezichtsuitdrukking niet goed lezen. Een gevaarlijke gedachte komt bij haar op. Hij let niet op. Nu kan ze hem overmeesteren. Door erover na te denken, te lang, laat ze het moment voorbijgaan. Ze kan het niet. Eerst moet ze weten wat hij bedoelt.

'Tot zij wat?'

'Toen ik op een dag uit school kwam, vond ik mijn moeder in bad. Het water was al koud.'

'Je bedoelt dat je moeder...'

'Ze heeft haar polsen doorgesneden.' Hij kijkt haar woedend aan. 'Ik ben in het bad gesprongen, heb haar eruit getild. Maar ik was te laat.'

Langzaam komt de herinnering terug.

Gaby stond in de benauwde keuken in haar ouderlijk huis en keek naar de magere vrouw in de deuropening. Het meisjesachtige staartje dat niet strookte met het grotemensenverdriet dat in haar gezicht stond gekerfd. Met haar man kwam ze de spulletjes ophalen van hun overleden dochtertje. Een rompertje, een slaapzak.

'Olga,' prevelt Gaby.

Er was iemand meegekomen, die middag. Ze huivert omdat ze beseft wat ze al die tijd over het hoofd heeft gezien. De jongen op het tuinpad in zijn trainingspak. Wachtend op zijn ouders. Met de aansteker in haar capuchontrui was ze langs hem geschoten, om haar eerste sigaret te roken met Anniek. Hun blikken kruisten elkaar kort.

'Jij bent de broer van Mimi.'

'Halfbroer.' Hij glimlacht, maar het lijkt meer op een grimas. 'Je was haar vergeten. Geef het maar toe. Je hebt nooit meer aan Mimi gedacht, totdat ik die journalist van de juiste informatie had voorzien.'

Gaby weet niet meer wat ze moet voelen of vinden. Hij heeft gelijk, ze had lang niet aan Mimi gedacht. Maar is dat niet logisch? Ze was twaalf jaar oud toen het gebeurde.

'Jullie hebben alles kapotgemaakt.' Hij balt zijn vuisten en in een reflex duikt ze weg. 'Jouw ouders hebben mijn moeder gebrainwasht. Ze was eenzaam en daardoor makkelijk te manipuleren. Jullie antivaxers vormen een fucking sekte. Jullie voelen je boven alles en iedereen verheven. De regels gelden niet voor jullie. En daardoor leeft mijn zusje niet meer.'

Leo houdt haar familie verantwoordelijk voor de dood van zijn halfzusje. Nu begrijpt Gaby wat haar moeder bedoelde met de overlast. Dode dieren op de stoep, de brand in de schuur. Ook dat was Leo's werk.

'Is dat wat dit is? Wraak? Omdat Mimi is overleden?'

'Ik heb het geprobeerd, echt waar. Om verder te gaan. Mijn stiefvader ging terug naar Egypte na de dood van mama. Ik kwam in een pleeggezin terecht. Deed een opleiding. Maar sommige momenten blijven zwaar.'

Gaby probeert haar gedachten op een rijtje te zetten. 'Wat is er gebeurd in de nacht dat Yvette verdween? Hoe ben jij in het bos bij de caravan beland?'

Hij schudt zijn hoofd. 'Opeens stond hij voor me. Tobias. De kakker uit te hangen met zijn drie kraagjes over elkaar. Ik weet waar jullie vandaan komen, zo zijn jullie helemaal niet. Hij vroeg of de barman geld kon wisselen voor de sigarettenautomaat. Ik zat aan de bar.'

'In Café Bommel,' vult Gaby aan.

'Ik was er al een tijd. Om mijn verdriet weg te drinken.'

In haar hoofd probeert ze de lijntjes met elkaar te verbinden. Het was geen vooropgezet plan, maar toeval. Vrijdagnacht, op de sterfdag van Mimi, precies drie jaar na haar dood, wandelde Tobias het café binnen waar Leo zich aan het bezatten was. Anniek wachtte buiten.

'Die arrogante kop zal ik nooit vergeten. Alle boosheid van vroeger kwam terug,' gaat hij door. 'Ik ben ze gevolgd.'

'En toen?'

'Ik heb eerst nog gekeken, weet je dat? Door een kier in die oranje gordijntjes.' Hij likt langs zijn lippen. 'Jouw broer en Yvette.' Bij de gedachte schudt hij woest zijn hoofd. 'Met elke stoot werd ik kwader. Hij lag daar te neuken met een chick die hij net in het bos had opgepikt. Dat kan niet. Zo gaan de dingen niet, niet bij jongens zoals ik.'

'Wat heb je gedaan?' Ze kijkt hem met ingehouden adem aan.

'Tobias ging weg. Hij liet haar gewoon achter.'

'En toen ben jij naar binnen gegaan? Waar heb je haar heen gebracht?'

'Het atelier van mijn stiefvader, in Driebergen. Hij was vergeten de huur op te zeggen.'

Het gonst in haar hoofd, alsof er een zwerm bijen zit opgesloten in haar hersenpan. Blijf scherp, spreekt ze zichzelf toe. 'Je wist dat Tobias de schuld zou krijgen.' Ze trekt haar jas dichter om zich heen, ze heeft het steenkoud. 'Maar waarom heb je Nina ontvoerd? Je hebt mijn broer al eens gestraft. Hij is twintig jaar van zijn leven kwijt. Is het niet genoeg zo?'

'Hij was op vrije voeten, hoorde ik. Ik kon het niet laten hem op te zoeken. Ik wilde met eigen ogen zien hoe de tijd in de gevangenis hem te grazen had genomen. Ik vond hem op de manege. En daar zag ik Nina rondparaderen, in haar strakke paardrijbroek. Het plan vormde zich vanzelf in mijn hoofd.'

'Je wist dat iedereen hem zou verdenken.'

'En deze keer zou hij jou meesleuren in zijn val.'

'De jogger op de spoorbrug, dat was jij. En later volgde je me in het park.'

'Ik wilde je bang maken en dat is gelukt.'

Waar blijft de politie? Ze spitst haar oren of ze buiten iets hoort. Auto's, stemmen, voetstappen. Het is doodstil. Als ze weten dat hij gewapend is, zullen ze niet zomaar binnenvallen. Misschien hebben ze het terrein omsingeld en wachten ze op het juiste ogenblik. *Een stuk onbenul.* Ze probeert niet te denken aan de mogelijkheid dat Anniek de politie nog niet heeft gebeld.

'Gelukkig begon jij je ermee te bemoeien, precies volgens plan. Je had wat aansporing nodig, maar daar kon ik Anniek voor gebruiken. Het klopt helemaal. Dat zal de politie straks ook zien. Met al je vragen en gespeur werd je te lastig voor Tobias. Hij kreeg door dat jij wist dat hij Nina heeft ontvoerd en vermoord. Dus moest hij wel in actie komen tegen zijn eigen perfecte zusje.'

Ze realiseert zich opeens hoe onzinnig het is dat ze verwacht dit alles straks aan de politie te moeten vertellen. Zijn openhartigheid verraadt wat haar te wachten staat. Hij rekent er niet op dat ze dit ooit zal kunnen navertellen. Een golf van misselijkheid overspoelt haar.

'Waar is Nina?' gilt ze. 'Leeft ze nog? Heb je haar vermoord?'

'Kalm aan. Straks zullen jullie samen zijn.'

Tranen stromen over haar wangen en snot druipt haar mond in. Hij bekijkt haar vol walging. 'Laat je niet zo gaan. Je bent toch de perfecte Gaby Bouman die het in haar uppie zou maken?'

Haar ademhaling klinkt gejaagd. Waarom heeft ze alles op het spel gezet? Ze mag niet dood. Ze is moeder. Mette moet nog leren fietsen. Haar zwemdiploma halen. Haar naam leren schrijven. Ze wil met Boris naar de kapper, zijn eerste keer. David. Waarom heeft ze hem niet in vertrouwen genomen?

Het mes heeft ze stevig vastgeplakt onder haar borst met de *boob tape* die ze altijd in haar auto bewaart. Cup F kan veel verbergen, zelfs bij een grondige fouilleerbeurt. Ze draait zich van hem weg, haar hand kruipt in haar blouse.

De pijn schiet als een vonk door haar hoofd. Ze zakt ineen. Eerst raken haar knieën de grond, dan smakt haar hoofd tegen het beton. De duisternis neemt het over.

28

Nog voordat Gaby haar ogen openslaat, weet ze dat het mis is. Gruwelijk mis. Eerst voelt ze de pijn. Haar schedel lijkt in brand te staan en achter haar oogkassen dreunt en bonkt het. Het liefst wil ze wegzakken in de slaperige toestand waaruit ze net ontwaakt is. Weg van deze koude plek, weg van de vlammende scheuten.

Ik ben niet dood.

Die constatering stelt haar niet gerust. Beelden van eerder die avond schieten door haar hoofd. De onverbloemde haat in Leo's ogen. Zijn gebalde vuisten. Het vijandbeeld dat jarenlang heeft gerijpt in zijn gestoorde brein. 'Jullie hebben alles kapotgemaakt,' schreeuwde hij.

Gaby maakt zich geen enkele illusie. Ze is in haar jeugd voldoende beschadigd geraakt om in haar diepste kern te weten waartoe mensen in staat zijn. Het hoopje ellende dat zij nu vormt, is slechts een tussenfase. De kans bestaat dat dit weinig voorstelt in vergelijking met wat er nog gaat komen.

Ligt ze in de loods? Ze probeert om zich heen te kijken, maar de duisternis is even allesomvattend als desoriënterend. Ze heeft het koud. Behoedzaam draait ze haar gezicht, op zoek naar een strook licht, een schaduw, een hint. De straf is meedogenloos. Alsof er tien messen diep in haar hersenen worden geboord. Ze keert zich weer op haar zij en tast naar de zwelling achter op haar hoofd, die driftig klopt op het ritme van haar hart.

De ruimte ruikt anders. De zoete lucht brengt haar terug naar de kinderboerderij waar Tobias en zij hun eendje moesten achterlaten. Lieve, donzige Roosje. In een van de schuren bevond zich een knuffelhoek waar je cavia's en konijnen op schoot mocht nemen. Is het de geur van hooi? Stro? Ze haalt die twee altijd door elkaar. Een verpletterende vermoeidheid maakt zich van haar meester en de verleiding om eraan toe te geven is groot.

Weer ziet ze het hek voor zich waar Roosje zich in paniek tegenaan stortte, keer op keer, in een poging bij haar moeder en vader te komen. Dat waren zij, aan de andere kant van het gaas. Tobias probeerde zijn tranen te verbergen, maar tegen een trillende lip deed je weinig. Ze sloeg hem vol verbazing gade. Jongens huilen niet. En grote broers al helemaal niet. Pas nu beseft ze dat hij helemaal niet groot was. Zelfs als jongetje van acht jaar voelde hij geen ruimte voor zijn verdriet.

Tobias heeft haar altijd afgeschermd van kwalijke invloeden. Zijn zorgen hield hij voor zichzelf en wanneer de kinderen op school hen nawezen of uitlachten, vanwege hun stokoude vader in zijn eeuwige groene wollen jas, of de stank die in hun kleding zat, dan schudde hij iets uit zijn mouw om de tegenstander uit te schakelen. Soms was het een keiharde grap, soms een vuistslag.

Hij vrolijkte haar op met een veel te dure merktrui en zette de deur naar die andere wereld op een kier. 'Je bent slim en mooi,' zei hij altijd. 'Samen gaan we hier weg.' Hij was de reden dat ze niet langer een vinger diep in haar keel stak om de zelfhaat uit te kotsen. Hij beschermt haar nog steeds. Ze wil zich wentelen in die gedachte, maar zelfs in de half bewusteloze staat waarin ze verkeert, voelt Gaby dat er iets niet klopt.

Tobias is hier niet. Hij is er al een hele poos niet.

Haar ademhaling hapert. Het duurt een paar tellen voordat ze begrijpt dat het geluid dat ze hoort van verderop komt.

Is hij hier?

In paniek krult ze zich op, met haar knieën voor haar buik. Ze verbijt de pijn. Wacht hij op het juiste moment om haar definitief uit te schakelen? Ze is bang en tegelijkertijd voelt het vertrouwd. Het menselijk lichaam onthoudt trauma. Het kruipt in je darmen, in je botten, in de spiertjes rond je kaak. Als kind heeft ze gewenst dat haar vader haar sloeg. Dat was een vorm van mishandeling die duidelijk genoeg was om je over uit te spreken. Anderen zouden zijn gedrag afkeuren en weten dat zij er geen aandeel in had. Alle keren dat hij haar opsloot in haar slaapkamer, uren achter elkaar zonder eten, eindigde ze opgekruld in bed. De enige lichtbron, het houten staanlampje, nam hij weg.

Ze luistert. Het gesnuif is onregelmatig. Binnen in haar groeit de woede over de macht die Leo over haar heeft, en voorzichtig komt ze overeind. Weer kriebelt de stalgeur in haar neus. Is het een dier? Ze probeert de bonzende hoofdpijn op te vangen door zacht te puffen, zoals ze heeft geleerd tijdens de zwangerschapscursus. Duik in je wee, zei de docent. Beelden van de bevalling schieten door haar hoofd. Hoe Boris op haar borst werd gelegd en haar met grote, glanzende kijkers aanstaarde, alsof ze elkaar al jaren kenden. Het gestreepte mutsje dat over de vochtige haartjes werd geschoven. *Niet aan denken.*

Nu haar ogen aan het duister gewend zijn, ontwaart ze op een paar meter afstand een donkere bult. Ze kruipt dichterbij. De betonnen vloer ligt bezaaid met zand en voelt koud aan. Haar angst om in een ruimte opgesloten te zitten met een bewapende Leo blijkt ongegrond, daarvoor klinkt het geluid te onregelmatig, te hulpeloos.

Verkennend steekt ze een trillende hand voor zich uit. Haar vingertoppen raken een lichaam. De huid is ontbloot en het bot eronder voelt hoekig aan. Verschrikt trekt ze haar arm terug.

Gaby zakt op haar ellebogen en tijgert dichterbij. Een vlaag lucht strijkt langs haar gezicht en ze weet niet goed of ze blij moet zijn of intens verdrietig. Met haar hand volgt ze de haren naar beneden. De lengte klopt. Net boven de wenkbrauw zit een hobbelig streepje dat duidt op een litteken. Het is te donker voor een goed signalement, dus moet het maar zo. Ze is verbaasd over haar eigen scherpte.

'Nina?' Dat het meisje niet beweegt onder haar aanrakingen baart haar zorgen. 'Nina?'

Leo's woorden galmen na in haar hoofd. 'Straks zullen jullie samen zijn.'

'Ik ben Gaby en ik ga je helpen.' Het meisje ruikt naar metaal, alsof ze te lang met een hand vol zweterige muntjes heeft rondgelopen. Haar eigen ongemak verdwijnt naar de achtergrond. 'We kunnen elkaar niet zien, maar ik weet dat jij het bent.'

Haar mond voelt droog aan. Ze smakt met haar lippen, maar er komt niet genoeg speeksel vrij. 'Ik krijg je hier levend uit,' fluistert ze schor. 'Hoor je me?'

Er komt geen antwoord, natuurlijk niet. De valse belofte blijft onheilspellend tussen hen in hangen. *Ik krijg je hier levend uit.* Wie houdt ze voor de gek? Over één ding twijfelt ze niet en dat is dat Leo zal terugkomen. Voor hen beiden.

Dit keer heeft hij zijn revanche tot in de puntjes voorbereid. Tobias zal schuldig worden bevonden aan de moord op Nina, omdat haar precies hetzelfde is overkomen als Yvette. Eén plus één is twee. Omdat hij alleen woont, zal hij geen goed alibi hebben voor die vroege dinsdagochtend. Is dat genoeg om hem te veroordelen? Haar broer heeft niet met Nina gevreeën, dus er zal geen sperma van hem op haar lichaam gevonden kunnen worden. Geen huidschilfers. Toch durft Gaby er niet op te vertrouwen. Wie weet heeft Leo een manier gevonden om het DNA van Tobias te verzamelen.

Haar poging om Tobias te redden, heeft de situatie enkel verergerd. 'Hij moest in actie komen tegen zijn eigen perfecte zusje,' zei Leo. Tobias zal een derde moord in de schoenen geschoven krijgen: die op haar.

Gaby denkt terug aan de manier waarop Leo haar in de loods woedend zijn pijnlijke levensgeschiedenis vertelde. In een drietrapsraket is hij iedereen kwijtgeraakt. Mimi overleed in het ziekenhuis toen hij vijftien jaar oud was. Overmand door verdriet is daarna zijn moeder uit het leven gestapt, hij trof haar na school aan in het rode badwater. Zijn stiefvader, met wie hij na al die jaren een band had opgebouwd, zag geen reden om nog in Nederland te blijven na de dood van zijn vrouw en dochtertje.

'Er moet ergens een deur zijn,' fluistert ze tegen Nina. 'Niet opgeven, oké?'

Op de tast kruipt ze verder, de kou van de vloer trekt in haar vingers. Ze stuit op een houten wand en volgt de ruwe planken in haar zoektocht naar een uitgang. Na een hoek van negentig graden loopt de wand door.

Buiten klinkt een geluid. Ze legt haar wang voorzichtig tegen het hout en luistert. Een tak kraakt. Er is iemand aan de andere kant. Met een schok beweegt ze achteruit, op handen en knieën, op goed geluk terug naar de plek waar ze wakker is geworden.

Ze volgt de ronding van haar borst, die pijnlijk aanvoelt en steekt haar wijsvinger onder de beugel van haar beha. Het wapen is netjes op zijn plek gehouden door een dikke laag huidkleurige tape. Hoe heeft hij dat ding kunnen missen? Een tinteling van hoop trekt door haar lichaam. Ook Leo maakt fouten. Ze schuift de cup van haar beha omhoog, een peperduur kanten geval bestikt met lila rozen, peutert de tape los en trekt het mes tevoorschijn.

Iemand rammelt aan de deur en er klinkt gerinkel van kettingen. Ze klemt het heft tussen haar ijskoude vingers en houdt het lemmet langs haar pols naar beneden, half verscholen in haar mouw. Langzaam laat ze zich op de grond zakken.

De deur zwaait open. Tegen de donkerblauwe hemel verschijnt een silhouet. Onmiddellijk herkent ze zijn brede schouders, de armen die iets van zijn lijf staan. Haar brein lijkt die vorm te hebben opgeslagen als acuut gevaar. De adrenaline pompt door haar lijf.

Achter hem bewegen schaduwen heen en weer. Dennenbomen. Een zilveren gloed schijnt naar binnen. Gaby brengt haar onderarm beschermend voor haar ogen als hij met een zaklamp naar binnen schijnt. Tegen beter weten in kijkt ze opzij. De aanblik van het naakte meisje, zo vol in het licht, voelt als een stomp in haar maag. Braaksel komt uit haar maag omhoog en ze slikt een paar keer om de controle terug te krijgen.

Hij heeft haar uitgekleed. Ze ligt in foetushouding, haar billen naar achteren gestoken. Puntig, zo mager is ze. Met tiewraps heeft hij haar handen voor haar buik gebonden. Het roerloze lichaam maakt Gaby angstig. Nina lijkt de strijd te hebben opgegeven.

Haar adem stokt als ze naar de armen van het meisje kijkt. Op de plekken waar hij is begonnen, vijf dagen geleden, vormen zich bruine korsten. Bij haar polsen lekt vers bloed uit de wondjes. Gaby herkent de verwondingen van de foto's van Yvette die de rechercheur haar liet zien.

'Waarom heb je dit met haar gedaan?' fluistert ze.

Er is niets meer over van het stralende meisje op de foto die het nieuws de afgelopen dagen domineerde. Haar lippen zijn paars en gebarsten. Weg is de vrolijke scholier die vwo deed met twee vingers in haar neus. Het meisje dat tijd over had om voor schooltijd op de manege te werken. Het kind dat zich veilig waande in het bos.

'Het is afgelopen.' Hij zet een stap naar voren. Ze ziet dat hij zijn leren jas heeft uitgedaan. Hij heeft er zin in, in zijn blauwgeblokte overhemd, schiet het door haar hoofd. Hij wil zijn klus afmaken.

Hoelang is ze buiten bewustzijn geweest? Het is donker, dus het moet avond zijn, of nacht, wat betekent dat dag zes is aangebroken. De dag des oordeels.

'Yvette hield je ook zes dagen vast voordat je haar... Waarom zes dagen? Waarom moet het precies zo gaan als de vorige keer?' Haar stem klinkt vreemd hees, door de brok in haar keel. 'Is het je zo goed bevallen dat je nog een keertje moest?'

'Houd je bek. Het is klaar.'

'Je moet het me zeggen, voordat je ons...' Ze maakt haar zin niet af. *Houd hem aan de praat, houd hem aan de praat.*

Hij kijkt van Nina naar haar en weer terug. 'Mimi was zes dagen ziek,' begint hij. 'Eerst kreeg ze koorts, we dachten dat het griep was. Maar haar temperatuur bleef stijgen. Ze kon alleen nog maar kreunen. Op de derde dag moest ze naar het ziekenhuis. Dat was de laatste keer dat ik haar zag. Ik mocht pas weer bij haar toen ze...' Hij schudt woedend zijn hoofd, alsof hij zichzelf weer bij de les wil krijgen.

Hij houdt de meisjes net zo lang vast als zijn zusje pijn heeft geleden.

'Jullie waren te beroerd om een prikje te halen. Eén fucking prikje door de jeugdarts. Nee, die uitverkoren kindertjes mochten geen gif binnenkrijgen. Dat zeggen ze toch altijd? Zij moeten puur blijven. En daarom is mijn zusje dood. Hypocriete sekte.'

Gaby's blik glijdt naar Nina. Nu begrijpt ze het pas. Het ging hem niet om dit meisje, of Yvette. Hun lichamen stonden symbool voor iets anders. Door telkens een naald in hun vlees te boren, nam hij wraak op Tobias, op Gaby, op haar familie.

'Wat is dit voor plek?'

'Een plek waar de politie vanzelf zal zoeken.'

De geur van hooi. Hij heeft hen naar de manege gebracht, daar waar Tobias bezig is met de nieuwe stallen. 's Nachts komt hier niemand.

Ze laat zich op de vloer zakken.

Zijn houding is nonchalant. Hij heeft haar in de loods neergeslagen en rekent niet meer op verzet. *Ik word graag onderschat*, denkt ze. Ze geeft hem wat hij wil. Zwakte. Uitputting. Een vrouw die klaar is om te sterven. Ze kreunt. Toont hem wie hij wil dat ze is: een zwak lichaam waar de geest al bijna uit vertrokken is.

Anniek zei laatst iets, vlak voordat ze de IJssel in liep. 'Jij kunt zelf je zenuwstelsel beïnvloeden.' De pijn is maar een gevoel, spreekt Gaby zichzelf moed in, iets wat haar zenuwen aan haar hersenen doorgeven. Het is niet iets wat op zichzelf staat. Zij kan bepalen dat het bonzen van haar hoofd overgaat in een bijna prettig gloeien. Dat de vermoeidheid wegsijpelt in het beton. Zij kan het besluit nemen dat de wond aan haar hoofd geen belemmering vormt.

Daar ligt ze, met gekromde handen, alsof ze van plan is piano te spelen, de nagels zetten zich schrap op het beton.

Onze geest is krachtiger dan we denken.

Ze kiest ervoor om Anniek voor zich te zien. Haar magere rug en de roze lubberende onderbroek. Anniek gelooft in haar, anders had ze haar nooit naar de loods laten gaan.

Op een uitademing drukt ze haar bovenlichaam omhoog, ze springt op vanuit haar hurkhouding en vliegt op hem af. Om iemand te kunnen doden moet je geen twijfel kennen. De razernij hoeft ze niet eens op te roepen, die heeft onder de oppervlakte liggen sudderen. Zonder de opstaande kraag van zijn leren jas ligt zijn huid mooi bloot. Uitnodigend bijna. Ze ramt het mes in zijn hals. Met een zuigend geluid verdwijnt het lemmet in zijn vlees, alsof ze een overrijpe vrucht doorboort. Het zoete sap is bijna zwart in het zachte maanlicht. Hij brult het uit en grijpt met beide handen naar de plek. Ze ziet de verbazing in zijn ogen. Of is het bewondering?

Niet eerder is ze zo dicht bij hem geweest. Hij vecht terug, maar haar greep is krachtig. Deeg kneden telt als fysiek zwaar werk, daar verkijken mensen zich vaak op. Duwen en vouwen, steeds weer, ook al geven je verzuurde spieren aan dat het genoeg is.

Ze trekt het mes terug. Haar vingers tintelen alsof er miertjes langskruipen. Zijn lichaam maakt schokkende bewegingen als hij op zijn knieën valt. Hij probeert het bloed te stelpen dat uit de wond naar buiten gutst. Zijn ogen puilen uit hun kassen en vanuit zijn borstkas stijgt gerochel op. Vertraagd registreert ze zijn bewegingen. Zijn hand die naar beneden zakt, een glinstering bij zijn broekriem. Te laat begrijpt ze dat die twee samen weinig goeds voorspellen.

'Nee,' schreeuwt ze met haar armen om haar lichaam gevouwen. 'Ik draag een baby in mijn buik.' Ze heeft nog geen test gedaan, maar opeens weet ze het zeker. Haar pijnlijke borsten, de lichte misselijkheid in de ochtend. Ze voelt het leven binnen in haar. Het moet anderhalve maand geleden zijn gebeurd tijdens hun voorlaatste vrijpartij. De reden van het uitblijven van haar menstruatie was niet stress, zoals ze dacht.

Er klinkt een knal.

Haar oren lijken open te breken in een wild getoeter. Een been vliegt onder haar vandaan, waardoor ze op haar knieën valt. Ze hapt naar adem en volgt zijn blik, naar dat lichaam dat kennelijk bij haar hoort, maar waar geen gevoel meer in zit, en naar de rode vlek op haar spijkerbroek die zich rap uitbreidt.

Hij heeft een kogel afgevuurd. Dan pas voelt ze een scherpe, vlammende pijn.

Dit mag niet het einde zijn. Met haar laatste krachten stort ze zich opnieuw op hem. De schreeuw die ze uitstoot, lijkt uit de keel van een wild beest te komen. Een roofdier. Misschien heeft hij haar toch goed ingeschat. Ze boort het mes nogmaals in hem.

Een waas trekt voor haar ogen. Ze zakt ineen. De hemel is felverlicht. Blauwe flitsen schieten langs haar heen. Ze probeert zich te verzetten, want ze is nog niet klaar om te gaan. Ze moet blijven voor haar kinderen, voor Tobias, David, Anniek, Nina. Om haar heen klinkt geschreeuw. Ze begrijpt niet goed wat er gebeurt, totdat ze wordt opgetild door sterke armen.

ZONDAG

ZES WEKEN LATER

29

Boven hun hoofden doorkruist een wit sportvliegtuigje de strakblauwe lucht. Het geronk heeft iets geruststellends. Tobias en zij wandelen over de Brink, in een tempo waar Gaby niet aan kan wennen.

'Gaat het?'

'Hopelijk levert het me mooie armspieren op,' antwoordt ze.

Voor iemand die door het leven jakkert, aangespoord door alles wat ze nog wil bereiken, is het geschuifel op krukken een kwelling. Om nog maar te zwijgen over het verplichte staken van haar ochtendroutine langs de IJssel. In haar notitieapp houdt ze bij hoeveel hardloopkilometers ze tot nu toe is misgelopen: ruim honderdtweeëntwintig.

'Geduld is een schone zaak,' zegt Gaby bijna dagelijks tegen haar ongedurige dochter, als er weer eens een vraag onmiddellijk beantwoord moet worden ('Mama, plassen vogels uit de lucht?') of wanneer ze een tekening in haar gezicht gedrukt krijgt.

'Geduld is een vieze zaak,' reageert het meisje steevast.

Ze lijken op elkaar.

Volgens de arts in het ziekenhuis mag Gaby van geluk spreken dat de kogel niet in haar knie terecht is gekomen, maar in haar scheenbeen. Bot en spierweefsel zijn geraakt, waardoor ze zes weken bedrust heeft moeten nemen, maar het herstel zal volledig zijn.

'Als je wilt stoppen, moet je het zeggen,' oppert Tobias. Met zijn gladgeschoren gezicht, nieuwe spijkerbroek en een donkerblauw bomberjack lijkt hij een ander mens. Jonger, frisser. Om het mediacircus te ontlopen is hij anderhalve maand in zijn eentje in Portugal geweest. Sinds een paar dagen is hij terug en vannacht logeerde hij bij Gaby.

'Nee, het gaat.' Bij haar haargrens kriebelen zweetdruppeltjes.

'We kunnen ergens gaan zitten.'

'Nee, ik wil juist lopen. Ik moet toch oefenen?' Het klinkt kribbiger dan ze bedoelt.

Geamuseerd kijkt Tobias haar aan. 'Als jij het zegt.'

'Nog een klein stukje, tot aan de IJssel. Goed?'

Familiepatronen zijn hardnekkig. Tobias en zij dansen om elkaar heen, het aftasten van gevoeligheden is soms doodvermoeiend. Er is veel minder veranderd in die twee decennia waarin ze elkaar niet zagen dan Gaby zichzelf heeft wijsgemaakt. Ze wil door haar broer beschermd worden, zijn arm om haar schouder voelen, maar hij moet vooral niet denken dat ze het niet redt zonder hem.

'Schat, het valt me op dat je een beetje aan het opscheppen bent als Tobias er is,' zei David gisteravond in de badkamer toen ze zich klaarmaakten om naar bed te gaan. 'Over je bedrijf, je omzet, ons huis. Hij hoeft die bedragen toch niet allemaal te weten? Ik denk niet dat hij daar veel om geeft.'

Met het tandpastaschuim om haar mond ging ze ertegenin, hem aankijkend via de spiegel. Wat een onzin, ze wilde haar broer gewoon vertellen over haar leven, daar was toch niets mis mee? Later in bed, toen ze haar handen insmeerde met crème en erover nadacht, moest ze hem schoorvoetend gelijk geven.

Het is één uur 's middags en om hen heen klinkt het gebeier van kerkklokken. De eerste week van het nieuwe jaar ligt achter hen en de kerstverlichting hangt nog in de skeletachtige bomen.

Iedereen praat over het weer; hoe kan het lente zijn in januari? Tobias neemt het zonovergoten plein met de terrasjes in zich op en Gaby hoopt dat hij hetzelfde ziet als zij: mensen die op rieten stoeltjes kalm een cappuccino nuttigen, de ober die twee uitsmijters komt brengen; een stad groot genoeg om iets te beleven, maar klein genoeg om een gemoedelijke sfeer te ademen. Kortom, een plek waar hij zou kunnen wonen.

Opvallend veel groepjes mannen komen voorbij, te voet, zoals zij, of op de fiets, de rood-gele sjaals losjes om de hals geknoopt.

'Go Ahead Eagles speelt straks,' zegt ze. 'Daar verderop staat het stadion, de Adelaarshorst.'

Ze moet zich inhouden om niet voor te stellen een seizoenkaart voor hem te regelen, zodat hij met David mee kan naar de wedstrijden. Gaby heeft er alles voor over om haar broer dicht bij zich te hebben, maar ze moet hem niet pushen.

Een paar keer heeft ze Tobias gevraagd naar zijn ervaringen in de gevangenis. Wat deed hij de hele dag? Deelde hij zijn cel met iemand? Waren er nog mensen langsgekomen tijdens het bezoekuur? Maar het is duidelijk dat hij er niets over kwijt wil. Geduld is een schone zaak.

'Moest jij vrijdag niet naar de verloskundige?' vraagt Tobias.

'Klopt, voor de termijnecho.' Gaby is verrukt dat hij de afspraak heeft onthouden. Met een glimlach kijkt ze naar haar buik, die verscholen gaat onder haar dikke, camelkleurige jas. De lichte bolling verraadt nu enkel haar voorliefde voor zoetigheid, maar dat zal spoedig veranderen. 'De verloskundige vertelde dat de baby goed groeit. We hebben het hartje horen kloppen. Ik ben op dertien september uitgerekend.'

Met de uitgeprinte echo in haar tas is ze nog diezelfde middag naar een kinderkledingwinkel gestrompeld. Steunend op haar krukken bewonderde ze een mintgroen rompertje van badstof, maatje 56. Ze kan zich bijna niet voorstellen dat de baby straks echt zo klein zal zijn, ook al heeft ze het al twee keer meegemaakt. Ze dacht aan Mimi, zij was ook zo klein geweest. Op het geboortekaartje komt een eekhoorn te staan, dat heeft ze al bedacht, om Mimi te eren.

'Is het een cadeautje?' vroeg de verkoopster.

'Ja.' Ze wilde niet dat het nieuws over haar zwangerschap ging rondzingen, niet nu al.

Als iemand Gaby twee maanden geleden had verteld dat ze in blijde verwachting was, dan had ze die persoon voor gek verklaard. En dat niet alleen. Onmiddellijk zou ze een afspraak hebben gemaakt bij een abortuskliniek. Zo'n kleintje betekende weinig slaap, flesjes uitkoken, eindeloos heen en weer hupsen door de kamer om een boertje los te krijgen of krampjes te verlichten. Een baby vertraagde.

Dat was voor de confrontatie met Leo in de stal, toen ze moest vechten voor haar leven en dat van Nina.

Na de operatie aan haar been heeft ze veel geslapen, nog doezelig van de narcose. Toen ze wakker werd, kwam David binnen met Boris op zijn arm en Mette aan de hand. Het was vreemd om dat drietal te zien in de zaal van het ziekenhuis, in hun vertrouwde winterjassen, de wangen rood van de buitenlucht.

Mette had een tekening gemaakt en overhandigde die met een mengeling van trots en verlegenheid. Gaby keek naar de bruine vingerafdrukken aan de rand van het papier, die erop wezen dat haar dochter voor vertrek een boterham met chocopasta had gegeten.

'Papa, Boris, ikke,' wees het meisje aan. 'En dat ben jij. In het ziekenhuis. Want mama is nu even ziek.'

'Dat klopt.' Ze drukte een kus op de kruin van haar dochter.

'Straks mogen we op het gips kleuren. Toch, papa?' vroeg Mette. 'Je hebt het beloofd.'

Boris probeerde op het hoge bed te klauteren, zijn handjes

graaiend in de deken, en toen dat niet lukte, begon hij te huilen. David tilde hem op, Boris' blote buik piepte onder zijn berentrui uit. 'Kom eens bij me,' zei ze en ze legde haar wang tegen die van hem.

Een attente verpleegkundige kwam kleurplaten en potloden brengen en even later zaten de kinderen op de grond te tekenen.

David deed zijn jas uit en kwam aan haar bed zitten. De laatste keer dat ze hem had gezien, was aan de ontbijttafel op de ochtend na het verschijnen van het artikel en hun ruzie. 'Ik dacht dat ik wist wie mijn vrouw was, maar ik heb werkelijk geen idee,' had hij gezegd. Het leek opeens ontzettend onbelangrijk dat Gaby uit schaamte bepaalde dingen uit haar jeugd had verzwegen.

'We krijgen een kindje,' fluisterde ze vanuit haar ziekenhuisbed. 'Ik weet ook niet hoe het mogelijk is, maar het is zo. De dokter heeft het bevestigd.'

Tranen schoten in zijn ogen en hij pakte haar hand. Hun oplettende dochter kwam erbij staan. 'Papa, waarom huil je? Heb jij ook pijn?' Gaby zag dat ze haar lippen al getuit had, klaar om ergens een kus op te geven.

'Nee,' antwoordde David, 'soms huilen mensen van geluk.'

Zijn ze zo'n naïef koppel dat denkt dat een heerlijk geurende baby hun gammele huwelijk kan redden? Het is nog te vroeg om daar een oordeel over te vellen, realiseert Gaby zich terwijl ze naast haar broer door de stad loopt. Haar hulpbehoevendheid is in elk geval een interessant relatie-experiment. David moet haar been voor elke douchebeurt in een plastic hoes hijsen en haar 's avonds in haar pyjama helpen, waardoor ze zich allesbehalve sexy voelt. Zo'n verzorger-patiëntverhouding is dodelijk voor de romantiek, zeker in combinatie met haar ongeschoren benen, want ook dat kan ze niet zelf.

'Dan weten we alvast hoe dat voelt, als we later bejaarden zijn,' zei David laatst grinnikend. Dat zinnetje droeg de belofte in zich dat hij voor altijd bij haar wilde zijn, en het vervulde haar met zo'n geluksgevoel dat ze moest huilen. 'Die pijnstillers maken me labiel,' zei ze.

Net voorbij De Waag zet een kale man een bord buiten, de poten schrapen luid over de keien voor het café. DAGHAP KIPSATÉ, staat er in krijtletters.

Plotseling voelt ze een hand op haar schouder. Ze slaakt een gil, maar kan niet opzijspringen vanwege de krukken.

Een fietser zoeft voorbij.

'Sorry, ik wilde je niet laten schrikken,' zegt Tobias. 'Ik was bang dat hij je van de sokken zou rijden.'

'Maakt niet uit.' De geïrriteerde zucht is niet voor hem bedoeld.

Sinds die ene nacht schrikt ze van de kleinste dingen: een deur die dichtvalt, luide stemmen op straat, iemand die vlak langs haar loopt. Die constante staat van paraatheid is doodvermoeiend. Het feit dat ze slecht slaapt, helpt ook niet.

's Nachts duikt Leo op. Hij torent boven haar uit, zijn vuurwapen glinstert. Ze probeert weg te kruipen in een hoek van de stal, haar nagels krassen over de betonnen vloer. Ze botst tegen Nina aan, weer ruikt ze die ijzergeur. Er klinkt een knal. Met een gil wordt ze wakker, bijna elke nacht is het raak. David knipt de lamp aan die op het nachtkastje staat en dept met een tissue het zweet van haar voorhoofd. 'Hij is niet hier,' zegt hij. 'Je ligt naast mij in bed. Je bent veilig.'

Ze heeft David opgedragen om in de logeerkamer te gaan slapen, zodat tenminste één van hun tweeën een goede nachtrust krijgt, maar hij weigerde. 'Ik ga je toch niet alleen laten met die nachtmerries?' reageerde hij verontwaardigd.

In de Polstraat lopen ze langs een familie die zo te zien een puzzeltocht doet, iedereen in het groepje kijkt in lichte verwarring op hun telefoon. 'Ik droom elke nacht over Leo,' zegt ze tegen Tobias. 'Ik weet dat hij vastzit, maar toch ben ik er niet gerust op. Alsof ik er rekening mee houd dat hij...'

'...alsnog wraak neemt?' vult Tobias aan.

'Stom hè? Ik bedoel, dat kan helemaal niet.'

'Ze zeggen dat hij dertig jaar gevangenisstraf kan krijgen.'

'Hij klonk zo standvastig. Hij wilde dat wij zouden boeten voor wat er met zijn babyzusje is gebeurd.'

Tobias schudt zijn hoofd. 'Wij hebben Mimi niet vermoord.'

'Hij kon het niet verkroppen dat iedereen haar vergeten leek te zijn. En toen zag hij jou opeens in het café. Zorgeloos, aangeschoten. Het maakte hem woedend. Ik denk dat hij voor zichzelf de herinnering aan Mimi levend hield door jouw leven kapot te maken, en later dat van mij.' Pas nu begrijpt Gaby dat Leo wordt gedreven door afgunst. Zijn leven was verwoest en dus mochten Tobias en zij ook geen geluk kennen.

Ze staan op de hoek van de Melksterstraat, onder het gevelbeeld van het melkmeisje met de twee houten emmers. Voor hen schittert de IJssel.

Ze denkt terug aan de avond dat ze in Leo's val liep. Vanuit het café in Zeist belde Anniek de politie toen Gaby niets meer van zich liet horen. Politieagenten waren bij het bedrijventerrein gaan kijken, maar ze troffen niets aan. Leo had haar toen al met zijn bestelbus naar de manege gebracht en in de stal bij Nina gedumpt.

'Als Anniek de politie niet had gebeld, dan leefden Nina en ik nu misschien niet meer.' Hoewel ze liever niet aan die traumatische avond denkt, voelt het toch fijn om er eindelijk met haar broer over te praten.

'Er is iets wat ik niet helemaal begrijp,' zegt Tobias. 'Leo vermoedde dat Anniek en jij iets van plan waren, want hij is jullie vanuit Terwolde naar Zeist gevolgd. Toen jij opdook in de loods wist hij dat Anniek en jij hem ervan verdachten Nina te hebben ontvoerd. Zij zat in dat café en kon de politie alles vertellen. Ze vormde toch een groot risico voor hem?'

Gaby knikt. 'Ja. En daar bedacht hij wat op. Hij belde Anniek nadat hij mij naar de manege had gebracht en dreigde dat hij me zou vermoorden als ze de politie zou inlichten.'

'Jezus.'

'Hij wist niet dat ze al contact had met de politie. Want dat was onze afspraak: ze zou bellen als het tien minuten stil bleef van mijn kant.'

Een stuk onbenul, noemde Leo Anniek. Wat een verkeerde inschatting.

'Aan de telefoon zei Leo dat Anniek op hem moest wachten bij de rotonde aan het einde van de Slotlaan, op de hoek van de Lyceumlaan, anders zou ze mij nooit meer levend terugzien.'

'En heeft ze dat gedaan?'

'Nee. Ze wilde het wel. Ze heeft de politie zelfs gesmeekt of ze bij hem in de auto mocht stappen, omdat het voor haar gevoel de enige manier was om mij in leven te houden. Maar de politie vond het te gevaarlijk. De kans was groot dat hij haar direct zou afknallen. En, zo zeiden ze later, het zou hem er niet van weerhouden om mij alsnog te doden.'

'Dus Anniek is daar niet gaan staan. Hoe ging het verder?'

'Ze heeft gelogen dat ze op hem zou wachten bij de rotonde. De politie wist hierdoor dat hij met zijn auto langs die plek zou rijden. Agenten in burger zijn hem toen gevolgd.'

Ze wandelen langs de Welle. Tobias houdt zijn pas in zodat hij aan de andere kant van Gaby komt te lopen, tussen haar en de auto's in. 'Het is achteraf gezien een wonder dat de politie zo snel heeft kunnen schakelen na het telefoontje van Anniek,' gaat ze verder. 'Daar ben ik nog steeds verbaasd over. Maar de vermissingszaak van Nina had natuurlijk ook topprioriteit.'

Leo reed in zijn bestelwagen terug naar de manege, waarschijnlijk vloekend en tierend doordat Anniek zich niet aan de afspraak hield. Hij parkeerde de bus aan de weg en liep door het bos naar de stal, naar Nina en Gaby.

'Waarom wachtte de politie met ingrijpen? Hij schoot op jou. Dat hadden ze toch kunnen voorkomen?' vraagt Tobias verontwaardigd.

'De agenten in burger moesten wachten op versterking. Dat duurde even. Op het moment dat ze het schot hoorden, kwamen ze direct in actie.'

'Hij heeft het allemaal uitgedacht.' Tobias schudt zijn hoofd. 'Hij zou Nina en jou vermoorden en begraven bij de stallen, mijn werkplek.'

'De kuilen had hij al gegraven.' Dit gruwelijke detail hoorde Gaby van de recherche. 'En jouw vingerafdrukken stonden op de schop die ernaast lag.'

Tobias kijkt peinzend naar de stoep. Hij heeft zijn handen in zijn broekzakken gestoken. 'Vanaf jouw mobiel heeft Leo mij een bericht gestuurd. Dat je mij zogenaamd was gevolgd naar de manege en had ontdekt dat ik daar Nina vasthield. Het is te ziek voor woorden.'

'Hij hoopte dat jij naar de manege zou komen na dat bericht. En dan zou hij de politie met een anonieme tip die kant op sturen, zoals hij ook bij Yvette deed.'

'Ik was net een paar uur daarvoor vrijgelaten door de politie na mijn verhoor.'

'Hij heeft het slim gespeeld.'

'Niet slim genoeg.'

Gaby ziet de blauwe zwaailichten weer voor zich. Ze werd op een brancard gelegd, boven haar verschenen twee gezichten. Ze herinnert zich nog hoe ze vocht tegen de slaap; ze wilde de man en de vrouw waarschuwen voor Leo en zijn wapen en vertellen dat Nina hulp nodig had. Na overleg met haar huisarts vond ze een psycholoog om te praten over wat ze heeft meegemaakt. Binnenkort begint ze met EMDR-therapie om de traumatische gebeurtenis te verwerken.

'Hij krijgt zijn straf,' zegt Tobias. 'Het belangrijkste is dat Nina en jij het hebben overleefd.'

Gaby denkt aan het bleke meisje in het ziekenhuisbed. Nina's ouders en haar broer lieten weten dat ze graag langs willen komen om haar te bedanken. Alles op zijn tijd.

Voorlopig moet ze het rustig aan doen. Dat haar bedrijf ook zonder haar goed loopt, is te danken aan Yasmine. Ze is toch niet zo onmisbaar als ze dacht.

De media-aandacht is alleen maar toegenomen. Het populaire bakprogramma liet weten dat ze haar toch als jurylid willen, nu ze niet het zusje van een monster blijkt te zijn, en haar boek is naar de tweede plaats geklommen in de bestsellerlijst.

De toekomst van journalist Annegreet is onzeker, zo begreep Gaby, nadat de ombudsman van de krant een vernietigend stuk schreef over de totstandkoming van haar artikel, waarin anonieme bronnen een te grote rol speelden. In haar best bekeken vlog tot nu toe had Gaby vanuit het ziekenhuisbed haar geschiedenis verteld, zonder iets achter te houden. Nooit meer zou ze haar verhaal door iemand anders laten kapen.

Tegenover haar kinderen, haar man, werknemers en kennissen deed ze altijd alsof er geen Gaby bestond vóór haar bedrijf en haar huwelijk. Met de perfecte echtgenoot, het perfecte bedrijf, het perfecte huis en de perfecte kinderen probeerde ze de schaamte van vroeger weg te poetsen. Schaamte voor haar vreemde ouders met hun rare kleding, voor het monster dat in haar broer huisde. Nu is er geen schaamte meer. Het maakt haar leven lichter, ondanks haar nare ervaringen en het geklungel met de krukken.

Tobias en zij kijken naar de dagjesmensen die van het pontje stappen. Ze lachen op hetzelfde moment om een jengelend kind dat uit een wandelwagen probeert te klauteren.

'Kijk, bij ons dragen de prullenbakken regenlaarsjes,' wijst ze. Later zal ze hem vertellen hoe die gekke traditie in Deventer is begonnen.

'Het is mooi hier,' zegt Tobias. 'Ik begrijp je wel.'

Ze kijkt hem aan, maar besluit niets te zeggen. Hij mag niet het gevoel krijgen dat hij haar nieuwste project is. Het is te vroeg om hem in te lichten over het appartement dat ze voor hem heeft geregeld, op vijf minuten lopen van haar huis. Tobias is handig met hout. Hij kan meubels maken en zijn eigen winkel openen in de stad.

'Kom, we gaan naar huis,' zegt ze. 'David moet naar de wedstrijd van Go Ahead Eagles.'

'En ik heb Mette en Boris beloofd om pannenkoeken te bakken,' zegt Tobias.

Nog één keer kijken ze naar het open water, naar de families die de stad intrekken. Als haar been is hersteld, zal Gaby hier weer joggen, op zoek naar nieuwe ideeën.